这是
在时
变得更加璀璨夺目
阅读吧
让它们闪耀在你的精神世界

新课标经典名著

德伯家的苔丝

(英)托马斯·哈代 原著

安琪 改写

南京大学出版社

图书在版编目(CIP)数据

德伯家的苔丝／(英)哈代原著；安琪改写. —南京：南京大学出版社，2014.5
(新课标经典名著：学生版)
ISBN 978-7-305-13165-3

Ⅰ. ①德… Ⅱ. ①哈… ②安… Ⅲ. ①长篇小说－英国－近代 Ⅳ. ①I561.44

中国版本图书馆 CIP 数据核字(2014)第 089839 号

出版发行	南京大学出版社
社　　址	南京市汉口路 22 号　邮　编　210093
网　　址	http://www.NjupCo.com
出版人	左　健
丛 书 名	新课标经典名著·学生版
书　　名	**德伯家的苔丝**
原　　著	(英)托马斯·哈代
改　　写	安　琪
责任编辑	章文焙　蔡冬青
照　　排	江苏南大印刷厂
印　　刷	北京北方印刷厂
开　　本	880×1230　1/32　印张 13　字数 236 千
版　　次	2014 年 5 月第 1 版　2014 年 5 月第 1 次印刷
ISBN	978-7-305-13165-3
定　　价	26.00 元
发行热线	025-83594756　83686452
电子邮箱	Press@NjupCo.com
	Sales@NjupCo.com(市场部)

＊版权所有，侵权必究
＊凡购买南大版图书，如有印装质量问题，请与所购
　图书销售部门联系调换

目录
CONTENTS

- 001 第一章 纯洁的少女
- 061 第二章 少女失贞
- 084 第三章 重新振作
- 127 第四章 后　果
- 200 第五章 痴心女子
- 288 第六章 冤家路窄
- 363 第七章 结　果

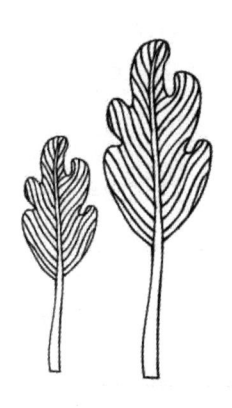

第一章
纯洁的少女

1

五月的后半月，一天傍晚，一个中年男子，从沙氏屯朝着布蕾谷里的马勒村走去。他那两条腿老是摇晃不稳，总有一种倾斜的趋势。有时候，他轻快地把脑袋一点，好像是对什么意见表示赞成似的，其实他并没特意想什么事。他胳膊上挎着个空的蛋篮子，他头上那顶帽子的绒毛蓬松凌乱，帽檐上还磨掉了一块。不一会儿，一个年老的牧师，骑着一匹灰骡马，一路哼着小调，迎面而来。

"晚安。"挎篮人说。

"约翰爵士，晚安。"牧师说。

那个步行的男子走了几步之后,转过身来说:

"先生,对不起。上次赶集,咱们碰见,我对你说'晚安',你也跟刚才一样回答我,'约翰爵士,晚安'。"

"是的。"牧师说。

"还在一个月之前,也有那么一回。"

"也许。"

"我只不过是平常的杰克·德北,一个乡下小贩子,你却总叫我'约翰爵士',到底是什么意思?"

牧师走近了几步,迟疑了一下,说道:"那是因为,不久以前,我考查各家的谱系,发现了一件事,所以才这么称呼你。我是丝台夫路的崇干牧师兼博古家。德北,你不知道自己是名将德伯氏的嫡派子孙吗?德伯氏的始祖是那位著名的裴根·德伯爵士,他是跟着征服者威廉从诺曼底到英国来的。"

"从来没听说过,先生!"

"这是真事。你把下巴仰起一会儿来,我好更仔细端量端量你脸的侧面。不错,是德伯家的鼻子和下巴,不过比先前有些猥琐了。你们家族的支派,在英国这一带地方上,曾经到处都有采邑。唉,你们家有过好些代的约翰爵士了。假使爵士也跟男爵一样可以世袭,那你现在不就是约翰爵士了吗?古代的时候,爵士是父子相传的啊。"

"真的吗?"

"总而言之，"牧师坚决地下了断语，"全英国像你们家这样的，真不大容易找得出第二份来。"

"可了不得！全国都找不出来吗？可是你看我，一年到头，忙忙碌碌，跟区里顶平常的家伙，并没有两样。崇干牧师，关于我这件事，别人已经知道多久了？"

牧师说，据他所知，这事早已成了陈迹，很难说有什么人知道了。他自己也是去年春天才发现的，刚好看见了德北写在车上的姓名，因此才寻根问底。

"我本打算，不把这么一个毫无用处的琐事告诉你，免得让你不安。不过有时，我们的理智控制不了冲动。我还以为你早就知道了。"

"不错，我也听说，我们家以前有过好日子。可是那时，我以为他们说的好日子，不过是从前养两匹马，可现在只养得起一匹啦。我家倒有一把古钥匙和一方雕花古印，可是，老天爷，这又算得了什么？真没想到，我会跟高贵的德伯家是亲戚。人家倒谈过，说我老爷爷不肯告诉人家，他是从哪儿来的。牧师，我莽撞地问一句，现在我家族的人都在哪儿起炉灶？我是说，我们德伯家族的人都住在哪儿？"

"现在你们的族人大都已经灭绝了。"

"这可真糟糕，那他们都埋在哪？"

"埋在绿山下的王陴。在地下墓室里，墓碑上刻着石像。"

"我们的庄园宅第呢?"

"你们没有庄园宅第了。"

"呃?地也没了吗?"

"没有了。虽然我才说过,你们家从前有很多庄园,因为你们家有很多支脉。"

"我们家还会再次兴盛吗?"

"呵——这我不知道。"

"先生,那可怎么办?"德北问。

"哦,没什么办法了。'一世之雄,而今安在',你只用这句话来训诫鞭策自己好了。本郡里有好几户现在住小屋子的人家,从前也跟你们家一样声势显赫哪。再见吧。"

"可是,崇干牧师,既是这样,那你回来,跟我去喝它一夸脱啤酒,好不好?清沥店有好酒供应,虽然比不上露力芬酒店的。"

"不,谢谢,我不喝了,德北。我瞧你喝得也不少了。"牧师说完就走了,边走心里边疑惑,是不是不该把这件事告诉德北。

他走了以后,德北沉思着,往前走了几步,然后坐到路旁的草坡上,把篮子放在面前。待了不久,一个小伙子从远处走来。德北向他招招手,于是他走近前来。

"喂,小子,你帮我去送个信儿。"

那位瘦削的小伙子皱起眉头,说:"约翰·德北,你是什么人，敢支使起我来，还叫我'小子'？咱们谁还不认得谁！"

"真认得吗？这可是个谜，这可是个谜。你快帮我把这差事去办好。哼，弗雷德，我还是告诉你这个谜吧，我是一个望族的后人哪，我也是刚刚才知道。"德北说完就将身子倒下去，闲适地躺在草坡上的雏菊间。

那小伙子站在德北面前，从头到脚打量着他。

"约翰·德伯爵士——那就是咱！"长身仰卧的男子继续说，"我的来历，都上了历史了。小子，绿山下有个王牌，你知道不？"

"知道。"

"啊，就在那个城的教堂下面，埋着我的祖宗，有好几百位，都穿着铠甲，躺在大铅棺材里。所有南维塞司这些人，都没有我家老祖宗那样高贵。"

"哦？"

"现在，你拿着这篮子，到马勒村的清沥店，叫他们打发一辆马车来接我回家。再让他们，带一小瓶甜酒来，叫他们记在我账上好了。之后，把篮子送到我家，告诉我太太，叫她先不要洗衣服，只用等着我，我回家有话告诉她。"

那小伙子半信半疑，站在一旁，于是德北掏出一个先令给他。

"小子，这个给你吧。"

这一来，那小子立马改变态度了。

"是，约翰爵士，谢谢你。还有别的事儿吗，约翰爵士？"

"你告诉我家人，说晚饭我想吃——呃——要是有羊杂碎，就给我煎羊杂碎，要是没有，就预备血肠得了。要是连血肠也弄不到，呃，那么小肠也行。"

"是，约翰爵士。"

那小伙子拿起篮子，正要走，忽然听见从远处传来铜管乐声。

"这是干啥的？"德北说，"不是为我吧？"

"这是妇女游行会，约翰爵士，你瞧，你闺女也在那。"

"真是的，我把那件事全忘了。好吧，你快去马勒村帮我办事。"

小伙子转身走去，德北在夕阳中的野草和雏菊上，仰卧等候。那条路上，许久没再过一个人影儿。在青山环绕的山谷里，那轻渺的铜管乐声，就是唯一能听到的人籁。

2

马勒村位于美丽的布蕾谷，这是个群山环抱、幽深僻静的地方。

这个地方保留了一些古老的传统，譬如这个下午，五塑节舞会这一风俗就以联欢聚会——或者按当地的叫法"联欢游行"——的形式表现出来。

这个活动的特别之处不仅在于保留了每年一度的列队行进及跳舞的习俗,更在于参加者一律是女性。这样的庆祝仪式以前并不少见,但如今都渐渐消亡了,只有马勒村的联欢游行仍然被保留了下来,它按期举行已经有好几百年了。所有站在队列里的人都穿着白色连衣裙,有的稍微带一点蓝色,一些年长者所穿的衣服则近于灰色。除了这个特点,那就是每个人,无论是年长的妇女还是年轻的姑娘,右手都拿着一根去了皮的柳条,左手拿着一束白花。

在这支队伍里,年轻姑娘占了绝大多数。她们浓密的头发在阳光下闪现出各种深浅不一的金色、黑色和棕色。她们当中有的长着美丽的眼睛,有的长着漂亮的鼻子,还有人嘴巴和身段非常好,而五官和身材都美的却很少。

好比她们全体都沐浴在温暖的阳光里,每个人的心里都有一个小小的太阳温暖着各自的灵魂;某个梦想、某种情爱、某个常常想到的念头,或者是某个渺茫的希望,虽然正在慢慢破灭,却依然存在着,所以她们个个快乐,许多人兴高采烈。

她们走过清沥酒店,突然其中一个说:

"我的天哪!苔丝·德北,那不是你爸爸坐着马车来了吗?"

于是队伍中一位年轻的姑娘便回过头去。她长得端庄秀丽，尤其是她的那两片嘴唇和一双天真的大眼睛给她的整体形象增添了魅力。她的头上扎着一条红缎带，这是她独有的装饰。此刻她回头张望，看见父亲坐在清沥酒店的马车上，悠闲自得地闭着双眼，一只手在脑袋上方摆动，正以缓慢的调子吟唱：

"我们家有一座——大坟地，我的祖先——是武士——葬在铅棺材里！"

所有参加游行的姑娘都笑了，只有苔丝的脸上有点发热。

"他累了，这是搭别人的马回来，因为我们家的马今天休息。"

"别装糊涂了！他是喝过酒了！哈哈！"她的同伴们说。

"你们要是再拿他开玩笑，我就不和你们往前走了。"苔丝喊道，她的脖子和脸都红了，眼睛也湿润了。大家见她心里难受，就不再说什么，继续前进。苔丝自尊心很强，没有回头看父亲，也跟着大家一起走了。一会儿，她的情绪就平静下来，跟平时一样谈笑自如。

约翰·德北充满自豪感地坐在马车上，这会儿已不见踪影，他的声音已经听不见了。联欢游行的参加者进入预先规定的地点，开始跳起舞来。起初没有男伴，姑娘们便互为舞伴跳。后来，村里的青年男子和一些过路人聚在场子的周围，很多人都想找舞伴。

在旁观者中有三位出身高贵的年轻三兄弟，肩上背着背包，手里拿着粗拐杖。老大的穿着像一个普通副牧师，老二是一个大学生，第三个最年轻，很难看出是做什么的，他的眼神和衣着都有一股无拘无束的神气，也许是个什么都想试的学生。

这三兄弟在与身边的人交谈，原来他们是利用假期在进行徒步旅行。

两个哥哥只想稍微停留一会儿，但是老三却对姑娘们产生了兴趣，他卸下背包，把它跟手杖放在坡地上，便走上前去。

"你要干什么，安吉尔？"大哥问。

"我想和她们一起乐一乐，我们一起去好吗？"

"不行，你说什么呀？和一群乡下姑娘跳舞！快走吧，天就要黑了，我们又没有比斯托卡斯尔更近的地方可以投宿。"大哥说。

"好吧，五分钟后我保证赶上你们，费利克斯。"

两个哥哥不情愿地走了，而安吉尔则进入了跳舞的场地。

"太可惜了，姑娘们，你们的舞伴在哪里？"安吉尔对身边的几个姑娘献殷勤道。

"他们还没有收工呢，一会儿就来了，现在你来当我们的舞伴怎么样？"其中一个最直率的姑娘说。

"好啊,可是我一个人,你们那么多,怎么跳?"

"有一个舞伴总比没有好。现在你选个人吧。"

小伙子受到邀请,便扫视了一下周围,因为谁都不认识,所以他就随手拉住一位,几乎就是第一个走到他跟前的那个。刚才与他说话的姑娘的希望落空了,苔丝·德北也没被选上。

榜样是有力量的。看到这一对舞伴的出现,其他年轻的小伙子也开始进入场内,使得突然出现很多对一男一女的对子,后来连相貌最平常的姑娘也有舞伴了。

教堂的钟声敲响了,那学生突然说要走了。离开时他的目光落到苔丝·德北身上,她的眼里有一丝怨意,责怪他没有选她作舞伴。安吉尔也觉得遗憾,带着这样的心情离开了。

他开始沿着小路飞奔,不一会儿就爬上了一座山坡,这时,他停住脚步,回头望去,看见草地上白色的身影都在旋转,她们似乎已经把他忘记了。

只有一个人是例外。就是那位他没有与之共舞的美丽的姑娘。她正独自站在树篱旁,仿佛正为被忽略而感到难受。啊!这姑娘如此文静,神态又富有情意,安吉尔觉得自己刚才那样做真是愚蠢极了。

可是,事已至此,无法挽回,他转过身去,继续赶路,不再想此事。

3

苔丝却无法轻易忘记这件事，好久她都不能提起精神继续跳舞。尽管有那么多舞伴，可是他们说起话来，有哪一位比得上刚才那位小伙子那么动听啊！直到他的身影消失在夕阳的余晖中，她才接受其他舞伴的邀请。

她和伙伴们待在一起直到暮色降临，对于跳舞她倾注了很高的热情。当然，眼下她并没有坠入爱河，喜欢踏着拍子起舞纯粹是为了跳舞本身；当她看见其他姑娘经受爱的折磨时，她一点儿也没有想到自己这方面的能力。小伙子吵闹着要和她跳舞时，她也只是觉得好玩。

本来她也许要待更长的时间，但是想到父亲的古怪行为，心里焦急，就离开了伙伴们，回家了。

在距离家门口不远的地方，她听到了与跳舞场上完全不同的声音，这是屋里一只摇篮被猛烈晃动在石板地上发出的一连串有规律的嘭嘭声。和着摇篮的摆动声，还有一个女人在哼着歌谣《花点母牛》：

我看见她——躺了下来——在那边树林里，
　心爱的人，你快来！究竟在哪儿，让我告诉你！

歌声和摇篮声抑扬起伏。

苔丝开开门,看见母亲正在哄孩子。

虽然有歌声,但屋子里却有一种说不出的凄凉。从刚才野外过节那种欢乐的气氛里来到这光线昏黄的惨淡景象中,真是天壤之别!除了这种痛苦的对比,她还因为自己的贪玩,没有帮母亲料理家务而问心有愧。

身旁围着一群孩子的母亲,正站在一个洗衣盆边,一个星期未洗的衣服都放在盆里。苔丝身上那件白色连衣裙,也是她母亲昨天刚从那个盆里拿出来,亲手给她拧干烫平了的。也就是那件白色连衣裙,它的下摆刚在草地上被蹭绿了,她非常后悔。

德北太太正像平素那样,一边洗衣,一边摇晃孩子。

琼·德北现在虽然挑着抚养一大群孩子的沉重担子,但是她对于唱歌,还是非常热爱的。凡是从外面流传到布蕾谷的小曲儿,只用一个礼拜的工夫,苔丝的母亲准能把它的腔调学会。

从德北太太的面貌上,仍旧能够隐约地看出她年轻时的鲜亮、标致。所以说,苔丝那种足以自夸的美貌,大多是母亲传给她的,和爵士、世家都无关。

"妈,我替你摇摇篮吧,"女儿温和地说,"再不我就帮着你洗衣服。"

母亲并没埋怨女儿把家事撂给她自己一人料理。说实在的，琼不会为了这个责备女儿，因为，她如果要偷懒，把工作延后就是了，所以没有苔丝也没有关系。但是今晚，她比往常高兴。母亲的脸上有种扬扬得意、莫名其妙的神情。

"你回来啦，好极啦！"她母亲刚唱完了最后一个字，就说，"我刚要去找你爹，不过，我还要告诉告诉你刚刚发生的一件事。我的宝贝儿，你听了一定要美坏了！"（德北太太是说惯了土话的；她女儿在"国家学校"读完六年级，在外说国语，在家说方言。）

"是我不在家时发生的吗？"

"没错！"

"今儿下午，我爹坐在大马车里，出洋相，是不是和这事有关？那时我羞得恨不得钻进地缝去！"

"就是这件事！你不知道，咱们家原是全郡最有声望的家族，咱们原本姓'德伯'！你爹就是为了这个，才坐着马车回家，而不是喝醉了酒。"

"我很高兴。妈，这事能给咱们带来好处吗？"

"当然！会有大好处吧。先不用说别的，这个话只要传出去，准有很多贵人，坐着大马车，来拜望咱们啦。你爹回来就把这事说给我听啦。"

"爹现在上哪儿啦？"苔丝问。

她妈拿不相干的话来搪塞："他今儿上沙氏屯去找大夫，大夫好像说他心脏外头长了板油啦。心脏这一面和这一面都叫板油箍上啦,只有这块地方还没箍上,他说:'要是连这块地方也箍上了',"——这时,德北太太把两个手指头尖儿对成个整圆——"德北先生,你就会立刻完蛋。也许还有十年,也许只有十个月!"

苔丝一脸惊讶。她父亲虽然一下就成了贵人,但也可能很快就寿终正寝。

"我爹到底上哪儿了?"她又问。

她母亲用不赞成的口气说:"你别发脾气!你爹开心极了,就跑到露力芬去啦。他想养养神儿,明儿一早儿就带蜂窝赶集去。道儿远着哪,所以夜里刚过十二点就得起身。"

"养养神儿?"苔丝满眼是泪,疾言厉声地说,"老天爷,跑到酒店去养神儿!妈,你就由着他!"

"没有。"她母亲申辩说,"我不正等你回来,我好去找他吗?"

"我去吧。"

"不,你别去。你知道你去没用的。"

苔丝并没加以劝阻,她知道,其实是母亲自己想去。

"你把这本《命书大全》送到外边的棚子里。"琼一面擦手,穿外衣,一面说。

《命书大全》是一本很厚的老书,书边儿都已经磨破了。苔丝把书拿到手里,她母亲也起身往外走去。

去酒店寻觅她那个好吃懒做的丈夫,是德北太太肮脏劳累的生活里，仍未消逝的赏心乐事之一。在露力芬店里坐上一两个钟头，把为孩子操心受累的事儿全撇开，她就感到快活。那些孩子不在跟前时，反倒变得乖觉可爱了。

苔丝现在只剩下弟弟妹妹们作伴了，她把《命书大全》塞在棚子顶上的草里。她母亲对这本肮脏的书，有一种畏惧心，从来不敢把它整夜放在屋里，所以每次查完后，都把它送回草棚子。

苔丝琢磨着，她母亲在今天翻命书要查什么。她估量，这一定和刚发现的祖宗有关，但是却没料到，它关系的却是她自己。不过她没多想，就去往衣服上喷水了，那时和她作伴儿的，只有一个十二岁半的妹妹依丽莎·露伊萨——都管她叫丽莎·露——和一个九岁的弟弟亚伯拉罕。还有些更小的弟弟妹妹，都已经被打发上床。德北家本来还有两个娃娃，但在襁褓中就死了。比亚伯拉罕小的是两个女孩子，一个叫指望，一个叫老实；她们底下是一个三岁的男孩子，再往下是一个顶小的婴孩，刚满一岁。

这些德北船上的小乘客，他们的快乐、需要和健康，甚至于他们的生存，全靠德北夫妇这两个大人的判断。假使德北家的决策者要把这条船往困难、灾祸、冻饿、疾病、耻辱、死亡里面开去，那这些小囚犯，也只能一同前去。

时候更晚了，爹妈都没回来。苔丝往门外看去，全村的灯火都熄灭了。妈去找爹回来，就等于添上一个又得找回来的人。

"亚伯拉罕，"她对九岁的弟弟说，"你戴上帽子，上露力芬，去看看妈爹怎么啦。"

那孩子立刻打开了门，在夜色里消失了。又过了半点钟，没有一个人回来。亚伯拉罕也和爹妈一样，叫酒店粘住逮着了。

"我得自己去一趟。"她说。

于是苔丝把家门锁上，起身穿过黑咕隆咚的路，往前走去。

4

马勒村的露力芬酒店，可以夸耀于人的，只有卖酒的执照。按照法令，顾客不能在店里面喝酒。店家能公开招待主顾的地方，只限于一块有八英寸宽、两码长的木头板儿，用铁丝拴在庭园的栅栏外面，做得像个搁板的样子。患酒渴的客人只能呆在这儿喝酒。他们希望屋子里面，有一个安身落坐的地方。

过路客都这样想，当地的熟主顾，当然也这样期望，于是有志者事竟成。那天晚上，大家聚在楼上一个大卧室里，卧室的窗户被一条大的毛围巾，严严地遮起。开设在村子那头的清沥酒店，倒是有全副的执照，但是离得远，更严重的问题是——酒的好坏——大家一致认为露力芬酒店的酒更好。

德北太太离开苔丝以后,急忙走到了这儿,开了酒店的门,穿过了楼下的房间,走上楼梯,一下就把楼梯门开开了。她的脸刚刚在楼梯顶上的亮光里露出,所有人就一齐把眼光射向她。

"这是我自己花钱请的几个朋友,来过游行节的。"女掌柜听见有脚步声,就流利地嚷道,"哟,是你呀,德北太太。老天爷,我还只当是政府里打发来的人哪。"

屋里的人,都用点头向她表示欢迎,之后,德北太太就往她丈夫坐的地方去了。他正轻轻地哼着:"我也能一样呵,赶得上别人家。不管是在这儿,还是在哪儿呀。在王陴,绿山下,我家里,有个呀,坟穴大。维塞郡这么大,有谁人的骨殖,比得上我们家。"

"我想到了一个好主意,特为来告诉你。"他太太低声对他说,"约翰,我来啦,你瞅不见我了吗?"他好像瞧一块透明的窗玻璃似的瞧着她,嘴里哼着小调。

"嘘!别唱啦,我的好人,"女掌柜说,"不然,政府里的人听见了,就该把我的执照吊销了。"

"你大概知道我家的事儿了吧?"德北太太问。

"知道一点儿。这能拿到钱吗?"

"哦,这可不能对你们说。"琼显得有头脑似的说。接着,她把声音压低了,对丈夫说:"我想到了个事:有一位有钱的老太太,住在围场边儿上,她也姓德伯。"

"呃——你说什么?"约翰爵士问。

她把话又重复了一遍,并说:"我打算叫苔丝去认亲戚。"

"你这一提,我也想起来啦,是有个姓德伯的阔老太太。不过她跟我们比起来算不了什么,她肯定是我们之后的一个支脉。"

当他们聚精会神地谈论这个问题时,小亚伯拉罕已经溜进了屋子,等机会请他们回去。

"她很有钱,一定会好好照顾苔丝的。"德北太太接着说,"那么就好了。一家人为啥不能有来往呢?"

"对呀,咱们都去认亲戚!"亚伯拉罕在床沿儿底下兴高采烈地说,"等到苔丝去她家,咱们就去看她。那时,咱们就能坐大马车,穿黑礼服了!"

"这孩子,你怎么来了?别胡说!快上去玩!……苔丝该去见见咱们这位亲戚。她一定能讨这位老太太的喜欢。再说,这样一来或许以后会有阔人和她结婚,反正我知道。"

"怎么知道的?"

"《命书大全》上说她婚姻大吉大利嘛!……你还没看见她多漂亮,简直跟公爵夫人一样。"

"她自己愿意去吗?"

"还没问哪。她还不知道。既然有这样的亲戚,那她就没有理由不去。"

"苔丝脾气很怪啊。"

"不过她是个听话的孩子。你放心好啦。"

他们正说着，就听见楼下有脚步声，穿过了楼下的房间。

"这是我自己花钱请的几个朋友，来过游行节的。"女掌柜又把那套话流利地说了一遍，但来的人却只是苔丝。

屋子里面，一片酒气弥漫。他老两口子看见苔丝，就急忙从坐位上站起来，把酒喝干了，跟着她下了楼。露力芬太太连忙警告他们说："亲爱的，千万别弄出动静来。要不，政府就该把我卖酒的执照取消了，再见吧。"

苔丝和母亲搀着父亲的胳膊往家里走去。实际上，和以往相比，今天他喝的那点酒并不算多。他们就这样一步一步地走近了自己的家门口。这时，父亲忽然高声唱起来：

"我家呀在王陴，有一座大坟地！"

"算了吧！别疯疯癫癫的，捷奇。"他太太说，"这郡上以前有名望的门户不止你一家，这阵儿不都没落了吗？可是你们家比他们家都阔，那倒不假。我娘家不是大户人家，不过我也不觉得有什么丢人的。"

这时，苔丝想到了一件重要的事。

"恐怕，爹明早不能带着那些蜂窝去赶集啦。"

"我过一两个钟头就好了。"德北说。

十一点时全家人都上了床。为了赶集,最迟两点钟就得起床,因为路远,又不好走,车和马又慢。一点半钟时,德北太太进了苔丝和几个弟妹们睡觉的大屋子。

"你爹去不了。"她对大女儿说。

苔丝一听这话就从床上坐了起来,一半矇眬,一半清醒,在那儿直发愣。

"可是一定得有人去呀,蜜蜂分窝马上就要结束了,再不去蜂蜜就没人要了。"母亲又说,"能在昨儿那些特别想要跟你跳舞的小伙子里面,找个人一起去吗?"她向苔丝提议。

"不能,说什么也不行!"苔丝骄傲地大声说,"这不是要羞死我吗?亚伯拉罕能跟我作伴儿,我就去。"

最后,母亲同意了这个办法。她们叫醒小亚伯拉罕,苔丝也急忙穿好了衣服。姐弟俩于是点起灯笼来,去了马棚。装好了车,苔丝把老马王子牵出来。这个可怜的畜生,莫名其妙地看着一切,好像不能相信,这种时候还要从事劳动。他们在灯笼里面放了好些蜡头儿,赶马上坡的时候,他们就跟车步行,免得老马负担过重。他们照着灯光,吃着黄油面包,谈着天儿,尽力叫自己高兴,假想天亮了,其实还远着呢。

他们走过了小市镇司徒堡,全镇的人都在沉沉酣睡;再往前走,就到了更高的地方了。在他们的左边是野牛冢,它差不多就是南维塞司郡里最高的地点。这时,他们上了车,坐在车前面,亚伯拉罕出起神来。

亚伯拉罕静默了一会之后,叫了一声:"姐姐!"

"干吗,亚伯拉罕?"

"咱们这阵儿成了体面人了,你不觉得美吗?"

"不怎么觉得。"

'可是你要是嫁给阔人,就该觉得美了。"

"怎么?"苔丝抬头问。

"咱们那个财主亲戚,要给你攀一门好亲,叫你嫁一个体面人。"

"我?咱们没有那样的亲戚。你怎么有这样的念头?"

"我听见爹在露力芬楼上说,不远处有个财主老太太,和咱们是亲戚。咱妈说,要是你去认亲戚,她就能帮你嫁个好女婿。"

苔丝忽然陷入沉思之中。这时,亚伯拉罕问她,天上的那些星星离他们有多远,上帝是不是就住在它们的背面。不过他到底是个孩子,说着说着,他的话就又回到他觉得更重要的事情上去了。要是苔丝真嫁了个上等人,她能不能买得起一架小望远镜,让他可以望得见星星?

这个重新提起的话题让苔丝非常不耐烦。

她大声说:"别再说啦!"

"姐姐,你说过,每一个星儿,都是一个世界。"

"不错。"

"跟咱们这个世界是一样的吗?"

"我想,可能是一样的。有时候,它们好像和苹果一样,光滑水灵,没有毛病,只有几个染了病。"

"咱们住的这个,是光滑水灵的?还是有病的?"

"是有病的。"

"咱们没生在没有毛病的世界上,真倒霉。"

"不错。"

"要是咱们托胎投生在一个没有毛病的世界上,那是怎样的?"

"那样,爹就不会成天价咳嗽,也不会老是喝醉,连这趟集都不能赶了;咱妈也不会老趴在洗衣盆上洗衣服了。"

"你也就生就是个阔太太了,是不是?"

"哎呀,别再说啦!"

亚伯拉罕出了一会神儿,就困起来。苔丝在蜂窝前面给他弄了一个窝儿,好叫他睡着了,不至于掉下去。于是她接过缰绳,照旧赶着车,往前蹭去。

王子只有精力拉车,所以不用分心去管。于是苔丝就靠在蜂窝上,陷入沉思。她琢磨起自己遭遇的世事,就好像看见了父亲的空洞虚幻,母亲想象中的求婚者正对她作怪相,笑话她家的贫穷和成了枯骨的武士祖宗。一切都那么离奇荒诞。这时,车忽然一颠,把她从坐位上掀起,她才从梦中醒来,原来她睡着了。

他们现在已经往前走了老远，车早已停住，她听见前面有一种像空穴来风般的呻吟，跟着来了一声"喂——唉！"的呼喊。

可怕的事发生了。灯早熄灭了。一辆早班邮车和她那又暗又慢的马车纠缠在一起。邮车尖尖的车辕，刺入王子的胸口，鲜血从伤口往外汩汩直喷。王子站了一会儿，最后一下倒在地上，瘫成一堆。

赶邮车的人走到苔丝这边，看到王子死了，觉得没有什么再可做的，就回到他自己的没受伤的马那儿。

"你该靠边走，你在这儿等着，我去打发人来帮你。天亮了，就没有什么可怕的了。"

他上了车，飞驰而去，苔丝站在路上等候，脸色灰白。她面前那一摊血，已经凝结了，在太阳照射下显得五光十色。

王子僵卧在一旁，眼睛还睁着一半。

"这都是我弄出来的，都是我！"苔丝看着眼前的光景，大声说。

"还有什么说的呀！爹和妈还指望什么？唉！"她摇撼出事时一直没睡醒的孩子，"咱们的车走不了啦，王子死啦。"

亚伯拉罕突然明白了一切，于是他那孩子气的脸上，一下添了五十年的皱纹。

过了半天，从远处来了一个农人，牵着一匹壮马，那马

驾着车带着他们，朝凯特桥去了。

　　苔丝回到家，爹妈并没有责怪她，但她对自己的谴责，却并没因此减轻。在他们这样的人家，这就算是倾家荡产了。因为王子衰老枯瘦，所以马贩子只肯出几个先令，来收买它的尸体。德北知道后毅然地说："哼，我决不卖掉它。我们做爵士的时候，是决不会出卖战马的。它服侍了我一辈子，它死了我也不和它分离。"

　　第二天，他在庭园里掘了一个坟圹，将王子葬在里面。孩子们像送殡一般，跟在后面。亚伯拉罕和丽莎·露哭得一抽一噎的；指望和老实，就声震四壁地号啕大哭，发泄悲痛。全家人都在哭，除了苔丝。她神情淡漠，面色苍白，好像把自己当成了凶手。

5

　　小贩这种营生，几乎全靠老马，现在老马一死，他们一家就没有生活来源了。德北本是当地人所说的那种懒骨头，他工作起来，倒也有些力气，不过需要工作和高兴出力两种情况，能否凑巧相合，却非常难。

　　同时，苔丝觉得，是自己害了家人，所以想着拯救这个家。这时，她母亲提议说："无论怎样，总得过活啊。苔丝，既然咱家是德伯贵族的后代，那就没有更好的办法了。我听说，有个有钱的德伯老太太，住在围场边上。你去跟她认亲戚，求求她，让她帮帮我们。"

苔丝因为自己害死了马，所以现在更尊重母亲的意见。也许她母亲已经打听过，知道这位德伯夫人是一个和蔼、善良的老太太。

"我还是愿意想办法找个事儿做。"她低声说。

"德北，"母亲转身对父亲说，"要是你非让她去，她就去了。""我不愿意叫她去沾人家的光，"他低声说，"我是贵族的后代，应该端起架子来。"父亲的理由让苔丝觉得很荒谬。

"好吧，既然是我害死了马，"她悲伤地说，"我就去见见这位老太太，不过关于求她帮忙的话，你可得让我瞧着办。别再念叨让她给我做媒了，那太傻了。"

"苔丝，你说得妙。"他父亲简练精辟地说。

"谁说我这么想？"德北太太问。

"我总觉得，你一直在盘算这件事。"

第二天一早，苔丝就步行到沙氏屯，在那坐上大篷车，因为这种车经过纯瑞脊附近，而那位德伯太太的府第，就坐落在纯瑞脊那个区上。在这个早上之前，苔丝所走的路程，完全是在布蕾谷东北部上那片起伏地带的中间，她就是在这出生和长大的。在她看来，布蕾谷就是整个世界，谷里的居民就是世界上所有的人类。她从窗户里，天天看见那些村庄、楼阁和白色宅第。在这些景物之上，有个叫作沙氏屯的

市镇,她还没到过那里。她在学校时,是一个名列前茅的学生,同学们都很喜欢她。那时她老穿着一件褪了色的毛布褂子,褂子上面罩一件印花布围襟,腿上绷着紧紧的长统袜子,因为时常要跪着搜寻森林里的稀奇东西,所以袜子上靠近膝盖的地方,都磨成了小窟窿。苔丝看到母亲糊里糊涂地生了那么些弟弟妹妹,大不以为然,因为养育他们,是顶困难的事。她母亲在家里这一群无识无知、听天由命的孩子里,也不过是其中之一,并且还不是其中最年长的那个。

苔丝很疼爱弟弟妹妹,一离开学校,就帮人晒干草,收庄稼,搅黄油,挤牛奶,这都是从前父亲养牛时她学会的。她的手巧,活儿做得比别人都好。家务的担子,一天天挪到她的肩上去了。这回代表德北家去走亲戚,又轮到她身上了。

苔丝在纯瑞脊十字架下了车,步行着朝围场走去。因为她听说,德伯太太的宅第就在围场边上。这所宅第不是通常所说的住宅,它完全是为了享乐而盖起来的一所乡绅宅第,有专为居住的目的而盖的大屋,和一小块种着玩儿的田地。最先看见的,是那所红砖门房,蔓藤厚厚地攀附在上面。苔丝起先还以为,这就是宅第本身,等走到车路拐弯的地方,才看见正房的全部,深红色的房子差不多是崭新的,让四周柔和浅淡的景色一衬托,看着就好像一丛石蜡红。房子后面是围场,呈现出一片蔚蓝景色。这样的原始时代的英国林苑，现在已经寥寥无几，而这个就是其中之一。在苑里古老的橡树上面依然能采到寄生草，参天的水松还像从前那样生长。在一片广大的草坪上，支着一架花里胡哨的帐篷，帐篷的门正向苔丝开着。天真纯朴的苔丝·德北，站在车道边儿上，半带惊慌的样子，两眼直着往前看去。不知不觉，她走到这儿，发现一切与她所期望的完全相反。

"我还以为德伯家是一家老门户，怎么全都是新的？"她天真地说。她后悔糊里糊涂地照母亲的计划前来"认亲戚"。占有这片产业的德伯家，是一户不寻常的人家。崇干牧师说，约翰·德北是德伯氏在本郡里或本郡附近，唯一真正的嫡系子孙，确实不假。他应该再加上一句，司托·德伯，却并不是德伯氏的枝叶。

新近刚故去的那位赛玛·司托老先生，是一个忠诚老实的商人，在英国北方起家。他发了财以后，却离开那里，在南方安家立业，作了乡绅。既然如此，他就想把他的姓氏改换一下，不能让人一下就认出自己是那个精明的商人，并且他也想要一个不平凡的姓。因此他在英国博物馆里找到了"德伯"这个姓，于是德伯就永远成了他自己和他子孙的姓。关于这件异想天开的事，可怜的苔丝和她的父母，自然一点儿都不知道。在他们看来，一个人的漂亮面孔，也许是运气所赐，一个人的姓氏，却是与生俱来的。

苔丝站在那儿，不知道要前进还是后退，正在这时，一个人从帐篷里走了出来。这是个身材高大的青年,嘴里叼着烟。他的脸呈深色,嘴唇很厚,虽然红而光滑,样子却没长好。他不过二十三四岁,但嘴上却留了两撇黑八字须,修得很整齐,两个尖儿朝上撅着。虽然他有些粗野的神气,但他的脸和眼睛,却含着一种特殊的力量。

他走上前来,说:"我的大美人儿,你有什么事?我是德伯先生。你是来找我的,还是来找我母亲的?"

这所房子和庭园,已经远离苔丝的想象;但这个德伯家的人,却更出乎她的意料。她本来以为德伯先生是个德高望重的老人。这时,她鼓起勇气,回答说:

"我是来看你母亲的,先生。"

"恐怕不行,她长期闹病。"那个冒名家族的代表那位商人的独生子亚雷先生——说,"你找我母亲有什么事?"

"没什么事,我不知道该怎么说!"

苔丝局促不安,不由得咧开她那红嘴唇,做出微笑的样子来,这让亚雷看着,着实心痒难挠。

"没关系,你说说看,我的好姑娘。"他和蔼地说。

"是我母亲让我来的,"苔丝接着说,"其实我自己也想来。先生,我是来告诉你,我们是亲戚。"

"哦!穷亲戚吗?"

"是。"

"是姓司托的吗?"

"不，姓德伯。"

"不错，我的意思就是说姓德伯。"

"我们有很多证据，证明我们是德伯家的后人。博古家都说我们是——我们还有一方古印和一把古钥匙。我们遭了难，马死了，母亲说应该来告诉你，因为我们是亲戚。"

"我很高兴你母亲这样想。"亚雷说，同时紧盯着苔丝，看得她脸上起了一层薄薄的羞晕。"这么说，你好意来拜望亲戚？"

"算是吧。"苔丝吞吞吐吐地说。

"呃，这很好。你们住在什么地方？你们家是干什么的？"

她简单地向他介绍了一遍。接着又说她打算坐之前的车回去。

"现在还早着。亲爱的妹妹，我们先在园里走走，好吗？"

苔丝原打算在这儿待的时间越短越好。不过那位青年竭力劝说，她没法子，就答应了。于是他把她领到各处，在玻璃花房，他问她爱不爱吃草莓。

"爱吃，"苔丝说，"有时也爱吃。"

"你瞧，这儿的草莓都已经熟了。"亚雷说着就挑选又大又红的草莓，亲手往苔丝嘴里塞。

"不。"她急忙说，一面躲开，"我自己来好啦。"

"瞎说!"他坚持这样做,她只能把草莓吃了。

他们就这样走了一会。亚雷让苔丝吃了很多东西,又给她采了一些玫瑰花,戴在胸前。后来他看了看表说:"如果你坐车回去,那还来得及再吃点东西。"

他去了一会儿,就回来了,手里提着一篮子便饭小吃,放在苔丝面前。

"我可以抽烟吧?"他问。

"没关系,先生。"

他隔着缕缕青烟,看着她那迷人的咀嚼动作。苔丝·德北呢,只天真烂漫地低头看胸前的玫瑰,万没料到,在那青烟后面,却隐伏着她整个一生的"恶魔"。亚雷·德伯老把眼盯在她身上,因为苔丝发育丰满,看起来像一个成年妇人。她一会儿就把饭吃完了。

"先生,我要回去啦!"她站起来说。

"你叫什么?"他和她顺着车路走去,问道。

"我叫苔丝·德北,住在马勒村。"

"你们家新近死掉了一匹马,是吗?"

"是,马就死在我手里!"她回答说,"就因为这样,我才那么想帮助父亲。"

"我们一定想法子帮你。不过,苔丝,再别说什么姓德伯的话了——那完全是另一个姓。"

"我也不稀罕那个姓,先生。"她自尊地说。

他们走到车道拐弯的时候,他把脸歪到她那一面,好像要亲她——不过,没有。他改变了主意,让她走了。

这件事就是这样开始的。要是她早就看出这一切的意义,她也许就会问,为什么她就命定,那一天让一个错误的人追求,却不让别的人,不让一个在各方面看来,都对劲儿、可心的人,看见追求?

德伯回到了帐篷,忽然大笑起来。

"哈,哪儿找这样的好事!一个丰满的姑娘!"

6

苔丝恍恍惚惚下了山,在纯瑞脊十字架上了车。同车的一位旅客忽然对她说:"瞧,你简直成了个花球啦!刚刚六月,就有这么好的玫瑰花!"她这才发现,自己胸前和帽子上、篮子里都是玫瑰花。她趁人家不留神的时候,忙把帽子上最触眼的玫瑰花摘了下来。有一回,她低下头去,冷不防叫一个玫瑰花刺扎了一下。苔丝和所有布蕾谷里的乡下人一样迷信,她觉得,叫玫瑰花扎了,是个不祥之兆。苔丝下车后还步行很多公里才能到家。苔丝在沙氏屯一个熟识的乡下妇人家里过了一夜。第二天下午,才回到家。

她一看见母亲的得意神气,就知道有事情发生了。

"我早就知道么!"

"怎么回事?"苔丝疲乏地说。

她母亲得意地笑道:"他们很喜欢你!"

"你怎么知道?"

"我收到一封信,信上说,德伯太太有个养鸡场,叫你去帮她管理。不过其实她要认你这个亲戚。"

"但我没看见她。"

"你总见过她家人吧?"

"我见了她儿子。"

"他认你亲戚了吗?"

"呃,他叫我小妹妹。"

"捷奇,他叫她小妹妹来着!"琼对她丈夫说。"一定是他对他妈说了,他妈叫你去的。"

"我恐怕自己不行。"苔丝说。

"你生来就是干这种营生的。再说,这不过是做个样子,叫你觉得不是吃白饭的。"

"我觉得不该去,"苔丝满怀心事地说,"这封信是谁写的?让我看看。"

"德伯太太写的,你看。"

信是用第三人称的口气写的,上面简单地说,德伯太太需要一个管理鸡场的人。要是苔丝能去,就给她预备一个舒适的屋子,而且工钱是不会少的。

苔丝往窗外看去。

"我还是跟着你和爸爸在家里好。"

"为什么?"

"我自己也不知道。"

一个礼拜过去了,苔丝都没有在附近找到活。她晚上回来时,母亲笑意盈盈地告诉她,德伯太太的儿子骑马来看他们了。据说,他是恰巧路过,想问问苔丝能不能去管理鸡场。"德伯先生说你是个好孩子,你那么大的一个人,就值那么大的一块金子。说真的,他很喜欢你。"

"他这么想,是他的好意,"她嘟嘟囔囔地说,"如果我知道那儿的情况,那我肯定会去的。"

"他真是个漂亮的人!"

"不见得。"苔丝冷淡地说。

"不管怎样,这是一个好机会!"

"我得仔细想一想。"苔丝从屋里往外走着说。

"你看,他准爱上她了,"母亲对丈夫说,"她应当把他牢牢抓住!"

"我可不愿意孩子去求别人,"小贩子说,"我既是长房,别人应该到我这儿来才对。"

"可是她非去不可,捷奇,"他那位头脑简单的太太说。"他叫她小妹妹来着!他大概要娶她,那她就会和祖宗一样阔了。"

约翰·德北的虚荣心比他的精力和体力都大得多,所以这个假设他听了很高兴。

同时,苔丝正在园里醋栗树和王子坟之间,沉思着走来走去。后来她走进屋里,她母亲因势利导,毫不放松,对苔丝说:

"我说,你到底打算怎么着吧?"

"我后悔没能见见德伯太太。"苔丝说。

"你就去吧,你去了肯定会看见她!"

"我也不知道到底怎么办才好!"苔丝心神不宁地说,"马既是死在我手里,那我就应该想办法再弄一匹。不过,我非常讨厌德伯先生在那儿!"

自从王子死后,那些孩子们老是拿苔丝会叫他们的阔亲戚认亲这个想法来安慰自己,现在听说她不愿意去,都大声哭起来。

她母亲也随声附和他们,只有她父亲保持中立态度。

"我去就是了。"苔丝最后说。

"这才是。这对于漂亮姑娘是个很好的机会!"

苔丝不耐烦地笑了一笑。

"我只希望,这能挣钱,而不是别的什么。你在外面不要乱说傻话。"

事情就这样安排好了,苔丝写信告诉他们,几时需要她,她就几时动身。跟着就有回信,说德伯太太很高兴她能来。后天就会来一辆大车来接她。而这德怕太太的笔迹却非常男性化。

"一辆大车?"琼·德北嘟囔说,"来接亲戚该用马车才是啊!"

苔丝最终打定了主意,她想着,挣了钱可以为父亲买匹新马,心里就变得踏实了。她本来想在学校里当一名教员,不过命运却好像另外有所决定。德北太太所抱的关于她结婚的希望,苔丝却没拿着当正经事看。

7

离家那天早晨,天没亮,苔丝就醒了。那时正是黑夜未去、曙色未来之际,树林子里还静悄悄的。她穿着平常日子穿的衣服,过年过节穿的好衣服,都叠在箱子里。

她母亲一见,连忙劝她穿上顶漂亮的衣服。

"不过我这是去干活的呀!"苔丝说。

德北太太说:"不错,你刚去,也许外面儿上叫你干点活。可是你应该展示一下自己最大的长处。"

"好吧,我想你比谁都明白。"苔丝听天由命地回答说。

苔丝为讨母亲喜欢就安安静静地说:"妈,听你的好啦。"

德北太太见她这么听话,就开开心心地帮她洗了头,擦干、梳好,最后用一条粉色带子把头发扎了起来,然后又让她穿上游行会那天穿过的那件白色连衣裙。于是头发蓬松、白裙轻飘的苔丝看起来就像一个成熟的少妇。

母亲非常得意地将她从上往下打量了一番。

"你自己来看，多美啊！"她嚷着道。

因为镜子很小，所以德北太太就在玻璃窗外面，挂了一件黑外套，这样窗上的玻璃就变成了一面大镜子了，这是乡下人梳妆打扮时常用的方法。收拾完后，德北太太又跑到楼下对丈夫说：

"德北，"她兴高采烈地说，"他肯定会很喜欢她的！可是你不要对苔丝说，她会生气的。不过他真是个好人。"

不过，当苔丝准备离开时，做母亲的心里开始有些不舍，于是她说，要送她女儿到山谷边上。在那个山顶上，有司托·德伯家的大车来接苔丝。她的行李箱子，已经让一个小伙子拿到山顶上去了。

"爸爸，我走啦。"苔丝喉头哽咽地说。

约翰爵士，为了纪念这个早晨，喝了不少酒，正有点犯困，听见女儿叫他，才睡眼矇眬地抬起头来说："你走啦，孩子，我希望他会喜欢你。你对他说，咱们家败落了，所以我要把名号便宜卖给他。"

"不少于一千镑！"德北夫人说。

"那么你就告诉他，说我要一千镑。呃，我想起来啦，少一点儿也行。这个名号加到他身上，比加到我这个窝囊废身上，好得多了。所以你告诉他吧，出一百镑就成。其实，我也不计较这些小事情——你就说五十镑吧——呃，也罢，二十镑吧。不错，二十镑，再少了可不行了。他妈，名号到底是名号，再少一个便士都不行！"

苔丝眼里含的泪太多了，喉头也堵得慌，竟没有把心里的思想感情表达出来。她急忙转身，走出门去。

她们往前一直走到山坡下面，按照预先的安排，纯瑞脊那边打发车到山顶来接苔丝。眼下除了帮她送行李的一个小伙子外，空空的山路上没有一个人，小伙子坐在车把上，车上装的是苔丝的全部财产。

"在这儿等一会儿吧，大车一准就会来的，"德北太太说，"不错，那不是就在那边吗？"

果然有辆大车驶了过来，就停在小伙子的身旁。

苔丝和母亲匆匆告了别，就往山上走去。

但是她还没走到大车跟前，山顶上的树丛里，就箭一般地又飞出一辆车来，停在苔丝身旁，苔丝抬起头大吃一惊。

赶车的是一个二十三四岁的青年，嘴里叼着雪茄，头上戴着时髦的小帽，身上穿着浅棕色的裖子和短裤，脖子上戴着竖直的硬领，手上戴着棕色的赶车手套——总而言之，他就是一两个礼拜以前，骑着马去见德北太太，探问苔丝消息的那位漂亮、年轻的花花公子。

苔丝立在马车旁边，迟疑不决。她外表上那种犹豫，其实还不止是犹豫，实在就是疑惧。她原想坐那辆笨重的大车。但是那个青年下了车，硬劝她坐自己的车。最后，没有办法,她上了车,他也上了车,坐在她旁边,立刻用马鞭子打着马往前走。

母亲和弟妹们告别了苔丝之后,在远处也看到了这个情景。于是,苔丝刚刚看不见,那些小孩子们的眼睛里,就都装满了眼泪。顶小的那个说:"我真不愿意叫可怜的姐姐去做阔太太。"说完,就大哭起来。于是这带有传染性的见解让所有孩子都大放悲声。

琼·德北转身回家的时候,也是满眼含泪,晚上她躺在床上的时候,开始叹气,丈夫问她怎么回事。

"唉,我也不知道,"她说,"也许苔丝不去倒好些。"

"你事先干什么来着,事后才想起来?"

"唉,这是那孩子的机会呀——不过,要是再遇上这样的事,我一定会先打听那个小伙子是不是个好人,是不是真会像亲戚那样照顾她,我才能放她去。"

"不错,也许你应当那样办来着。"约翰一面打呼噜,一面说。

琼·德北却老是想法给自己找点安慰。"好吧,她既然有真本事,就一定能抓住他的心。他早晚会娶她的。"

"她吸引他的王牌是什么?德伯的血统吗?"

"是她的脸蛋儿——和我年轻时一样。"

8

亚雷·德伯跨上了车,一路上不住口地恭维苔丝。他们沿着山坡越走越高,所以四面八方的风景,都一齐呈现在眼前。苔丝本来是很有胆量的,但自从上次王子死后,她一坐车,就胆怯;车的行动稍一出乎常轨,她就发慌。所以现在亚雷·德伯拼命打马直跑,她就不免害怕起来。

"先生,下山的时候,可以慢慢走吧?"她装着不在乎的神气问。

亚雷扭过头来微笑着说,"你害怕吗?我下山坡时,爱让马使劲飞跑。因为那样能提神!"

"也不用那样吧?"

"唉,"他摇了摇头,说,"我并不能完全作主。提伯脾气很怪。"

"你说谁?"

"这匹骒马啊,它刚才好像满脸怒容地瞅我。你看到了吗?"

"别吓唬我啦。"苔丝说。

"我并没有吓唬你。除了我,没人制伏得了这匹马。"

"你怎么养了这样一匹马?"

"你真会问。也许这是我的命吧。提伯已经踢死一个人了,一开始,它也差一点把我踢死。可是,我也差一点把它打死。不过，它还是爱使性子，所以坐在它后面，有时可能保不住性命。"

这时，马突然飞一般地往山下直奔，车轮子都好像碰不着地。

风吹透了苔丝的白纱衣裳，她刚洗过的头发，也披散在背后。她装出不害怕的样子，但是手却抓住了德伯的胳膊。

"别抓我的胳膊！不然咱们就都摔下去啦。你搂着我的腰吧。"

她紧紧搂住了他的腰，他们就这样来到了山下。

"幸亏没出岔！"她满脸通红地说。

"你这是发脾气了！"

"我这是说实话。"

"好，你大可不必，刚一认为脱了危险，就这样不领情，撒开了手。"

苔丝并不理会他，静坐在那儿，于是他们又来到了第二个山坡顶上。

"又来啦！"德伯说。

"别再胡闹啦。"苔丝说。

"既然上来呢，还能不下去吗？"他振振有辞地说。

他把缰绳一松，车和马又一齐飞向前去。

他对苔丝说："美人儿，再像刚才那样，搂着我的腰吧。"

"不！"苔丝竭力挺住身子，不去碰他。

"苔丝，要是让我吻一吻你那小嘴儿，或是亲亲那小脸，我就叫马停下来。"

苔丝听了这个话，惊得连忙往后退，德伯见这样，就又打马前奔，把苔丝摇晃得更厉害。

"别的不成吗？"她后来一点办法都没有，大声喊道。母亲把她打扮得那么漂亮，分明是害了她了。

"不行。"他回答。

"好吧，我不管啦！"她直倒气儿，说。

他把马缰一收，刚要转身去留下爱的标志，苔丝就仿佛不知不觉地出于害羞，急忙往旁边一躲，他两只手都拿着缰绳，没有余力阻挡她这种闪躲。

"这非把咱俩都摔死不可！"他骂道，"你就敢这样说话不算话？"

"好罢，"苔丝说，"我不动了。既然你是我的亲戚，应该不会欺负我吧？"

"什么亲戚！来吧！"

"但我不愿意别人吻我，先生！"她哀求说，一颗大泪珠从脸上滚下来，"要是早知道是这样，我决不会来的。"

但他却不肯通融，所以她只得让他吻了一下，但她立时就掏出手绢儿来，擦那吻痕，他正心热如火，见了她这样，便心痒难禁。

"你还真有羞耻心啊!"他说。

他碰了个大钉子,有些烦恼,所以就再没言语,只目不转睛地一直瞧着前面,这时又出现了一个山坡,得跑下去。

"你会后悔的,"他生气地说,同时又扬鞭打马,"除非你乐意让我再吻一下,不拿手绢儿擦。"

她叹了一口气说:"好吧,先生!哎,我得捡回帽子。"

这时她的帽子已经让风刮到路上去了。

她跑去把帽子拾了起来。

他回头往车后面看着她说:"现在,上来吧!"

帽子戴在头上了,帽带也系好了,但是苔丝却不往前来。

"我不上去啦,先生。"苔丝现在是满眼得胜而挑战的神气,红唇里露出白牙来,说。

"怎么?你不上来跟我一块儿坐着啦?"

"不啦,我要步行。"

"还有五六英里哪。"

"就是几十英里,我都不在乎。再说,后面还有大车哪。"

"你这个诡计多端的小丫头!你是成心把帽子弄掉的吧?一定是!"

于是德伯咒骂起来。

这时,他忽然勒转马头,想要追上苔丝,把她夹在围墙和马车中间，不过他要是真那么一来，就免不了要使她受伤。

"你欺负我，不害臊吗？"苔丝爬到围墙顶上，满脸正气地说。"我恨你！我要回家去啦！"

苔丝发起脾气来，德伯倒消了气，哈哈大笑起来。

"不过我更喜欢你了，"他说，"咱们俩和好吧。我再不强迫吻你啦，否则就不是人！"

苔丝还是不肯上车，只是和马车并排走。他们就这样慢慢地朝着纯瑞脊走去。过了几分钟，就看见了坡居的烟囱了，那个养鸡场和那所小房子，也在右面一个犄角上露了出来。

9

苔丝新干的这份差事，是去监视、喂养、陪伴、医疗、看护那一群公鸡和母鸡。它们占据了一所旧草房，作它们的大本营。这份产业法定的典期刚满，司托·德伯太太就满不在乎把这所草房变成了养鸡的地方了。从前那些屋子里，有许多吃奶的婴孩哇哇地哭，现在只听见破壳的鸡雏啪啪地啄了。

苔丝原是以养鸡鸭为业的人家出身的姑娘，所以第二天早上，她就按照自己的巧思，把养鸡的场子，另作了一番布置，忙了一个小时。这时，院门忽然开了，走进来一个系着

白围裙、戴着白帽子的女仆。她是从上房来的。

"德伯太太又要那些鸡啦,"她说,"太太上年纪啦,还是个瞎子。"

她听了这话,心中起了一丝疑惧,那个女仆叫她抱起两只顶好看的汉布鸡,自己也抱起两只,带着她往上房去了。上房的草地上放满了鸡笼子,空中是翻飞的羽毛,一切都表明屋子的主人是个连哑巴动物都爱护的人。

这所宅第的主人兼主妇,正坐在楼下一个起坐间里。她是一个白发苍苍的妇人,年纪不过六十,戴着一个大便帽。她的面目很生动,不像生来就瞎的人那样死板呆滞。苔丝擎着鸡,走到老太太跟前。

"你就是新来的那个养鸡姑娘吗?"德伯太太听出她的脚步声是个生人的,问道。"你可要好好地待它们啊。我的管家告诉我,说你管这些鸡顶合适。好啦,你把鸡都带来了吗?啊,这是司雏!不过它今天好像没有往常那么欢势似的,是不是?我想它这是因为叫一个生人一摆弄,吓着了吧。费纳也不大欢势——不错,它们是有点儿吓着了——是不是啊,宝贝儿呀?不过待几天,它们跟你就熟起来了。"

老太太一面说话,一面打手势,苔丝和女仆就按着手势,把那四只鸡一个一个放在她的膝上,她就用手从头到尾摸它们,她一摸就知道,是哪一只,她又摸它们的嗉子,摸得出来它们吃的是什么东西,吃多了,还是吃少了。

她们把带来的那四只鸡,都依次送回鸡场,然后再把她心爱的公鸡母鸡——汉布鸡、班屯鸡、考珍鸡、布拉马鸡、道擎鸡一个个送给她摸。她能认出所有鸡来。

摸完所有的鸡之后,德伯太太脸上又一阵抽动,弄得满脸都是褶皱,嘴里冷不防地问苔丝道:"你会吹口哨吗?"

"会,太太。"

苔丝也和大多数的乡下女孩子一样,很会吹口哨儿。

"那么,我要你天天早晨对着我养的红胸鸲吹一回。我看不见它们,但我喜欢听它们的声音。伊丽莎白,你告诉她鸟笼子挂在什么地方。明天就开始吧,已经好久没人管它们啦。"

"今儿早上德伯先生吹过的。"伊丽莎白说。

"什么!呸!"

老太太的脸皮蹙在一起,表示非常厌恶,没再说话。

苔丝想像中的亲戚对她的接待,就这样结束了,那些鸡也都送回鸡场去了。苔丝看到德伯太太那样的态度,倒没觉得怎么奇怪。不过她却不知道,关于她和德伯太太是亲戚的事,德伯太太始终不知道。

虽然开端不太愉快,但当她安置好了以后,就对这里的新鲜和自由,倾心向往起来;同时,她又急于试一试,想知道自己是否还像以前一样擅长吹口哨,当园子里刚一剩下她一个人的时候,她就把嘴唇撮起,试验那荒疏已久的玩意,她发现，这本事已经退步了，她只能"噗"的一下，吹出一口元声之气，却吹不出清晰嘹亮的音。

她试了又试，却总不能成功。过了一会儿，忽然有人从墙头上跳到地上，原来是亚雷·德伯。自从那天他把她送到这儿后，他们就没见过面。

"我刚才在墙外面瞧了你半天了，苔丝妹妹。我瞧你撮起小嘴，噗啊噗地吹一阵，又偷偷地自己骂一阵，永远也吹不出个调。你太美了，真是人间难寻。你吹不上来，都急躁了吧？"

"急躁也许有，骂可没有。"

"让我教你吧。"

"哦，不用。"苔丝说着往后退。

"我不会动手动脚的。你就站在那面好啦。你把嘴唇撮得太猛了。你瞧，就这样。"他一面讲解，一面动作，吹了一句《你把那嘴唇儿挪开》。不过苔丝不懂这歌调的意思。

"你来试试。"德伯说。

她努力把脸绷得像石雕泥塑一样严肃。不过他却非让她吹不可，后来她觉得不吹他就不肯走，所以就照着他说的办法，把嘴唇撮起来。

他又鼓励她说："再试一回。"

她认真地试了一下，没想到最后竟发出了一个真正圆润的声音来。她高兴起来，把眼睛睁大，不知不觉地在他面前嫣然启齿。

"这回对啦！我教会了你怎么起头，一会你就能吹得很漂亮了。你瞧，我没有动手动脚吧？苔丝，你真迷人！……你觉得我母亲很古怪吧？"

"我跟她还不太熟，先生。"

"你以后就知道她古怪了，不过你能够把她那些鸡儿给伺候好了，她一定会喜欢你的。再见吧！你要是碰到什么困难，就来找我好啦。"

苔丝·德北承担的这种任务使她在这个家的管理中占了一席之地。亚雷·德伯常常和她开玩笑，没人的时候，还会叫她小妹妹，她慢慢地也不像起初那样，见了他怕羞，但她却没有生出一种更温柔的感情。因为自己的寄人篱下，苔丝差不多什么事都附和他。

苔丝一旦恢复了从前的本领，就很容易完成工作。她跟着歌喉婉转的妈妈，学会了很多曲调，现在可以拿来教给这些歌鸟儿。现在她每天早晨在鸟笼前吹曲，非常惬意。

德伯太太睡觉的屋里，有一张带四根床柱的大床，床上挂着很厚的花缎帐子，红胸鸢也就在这个屋里养着。有一次，苔丝听见床后面有窸窸窣窣的声音。老太太并没在那儿。她转身看去，看见帐子的流苏下面，有一双穿靴子的脚，把前端露出，苔丝疑心那儿有人。从此以后，苔丝每天早上，总要揭开帐子，查看一番，不过并没发现那儿有人。

亚雷·德伯一定是改变了主意，不想再用这种把戏来吓唬她了。

10

每一个村庄，除了有自己的特性和脾气外，往往还有道德律条。纯瑞脊本地和纯瑞脊附近，有些年轻的妇女，极为轻佻。

起初，苔丝并没有参加这种每星期一次的巡礼行程，但是经那些同龄的太太们一再怂恿，苔丝到底答应去了。她头一次去，就给了她想不到的乐趣，因为，她过了整整一礼拜管理鸡场的单调生活，看见别人那样欢畅快活，自己很难不受他们传染。于是她去了一次，接着又去。因为她文雅温柔，又正在转瞬即逝的那种含苞欲放的绮年韶华，所以她在围场堡出现，很招得街上一些游手好闲的人，偷眼暗窥。因此她往那个镇上去，虽然也有时单独行动，但是一到天黑，她总是找同去的人，和她们结伴而行，以便在回家的路上得到保护。

这样进行了一两个月，后来有一个礼拜六，恰好赶集和赶会的日子碰在一块儿，苔丝由于工作没完，动身很晚，而她的同伴早就到了那儿了。那正是九月里傍晚的时候，天气很好，太阳刚要落，苔丝就一个人在光线暗淡的暮霭里，从从容容地往集镇走去。

她原先不知道赶集和赶会碰在一天,到了那儿才知道的,那时候天就要黑了。她一会儿就买完了东西,所以就像往常一样,去找那些个从纯瑞脊来的乡下人。

起先她一个也没找到,后来听说很多人都上那个贩泥炭兼捆干草的工人家里,开私人舞会去了。这个工人住在镇上一个偏僻的小胡同里,她去找那个人家的时候,看见德伯站在街上一个犄角那儿。

"美人,这么晚还没走哪?"他说。

她告诉他,自己在等候同伴一同回家。

"待会见。"她走进小胡同时,他在她身后说。

她走近了捆干草那个人的家,听见提琴奏着对舞舞曲的声音,从后面的屋子里传了出来,不过却听不见跳舞的声音。她敲了敲门,没人应门,所以她就朝着发出音乐声的那个草棚子走去。

苔丝走到门口,往里一瞧,看见一些模模糊糊的人影,按照跳舞的步调,一来一往地回旋。音弱声微的提琴有气无力地奏着,和那些跳舞者的舞蹈,成了显著的对比。他们一面跳一面咳嗽,一面咳嗽一面笑。

有的时候,舞侣们会跑到门口清凉一会儿,那时他们的身旁,既然没有尘雾笼罩,于是那半人半神的仙侣,就一变而为她隔壁的街坊那种平常人物了。仅仅在这两三个钟头以内,纯瑞脊就能这样如疯似狂地变形改观!

人群里有几位爱喝酒的人,坐在靠墙的凳子和草垛上,其中有一位认得苔丝。

"那些闺女们都觉着在夫洛·德·吕旅店跳舞不体面,"他说,"她们不愿意叫人家都知道了她们的男朋友是谁。再说,有的时候,正赶着筋骨活泛了,店家却要关门。所以我们都上这儿来,从外面叫酒喝。"

"不过你们何时才回去哪?"苔丝焦急地问。

"大概马上就走。这差不多是最后一场了吧。"

她等着,对舞完场了,但是不愿意回去的人又组织起一场来。苔丝想,这一场完了可该散了。但是另一场又接着来了。她等得心神不宁,不过,既然等了这么久了,那就非再等下去不可。因为赶会,路上很可能有些心怀不良的闲杂人。她虽然不怕估计得到的危险,但却害怕出乎意料的事故。

"别着急,亲爱的好人,"一个满脸是汗的青年劝她说,"明儿是礼拜,在教堂作礼拜时睡一觉,不就完了吗?来吧,一起跳吧!"

她并不厌恶跳舞,不过她却不想在这儿跳。他们的动作变得感情色彩更强烈;那些气喘吁吁的舞侣,不断地旋转前进。

忽然地上扑腾一声,原来是一对舞侣跌倒了,躺在那儿,搅成了一团。第二对舞侣,止不住脚,也倒在拦住去路这两个人身上。屋内原来一片尘土，又从跌倒了那些人身旁浮起一片更厚的尘土，尘土里面，只见有许多腿和胳膊，乱伸乱舞，纠缠在一起。

"好吧，你等着，回到家我可要好好教训你！"一个女人的声音骂道。那是那个闯祸的笨汉不幸的舞伴嘴里发出来的，她碰巧也正是他新结婚的太太。

这时，庭园暗处忽然有人哈哈大笑，和屋里哧哧的笑声互相呼应。苔丝回头看去，发现亚雷·德伯正独自站在那儿。他向她招手，她见了，只得过去。

"啊，美人儿，你到这儿来干什么？"

她干了一天活，走了许多路，疲乏极了，所以就把心里的难处，告诉了他。"他们好像老没有完的时候，我不想再等啦。""当然用不着再等。我今天这儿只有一匹鞴鞍子的马，我去雇一辆马车，把你送回家去。"

苔丝听了这话，虽有些得意，但心中仍有疑虑。最后她还是决定和伙伴们一块，因此委婉地拒绝了他的好意。

"很好，万事不求人的小姐，那我走了。……天哪，他们多吵！"

看到他走了，那些纯瑞脊人，也都预备一块儿起身了。过了半个钟头，他们就零零落落地上路了。

苔丝跟着那一群人往前去，她看出来，那些喝酒过量的男人，走起路来摇摇晃晃，几个较放纵的女人，也都东扑西靠,这其中一个肤色较深的泼妇卡尔·达齐,人家都封她为黑桃王后,她还是德伯的爱宠;一个是南茜,卡尔的姊妹,外号叫方块王后;还有一个就是先前跳舞跌倒了的结过婚的年轻女人。她们顺着大路走来,觉得好像凌空御风,飘然前往,她们自身和周围的大自然,合成了一个有机体。

但是苔丝跟着她父亲时,已经有过这种痛苦的经验了,所以她一发现他们那种情况,刚感到的那种月下步行的快乐就消逝了。

起先在宽敞的大道上,他们是零零散散地前进的,但是现在他们却要穿过一个大栅栏门。走在最前面那个人开栅栏门的时候,遇到了困难,大家就都聚拢起来了。

走在最前面的,是黑桃王后卡尔。她带着一个柳条篮子。篮子又大又重,她为携带方便起见,就把篮子顶在头上。

"哎哟,卡尔·达齐,你看,你脊梁上是什么东西在爬?"有人忽然说。

大家看见卡尔脑袋后面,有一条像绳子一类的东西,一直垂到腰下面,好像一条中国人的辫子。

"那是她的头发披散下来了吧。"另一个人说。

不,那是她头上的篮子里流出来的一道黑油油的东西,好像一条满身粘液的长虫。

"是糖浆。"一个目力敏锐的太太说。

不错，是糖浆。卡尔那可怜的老祖母，见了甜东西就嘴馋，所以卡尔特意买了一些。当卡尔把篮子放下时，发现盛糖浆的器皿已经碎了。

大家看见卡尔背上那种怪相，不由得大笑起来。黑桃王后一急，把身子放倒了，仰着躺在草地上揉搓，尽其所能，把连衣裙擦了一遍。

大家笑得更厉害，我们那位女主角，也忍不住笑了起来。

这真是不幸，刚一听到人群中苔丝冷静的笑声，那位早就醋意十足的王后就像疯了一样，一下冲到苔丝面前。

"你这贱货，敢笑我！"她喊道。

"别人都笑，我忍不住也笑了。"苔丝表示抱歉地说。

"啊。这阵儿他迷上你，你得意了，是不是？来吧！我要给你点颜色瞧瞧！"

她马上开始动手脱连衣裙的上身——因为上身已经弄脏了，她正乐得把它脱下去。她握起两个拳头，朝着苔丝拉起架势来。

"谁和你动手动脚的！"苔丝威仪俨然地说，"我要是早知道你是这样的人，那我决不会和你们这群娼妇搅和在一块。"

这句话不分青红皂白地把这些人都一包在内，因此惹起了一片怒骂之声，特别是方块王后，因为人家疑心她也是德

伯的情妇,所以现在和姐姐联合起来,对付共同的敌人。别的女人也有好几个同声响应的,骂得非常凶恶。那些丈夫和情人们,看到苔丝受到不公正的对待,就想帮助苔丝一下,但是这样一来,马上更把战事扩大了。

苔丝又愤怒,又羞愧。她一心一意只是想要离开那一群人,越快越好。这时一个骑马的人却突然出现,他正是亚雷·德伯,回身朝他们看。

"老乡们,你们为什么这样吵吵闹闹?"他问道。

没人向他解释,也用不着解释。他早就偷偷跟着她们好久了,因此也已经明白是怎么一回事了。

苔丝正离开人群,站在靠近栅栏门的地方。他对她低声说:"你跳上来,骑在我身后面,咱们一眨眼的工夫,就把她们撂得老远了。"

假使在别的时候,她一定会拒绝他的殷勤。但是这次的殷勤,恰好是在这个节骨眼上,只要两脚一跳,就可以把恐惧和愤怒,化为胜利,所以她就听凭了自己的冲动,一点没加思索,就攀上了栅栏门,爬上了他身后面的马鞍子。

黑桃王后站在方块王后和那个脚步不稳的新婚女人旁边,三个人都直着眼往那马蹄声越去越远的地方瞧。

"你们看什么?"一个不知情的人问。

"哈哈哈!"卡尔大笑。

"唏唏唏!"喝醉了的新娘子抓住了丈夫的一只胳膊,大笑。

"喝喝喝!"卡尔的妹妹大笑,"从锅里掉到火里去啦!"

这些过惯露天生活的儿女们,即使喝酒过量,也不至于永久受害。那时候他们都已经走上地里的小路了。他们往前走的时候,月光把一片闪烁的露水,映成一圈一圈半透明的亮光,围着每人头部的影子,跟着他们往前。

11

他们骑马走了好远。苔丝一路上抱着德伯,心中一半是得意,一半是疑虑。

"真是干净利落,是不,亲爱的苔丝?"他过了一会儿说。

"是!"她说,"我真应当感激你。"

"那么你真感激我吗?"

她没回答。

"苔丝,为什么你老不愿意我吻你?"

"因为我不爱你吧。"

"真是这样吗?"

"我有时还生你的气!"

"啊,我早就害怕会有这种情况了。"虽然如此,亚雷听了苔丝这番自白,还是和颜悦色,"我并没时常惹你生气吧?"

"有几次。"

"多少次?"

"可多啦。"

"我每次和你亲近,都惹你生气,是不是?"

她没言语,马走了老远,走到后来,一片薄而发亮的雾气,把他们包围起来了。

也许因为雾气,也许因为她老出神,再不就因为她非常困倦,所以她并没看出来,他们早走过了往纯瑞脊去的岔道了。

她那时真是累极了。但她虽然这么困倦,却只有一次,她的头轻轻地靠到了德伯的身上。

德伯把马止住,在鞍子上侧着身子,用手搂住了她的腰去扶她。

苔丝立刻醒来采取守势,把他轻轻一推。他坐得本来就不稳,因此差一点滚下马去。

"你真不知好歹!"他说,"我是怕你掉下去,并无恶意。"

她疑虑不定地琢磨了一会儿,就后悔起来,低声下气地说:"请你原谅,先生。"

"我不原谅你,除非你作出表示,说你信得过我。"他忽然发作起来说,"你把我当作什么人了?你玩弄我,躲闪我,足足有三个月了,我不再受你这一套啦!"

"我明天就离开你，先生。"

"不成，不许你明天离开我！我再问你一遍，你能不能让我搂着你，表示你信得过我？咱们俩已经很熟悉了，你又知道我爱你，认为你是世界上顶漂亮的姑娘。我不可以像一个恋人那样对待你吗？"

她急躁地倒抽了一口气，表示反抗，同时嘴里嘟嘟囔囔地说："我不知道——我怎么能说成不成哪——"

他擅自用手搂住了她的腰，她也并不反抗。他们这样侧着身子，慢慢往前走去，后来她忽然觉得，他们走的时间太久了——比平时费的工夫大得多，况且这只是一条小路。

"哎哟，这是什么地方？"她喊着说。

"一个树林子。"

"什么树林子？咱们走错了吧？"

"这是英国顶古的一片树林子。今天晚上夜色很美，咱们为什么不在外面多流连一会？"

"你太奸诈了！"苔丝半凶悍半惊慌地说，用手把他的手指头一个一个地掰开了，"我要自己回去，让我下去！"

"宝贝儿，我对你实说了吧，咱们离纯瑞脊远着哪。现在雾气越来越大，你就是走上好几个钟头，也走不出这树林子。"

她婉转地请求他说："你放我下去好啦！管它在什么地方，我只求你放我下去，先生！"

"很好,那我就放你下去——可是既然我带你来了,就要把你安全带回。你在这匹马身旁等候,我走过去看看,等到我弄清楚了咱们到底是在什么地方,就放你下去,那时你再要走就随你便了。"

她同意了,在马的左面溜了下去,但是他却趁她不备,吻了她一下。

"我得牵着这匹马吧?"

"哦,不用!"亚雷拨转马头,把它拴在一个树枝上,又在干树叶子中间,给苔丝铺了一个窝儿。

"现在你坐在这儿好啦,只要稍微瞅着那匹马就行了。"

他往前走了几步又退回来说:"苔丝,你父亲今天得到了一匹新马。"

"是你给他的吧?"

德伯点点头。

"哦,你真好!"她嚷着说,又因为在这种时候感谢他,心里觉得很难过。

"小孩子们也有一些玩意。"

"谢谢你!"她很感动地说,"可我并不愿意你给他们东西!"

"为什么?"

"那样我就被你束缚了。"

"苔丝,你有没有一点爱我?"

"我不是忘恩负义的人，"她无可奈何地说，"不过我恐怕不——"她忽然非常难过，一颗泪珠慢慢滚下来，一会儿就大声哭了起来。

"别哭，亲爱的人儿。你在这儿坐着，等我回来好啦。"她在那堆树叶子上坐下，同时微微打颤。"你冷吗？"他问。

"有点儿。"

他用手去摸她。

"你怎么就穿了这样一件薄连衣裙？"

"这是我顶好的夏装。我刚出门时，很暖和，哪知道又要骑马，又要走到深更半夜？"

他把身上的薄外衣脱了下来，温柔地给她盖在身上，"这就好了——你现在可以暖和一点儿了。"他继续说，"现在，我的宝贝儿，你在这儿歇一会儿好啦，我马上就回来。"

他起身走进那一张雾气织成的网里面，他走到邻近那个山坡上的时候，她听得见树枝子沙沙发响的声音。

亚雷·德伯已经走上了山坡。那天晚上，他随意地走了一个多钟头，为的是好和苔丝在一块儿多待一些时候，并且只顾注意苔丝月光下的俏形倩影，并没有注意道路。他走到大路旁边一道栅栏边，认出了这个地方的地形，于是他转身往回走。一开始的时候，他觉得，很难找到原来出发的地方，他摸索了老半天，才听到他的马在他跟前做轻微的活动。

"苔丝。"德伯叫道。

没人回答。

那时候特别的黑,除了他脚下那一片朦胧的灰云白雾而外,别的东西一样也看不见。德伯弯着腰伏下身去,听到了一种匀称的呼吸。他跪了下去,她喘的气暖烘烘地触到他脸上,他的脸也一会儿就触到她脸上了。她正睡得很沉。

昏暗和寂静,统治了四周围各处,他们头上,有从上古一直长到现在的橡树和水松,树上栖着轻柔的鸟儿。但是应该有人要问:苔丝的保护天使呢?她信仰的上帝呢?

这样美丽的一副细肌腻理,还像游丝一样,轻拂立即袅袅;还像白雪一般,洁质只呈皑皑。毫无疑问,苔丝·德伯有些戴盔披甲的祖宗,战斗之后,乘兴归来,恣意行乐,曾更无情地把当日农民的女儿们同样糟蹋过。

在这个偏僻的乡村里,人们爱说那种听天由命的话。现在正如他们平常说的那样,"这是命中注定的"。我们那位女主角从此以后的身份,和她刚迈出她父母家的门坎到纯瑞脊的养鸡场去碰运气那时候的身份,中间有一条深不可测的社会鸿沟,把它们隔断。

第二章
少女失贞

12

篮子又重,包裹又大,但是她却满不在乎,拖着它们往前奔去。

那是十月的后半月里一个礼拜天的早晨,离苔丝·德北刚到纯瑞脊那一天,大概有四个月,离在围场里骑马夜行那一次,有几个礼拜。天刚亮了不大一会儿,她背后天边上的黄色晨光,正把她面对着的那道山脊照得发亮。那道山脊就是她近来客居的那个山谷的边界,她回老家,总得翻过它。

这个山坡,就是六月里那一天,德伯像疯了似的和她赶着车跑下去的那一个。这片山谷,从这个山顶上看,永远是

美的，今天苔丝看来，它更美得可怕。她的人生观，因为那一番教训，完全改变了。现在的她，满怀心事地低着头，静静地站在那儿，回过身去，往后面看。实在和从前没出家门，简单天真的她，完全不是一个人了。

她看见一辆双轮马车往山上走来，车旁跟着一个步行的人向他招手。

她面无表情地听从了那个人让她等候的手势，几分钟后，人和车马都一起停在她旁边了。

"你怎么就这样偷偷地溜了？"德伯上气不接下气地责问她说，"还赶着个大礼拜早晨，谁都没起来！我是无意中才发现你走了的，跟着就拼命地赶着车追了你一路！你这是何苦，我拼命地来追你，为的是如果你不回纯瑞脊去，我好赶着车送你一段。"

"我不回去了。"她说。

"我想你不会回去的，那么好吧，你把篮子放到车上，让我把你也扶到车上来。"

她上了车，和他并肩坐下。

德伯点了一支雪茄，他们一路上不动感情地谈了些闲话。走了几英里以后，看见了前面那一丛树，树那一边就是马勒村了。只有在这时候，她那沉滞呆板的面孔上，才露出了一丁点的感情来，眼里掉下了一两颗泪。

"你哭什么？"他冷淡地问。

"我后悔我不该出生,不管是在什么地方。"

"呸!你当日既是不愿意去纯瑞脊,那你为什么去了呢?"

她没回答。

"我敢起誓,你决不是为爱我才去的。"

"那倒是真的。要是我为爱你去的,要是我过去真爱过你,要是我现在还爱你,那我就不会像这会儿这样厌恶自己了。"

他把肩头一耸。她又接着说:"等到我明白过来你的用意,已经晚了。"

"女人总这么说。"

"你敢说这样的话!"她气愤地对他说,"难道你从来就没想到,别的女人只嘴里说说就算了的事,有的女人可真心难过吗?"

"好啦,"他笑了一声说,"对不起,都是我的不是,我承认。"于是他又变得有点激愤的样子,说,"我情愿把这笔债全部还清。你用不着再在庄稼地里或者奶牛场里干活儿。你尽可以穿得顶好,用不着穿得那么俭朴素净。"

"我已经说过,我不再要你的东西了!"

"瞧你这样,人家还以为,你不但是德伯后裔,并且还是一位公主哪——哈,哈!好啦,苔丝,亲爱的,我没别的可说啦。我想,我是个该死的坏人。不过,苔丝,我拿我的

灵魂对你起誓,我再也不对你坏了!如果某种情况发生,你要我帮忙,只要你写几个字给我,你要什么我马上就给你什么,我也许不在纯瑞脊,我要上伦敦去住几天,不过有信都能转寄。"

她说不要他再往前送了,于是他们下了车,她向他微微鞠了一躬,拿眼把他的眼只盯了一瞬的工夫,跟着转身拿起行李来,就要往前走去。

亚雷弯腰对她说:

"你就这样儿走了吗,亲爱的?来呀!"

"随你的便儿好啦,"她满不在乎地回答,"你瞧你把我摆布到哪步田地了!"

于是她转过身来,把脸仰起,像石雕的分界神一般,让他在脸上吻了一下。他吻她的时候,她两眼茫然瞧着前面路上最远的树木,仿佛不知道他在那儿做什么一样。

"咱们俩好了一场。你再让我吻一吻那一面儿吧。"

她照样毫不动情,转过脸去,让他在那一面脸上,也吻了一下。

"你还没用嘴吻我哪!你从来就没真心爱过我。"

"本来就是这样啊。我从来没真心爱过你,我想我永远也不会爱你的。"她伤感地说。

"唉,你这样忧郁愁闷,简直是毫无道理。在这一块地方上,就凭你这份美貌,你可以跟无论哪一个女人比一比的。不过,苔丝,你能不能跟我回去?我真不愿意你走!"

"不能,永远也不能。"

"那再见吧,我这四个月的妹妹!"

他跳上了车,消失在树篱中了。

苔丝连头也没回,一直顺着篱路往前走。在那条篱路上出现的有生之物和无生之物,只有凄楚的十月,和更凄楚的她。

这时,她听见身后有男人的脚步声,越走越近。还没过多大工夫,他就来到她身后,问她早安了,他好像是工匠,手里提着个铅铁罐。他问她,要不要替她挎着篮子。她回答说可以,就把篮子交给了他。

"今儿是安息日。"他说。

"是。"

"大多数的人,做了一个礼拜的工,都歇着去了。"

苔丝又答应了一个是字。

"可是我今天作的事,比一个礼拜里的都更切实。"

"是吗?"

"平日里,我为人类争光,到了礼拜天,我为上帝争光。这一天比那六天,可切实得多了,是不是?我在这个篱阶上还有点活儿要干。"那人一面说,一面转到一片草场的一个豁口那儿。

"等我一会,"他又说,"我一下就好。"

于是她停下等他。他往篱阶那三块木板中间的那一块上，动手描画起大字来，每一个字后面，都加了一个逗号，好像叫人念起来的时候都要停顿一下，好深入人心似的。

你，犯，罪，的，惩，罚，正，眼，睁，睁，地，瞅，着，你。

那几个刺眼的鲜红大字，衬着寂静的景物，显得分外鲜明。

但是这些字，在苔丝看来，却很可怕，因为它们都好像是指责她的罪过似的。

他涂完经文又和苔丝一起上了路。

"你真相信那些语句吗？"她低声问。

"这还用问！？"

她声音颤抖地说："假使你犯的罪，不是出于自己的本心，那会怎样？"

"我没有本领分析你这个有争议的问题。这种语句应用到什么情况上，那要看人自己的心。"

"这话太可怕了。"苔丝说。

"涂它们的用意，就是要叫人害怕呀！"他回答说，"我在那墙的空地方上面涂一句话，警戒下像你这样的年轻女人吧。等我一会儿，姑娘。"

"不。"她接过篮子，奋力前进。走了几步，她回过头来，看向那古老的灰色墙垣。那句话刚涂了一半，苔丝就知道下文了，所以脸忽然红了。他涂的是——不要犯（此处指不要犯奸淫之罪），她那位旅伴，看见她在那儿回头瞧，就大声喊道："今天有一位很热诚的好人，克莱先生，要到你去的那个教区讲道，你会受益的。我就是受了他的影响，才做好事的。"

她没有说话，径直走了。

不一会，她就到了家门口。她母亲刚下楼，见她来了，转身和她打招呼。

"苔丝，是你啊！你是来家预备结婚的吗？"她母亲一面嚷着，一面去吻那女孩。

"不是，妈。"

"那你请假了？"

"不错，请了长假啦！"苔丝说。

"怎么，咱们的亲戚不办那件好事了？"

"他不是咱们的亲戚，他也不想娶我。"

"到底怎么啦？"母亲问。

于是苔丝告诉了她一切的情况。

"既然那样，你一定要叫他娶你！"她母亲旧话重提，说，"既然有了那样的事，任何女人都该那么办的！"

"也许任何女人都要那样，只有我不。"

"要是你真那样办了，你再回来，那就和故事里说的一样了。"德北太太恼得快要哭出来了，"谁想到，会是这样一

种收场,你为什么只替你自己打算,就不能替你一家人打算打算?你看我这样劳碌受累,你爸爸整天东奔西跑!那时,你们是多么美的一对儿!你看他给咱们的这些东西——他既不是咱们的亲戚,那他给咱们这些东西,自然是因为爱你了,你怎不叫他娶你!"

让亚雷·德伯娶她!他从来就没提过要结婚。即使他提了,又怎么样呢?她会作怎样的答复,她自己也不知道。但是她那傻妈妈,却不明白她对这个人的感情。她从来就没有一心一意拿他当回事的时候,他在她眼里,只是尘土草芥一般,即便为自己的名声打算,她也不愿意嫁他。

"既然你不想嫁给他,就应该更加小心!"

"唉,妈呀!"苔丝转身朝向母亲,好像心都要碎了一般,大声说,"我怎么会知道那些事儿?四个月以前我还是个孩子哪!你为什么不告诉我,男人都不安好心?大户人家的女人,都知道得提防什么,因为她们看过小说,可我能在哪里知道这些?你又不帮助我!"

她母亲无言可答。

"我害怕,我要是告诉了你,他对你发痴情,以后又会有什么结果,你就会对他傲起来,就会失去机会。"她嘟囔着说,"哎,我们只能往好里想了。"

13

苔丝·德北回来了这件事，到处传说开了。下午的时候，有好几个年轻的女孩子，都是苔丝的老同学和老朋友，来拜访她，以好奇的神情瞧着她。因为爱上她的，是她那位德伯先生，一位当地有名的绅士，并且他花花公子的狼藉名声，已经传布到纯瑞脊以外。她们认为，苔丝正处于一种令人担心的地位，这比起无险可冒的情景，更增加了魔力。

她们非常羡慕她，所以她刚一回身的时候，几个年纪较小的女孩子就低声说：

"她怎么长得那么好看！配上那件连衣裙，更好看了！"

苔丝正伸手往碗橱里去拿茶具，没听见这几句评语。但她母亲却听见了，于是琼单纯的虚荣心，就借着这一点，尽力地过了一回瘾。欣喜之余，就把她们都留下吃茶点。

她们的闲谈和笑声，她们的趣话和艳羡，使苔丝的兴致也复活了。她脸上不像先前那样硬了，她那焕发的容光，更显出了她青春的美丽。虽然她有心事，但是有时候，她回答起她们的问题来，却往往带出身份优越的神气，好像自己承认，她在情场中的经验，真有点叫人羡慕的地方。

第二天早晨，顶好的衣服收起来了，嬉笑欢乐的客人们也早就走了，只有自己在旧日的床上醒来了，那时候，她多么沉闷抑郁啊！她只见到，她前面是一条崎岖的绵绵远道，得自己单人独行，没人同情，更没人帮助。想到这儿，她的抑郁就达到了可怕的程度，恨不得眼前有一座坟，她好钻到里面去。

过了几个礼拜的工夫，苔丝才慢慢地恢复了足够的生气，敢在一个礼拜天早晨到教堂里去了。她喜欢听做礼拜的歌咏和那些古老的圣诗，喜欢跟着他们唱《晨间颂》。她母亲既是爱唱民歌，她也由她母亲那儿继承了生来就好歌曲的天性。一来因为自己的特殊原因，她尽力躲避别人注意，二来因为对青年的殷勤，要一概摆脱，所以她老是趁着教堂的钟还没响的时候，就起身往教堂里去，并且在楼下后排、靠着存放东西的地方，找位子坐下。

做礼拜的人，三三两两地进了教堂，在她前面一排排坐好。歌咏的时候，恰巧选了一个她爱听的调子，不过她却不知道它叫什么，虽然她很希望能够知道。先前回头瞧的那些人，在礼拜进行之中，又回头瞧，后来瞧出来是她坐在那儿，就互相低声谈论起来。她听到他们的谈论，心里难过起来，觉得再也不能到教堂里来了。从此以后，她和几个弟妹一块儿占用的那间寝室，便成了她成天离不开的地方了。她销声匿迹，丝毫不露踪影，所以到后来，差不多人人都以为她已经离家出走了。

在这个时期里，苔丝唯一的活动，就是天黑了以后跑到树林子里面去，那时她才不孤独。原来黄昏时候，有那么一刻的工夫，亮光和黑暗，强弱均匀，恰恰平衡，把昼间的踢天踏地和夜间的意牵心悬，互相抵消，给人在心灵上留下绝对的自由。她对于昏夜，并不害怕。她唯一的心思，好像就是要躲开那个叫作世界的冷酷集体。

苔丝根据余风遗俗，想象模拟出一些怪诞荒谬的、恫吓自己的一群象征道德的精灵妖怪。她在鸟宿枝头的树篱中间走动的时候，把自己看作是一个罪恶的化身，侵入了清白的地域。她被自己的想象所苦恼。

14

那是八月里的一天，太阳刚出来，烟雾腾腾，夜里产生的雾气，现在叫温暖的光线一照临，就分散、收缩变得一堆一簇，藏在低洼的山谷和浓密的树林子里，直到让太阳晒得无影无踪。

不过那天早晨，在所有红彤彤的东西里，顶鲜明的还是那两根涂着颜色的宽木条，正耸立在马勒村外一片金黄色的麦地边儿上。原来昨天，地边儿上运来一架收割机，预备今天用。

篱路上已经来了两班工人，一班是男人和男孩，一班是女人。他们来的时候，东边树篱顶儿的影子刚好落到西边树篱的中腰上，因此他们的头在朝阳里，他们的脚仍旧在黎明里。他们离开篱路，走进最靠跟前的那块地边上的栅栏门，

在门两旁的石头柱子中间消失。

　　一会儿的工夫，机器就开始活动起来了。只见三匹马套在一块儿，拉着刚才提过的那辆摇摇晃晃的长身机器，在栅栏门那一面往前挪动。拉机器那三匹马里面，有一匹驮着一个赶马的，机器上有个座儿，坐着一个管机器的。机器全部先顺着地的一边往前一直地走，机器上的十字架慢慢地转动，后来下了山坡，叫山挡住，就完全看不见了。待了一会儿，它又像刚才一样，不紧不慢地在地的那一边儿出现。最先看见的，是前面那匹马额头上发亮的铜星儿，在割剩下来的麦秆上面升起，跟着看见的，是颜色鲜明的十字架，最后看见的，才是全副的机器。

　　机器绕着地走了一个圈儿，地四周割下来的麦秆也加宽一层，早晨的时光慢慢过去，麦子的面积也慢慢缩小。收割机把割下来的麦子，都一堆一堆撂在机器后面，每一堆刚好够扎成一捆。跟在机器后面的是些手灵脚快的工人，不停地捆扎麦子。这些工人里，还是女的占大多数，但是也有几个男的，他们都是上身只穿着印花布衬衣，下身用皮带把裤子系在腰上。

　　那些女人头戴打着摺儿的布帽，帽檐下垂，遮挡太阳，手戴皮手套，保护双手，免得叫麦秆划破。她们里面，有一个身穿粉红褂子，有一个身穿米色窄袖长袍，有一个腰系红裙，红得和机器上的十字架一样。这天早晨，大家的眼睛都不由自主地往那穿粉红布褂的女孩子那儿瞧，因为在这一群人里面，论起身段的袅娜苗条，她得算是第一。但是她的帽子，却很低地扣在前额上，所以她捆麦子的时候，一点儿也看不见她的脸，不过她的肤色，却可以从直垂帽檐下面一两绺松散开来的深棕色头发上，猜出一二。那时候，别的女人时常四面张望，她却一心干活，从不求人注意，也许就是因为这样，所以才反倒惹得人家偶尔看她一两眼吧。

过一会儿，她就把身子站直了，休息一下，把松了的围裙系紧了，或者把歪了的帽子戴正了。在那时候，就可以看出来，她是一个眉清目秀的青年女子，脸是鸭蛋形的，眼睛深而黑，头发长而厚。

那个女人正是苔丝·德北，多少改变了一点儿——是那个人，却又不是那个人。她在家里躲了许多天了，后来才拿定主意，在本村做点儿户外工作，因为那时正是庄稼地里顶忙的时候，她在屋里所能做的事儿，比不上收拾庄稼挣的钱多。

快到十一点钟的时候，有群小孩儿，年龄由六岁到十四岁，从一块有麦茬竖立的凸起的山田后面，露出脑袋来。苔丝见了，脸上微微一红，不过没有停止工作。

那群孩子往前走来，年龄最大的一个女孩儿，怀里抱着一个裹在襁褓里的小婴孩，又有一些孩子拿着些食物，收麦子的工人都停了工，各人拿起各人吃的东西来，靠着一个麦捆坐下,大家就在那儿吃起饭来。

苔丝·德北最后一个歇工。她靠着麦捆的一头坐下,把脸掉过去一点儿,背着她的伙伴。她的饭刚摆出来,她就把那个大女孩儿——她妹妹——叫了过来,从她手里把婴孩接过去。她妹妹正乐得解去负担,走到另一个麦捆跟前,和另几个孩子跑去玩了。苔丝脸上越来越红,又有点儿怕人,又有点儿大胆,把褂子解开,给小孩奶吃。

坐得靠她顶近的那几个男工,都不好意思,把脸往那一头掉过去,还有几个抽起烟来。

小孩吃足了奶以后,苔丝就把他放在腿上,逗弄他,眼睛却瞧着远处,脸上是一种阴郁的冷淡神情。忽然又不顾轻重,往他脸上亲了十几下,好像老也亲不够似的。

"尽管她假装恨那孩子,还说宁愿自己和孩子都死掉,但她心里还是很爱他的。"那个系红裙子的女人说。

"我想,这种事情当初总费点事儿,不能只是劝说劝说就行了吧!去年有一天晚上,有人从围场过,听见里面有人哭,要是人们上前去看,就一定要有人吃大亏了!"

"这种事叫她遇上了,真是可怜。不过话又说回来,这种事,总是顶漂亮的人儿,才遇得上。丑的我管保一点儿危险也没有,对不对,捷内?"说话那个人转身向人群里一个女人问,用丑来形容她真不为过。

苔丝躲在家里,这个礼拜,居然会到地里去工作,连她自己也没想到，她会有这么大的决心。她独居孤处，想出种种自悔自恨的方法，折磨她那颗搏动跳跃的心，这样以后，通常情理又使她心里豁亮起来。她觉得，她还很可以再做点儿有用的事情，再尝一尝独立的甜味，无论出什么代价。过去究竟是过去，无论它从前怎么样，反正眼前它不存在了。同时树木仍旧要像以前一样的青绿，鸟声仍旧要像以前一样的清脆，太阳仍旧要像以前一样的辉煌。

她老觉得全世界都正在注意她，不敢抬头见人。其实她早应该明白，这种想法，完全是建立在幻想之上的，除了她自己以外，别人没有把她的生存、她的感情、她的遭遇、她的感觉，放在心上的。

不管苔丝怎么个想法，反正有一种力量诱导她，使她穿戴得和从前一样的干净整齐，出了门儿，去到地里。因为那时正需要收拾庄稼的人手，就是因为这样，所以她才能够大大方方地去到外面，即使怀里抱着孩子，有时也敢抬头见人，毫不羞怯。

苔丝已经急忙吃完了饭，把她大妹妹叫过来，接走了小孩，自己把衣服系紧了，又戴上了黄皮手套，重新弯下腰去，走到刚才束好的那一捆麦子跟前，抽出作绳子用的连着麦穗的麦秆，去捆另一捆麦子。

午前的工作，继续到下午，继续到傍晚。苔丝和那些工人都待到天黑的时候，大家才都坐在一辆大车上，动身回家。一轮昏黄失泽的大月亮，正从东面的地平线上升起，照着他们，月亮的圆盘好像被蛀虫咬坏了的金叶光轮一般。苔丝的女伴唱起歌儿来，极力表示，见了她出门工作，非常高兴。但是，她们却又忍不住要淘气，因此就唱起几段曲子来，曲子里说的是一个大姑娘跑到快活逍遥的绿树林子里，回来就变了样儿。她们那种亲热的劲儿使她把自己的往事更撂开一些，她们那种活泼的精神把苔丝也感染了，所以她也几乎快活起来了。

现在她在道德方面的悲哀渐渐消失了，而在她那不懂得社会法律的天性方面，却又发生了一段新的悲哀。原来她到了家，知道她的小孩下午忽然得病，心里感到极为悲痛。小孩的体格本来就又小又嫩，得病得灾本是意料中的事，但是在做妈的看来，仍旧觉得是意外的飞灾。

这孩子来到世上，本是一件触犯社会的罪恶。但是不久就清楚了，这个拘在肉体之内的小小囚徒得到解脱的时间就要到了，她虽然知道他早晚必不中用，却没想到会这么快。她看出这一点来，就异常地难过起来，因为她的小宝宝还没受洗礼呢。

那会儿差不多是睡觉的时候了，但是她却急忙跑到楼下，问是否可以去请牧师。她父亲心里对于他女儿给他在古老贵族家世上抹的这块黑正感觉羞耻，所以他就说，这件事遮盖还恐怕遮盖不过去，哪儿还能在这时候找一个牧师来家对自己的家丑横加刺探，不能请牧师。他把门锁了起来，把钥匙放在自己的口袋儿里。

一家人都上床睡下了，苔丝没有法子，只得也跟着睡下。她躺在床上，不断地醒来，到了半夜一看，那娃娃的情况更坏了。他分明是只有出气，没有入气了，看样子倒无甚痛苦，其实却正慢慢死去。

她心疼得无法可想，只在床上来回翻腾。婴孩喘气越来越费劲，妈妈难过着急也越来越厉害。她在床上躺不住了，下了床在地上疯了一样来回转磨。

"上帝呀！你可怜可怜我的孩子吧！"她喊着说，"所有你想加的罪过，你都加到我身上好啦！"

她靠在抽屉柜上，夹七夹八地嘟囔着哀告了许久。

"哦，也许这孩子还有救星！也许那么一办，也是一样！"

她说这话的时候，精神忽然焕发起来。

她点起一支蜡烛，把睡在一个房间里的弟弟妹妹们全都叫醒。她又把洗脸台拉出一点儿来，自己站在台后面，又从水盂里倒出清水，叫那些孩子围在她前面跪着，将手对合起来。然后，她从床上抱起那个小婴孩，把婴孩擎在胳膊上，自己笔直地站在脸盆旁边，她大妹妹给她把《祈祷书》展在前面端着。一切都布置好了，苔丝就给她的小婴孩行起洗礼来了。

她穿着白色的长睡衣站在那儿,心里的虔诚表现到脸上,使得她的面目显得纯洁无暇地美丽。那些孩子们跪在四周,矇眬的眼睛还带睡意,一眨一眨地看着她做洗礼的准备。

其中一个受感动最深的问:

"姐姐,你真要给他行洗礼吗?"

那年轻的母亲郑重地答应了一个"是"字。

"那么你打算给他起个什么名儿呢?"

她想起《创世纪》里有一句话来了,所以念道:

"苦恼,我现在以圣父、圣子及圣灵的名义,给你行洗礼。"

念到这儿,她洒起水来,一时都静悄悄的。

"孩子们,你们都说'阿门'。"

细小的声音,都异口同音,应声说道:"阿门。"

苔丝又接着念:

"我们纳受这婴孩,"——等等——"我们给他划一个十字作记号。"

念到这儿,她把手在水盆里蘸了一蘸,用食指照着小孩热烈地划了一个很大的十字,接着又把普通行洗礼念的那些话一直念到末了,又按规矩往下念《主祷文》,孩子们也都像蚊子哼似的、咿咿呀呀跟着她念,念完最后一句,他们都和教堂的助手一样,又提高了嗓门,在静悄悄的屋子里,齐声尖喊"阿门!"

在晨光熹微中,那位脆弱的兵士和仆人,喘了他最后的一口气。孩子们都痛哭起来,并且要姐姐再给他们一个可爱的小婴孩。

苔丝自从行洗礼的时候,就心平气静,一直等到小孩死了,还是那样。天亮了以后,她觉得夜间对于小孩死后的灵魂作那样可怕的揣测,未免有点太过。无论她所想的有没有根据,反正如今她心里是安定了的。

苦恼这个小讨厌鬼儿,就这样与世长辞了。他这个弃儿,不知道曾有过什么叫一年,什么叫一世纪,对于他永恒的时间只是几天的事情。

苔丝对于这场洗礼,心里已经琢磨了好久,不知道在理论上,能不能按照教会的仪式把孩子埋葬。她趁着黄昏以后,跑到牧师住宅的栅栏门口,碰巧牧师从外面回来了,和她走了个对面。

"我有点儿事情,想要请教你,先生。"

于是她就把有关孩子生病、去世和洗礼的事都告诉了他。

"先生,"她很诚恳地又添了一句说,"请你告诉我,这是不是和你给他行洗礼是一样的?"

他本来觉得苔丝这么做简直是胡闹,但一听她那异样柔和的语气,不由得良心发现。

"亲爱的姑娘,"他说,"那完全是一样的。"

"那么你可以按着教会的仪式,埋葬他吗?"她急忙问。

牧师觉得自己叫她挤到墙角里去了。原来他听说小孩得病,想到她家给孩子行洗礼来着。他并不知道,不许他进门的,是苔丝的父亲,并不是苔丝自己。

"啊,那又是另一回事了。"他说。

"另一回事?"苔丝未免有点火辣辣地问。

"这事还有其他原因,我不能那么办。"

"不过我只求你办这一次啊,先生。"

"我真不能那么办。"

"哦,先生!那我不喜欢你了!"她忽然发作起来说,"我再也不上你的教堂里去了。"

"说话别这么冒失。"

"比方你不给他行礼,对他是不是也是一样?请你看着上帝!"

这位牧师,对于这种事情既然有绝不通融的看法,那他遇到这类事情,要怎么回答,才能和他的看法不相背谬呢?他因为有点受了她的感动,所以也像刚才那样回答她说:

"那也正是一样。"

于是那天夜间,把那个小小的婴孩,装在一个小小的松木匣子里,盖上一块女人用过的旧围巾,送到教堂的坟地,在上帝分配的荒芜地边上,把他和那些著名的酒鬼、自尽的懦夫、没受洗礼的婴孩以及其他所谓不能上天堂的人，埋在一块儿。苔丝用一根小绳儿，把两块柳木捆成一个十字架，扎上鲜花，趁着一天黄昏前后少见人的时候，跑到坟地，把它树在坟的上首，又找了一个小瓶子，也插上同样的鲜花，灌上清水，放在坟的下首。

15

假如她还没上德伯家去，她的一举一动，按照各种格言圣训，实践履行，那她自然就永远也不会吃亏上当的了。但世界上的人，总是等到这种金石之言，被实践证明的时候，才能完全懂得其中的道理，想要早点儿懂得，是苔丝办不到的。

她冬天那几个月，都待在她父亲家里，拔鸡毛，填鹅和火鸡，再不就把德伯送她的华丽服装，她自己不屑穿而扔在一边的，给她的弟妹们改成了衣裳。不过她常常用两手抱着后脑出神儿。她拿哲学家冷静清醒的眼光，注意那些岁月循环中去而复来的日子。有一天下午，她正照镜子，看自己的美貌，忽然想起来，还有一个日子，对于她比哪一天都重要，那就是她死的日子，她的容貌都消逝了的那一天。这个日子，到底是哪一天呢？为什么她每年遇到这样一个冷酷无情的日子，从来没觉得冷气袭人呢？

苔丝就这样，差不多由头脑简单的女孩子，一跃而变为思想复杂的妇人了。她脸上一副深思熟虑的表情，语言里也有时露出凄楚伤感的腔调。

她的眼睛越发大起来，越发有动人的力量。她长成了一个应该叫作"尤物"的美妇人。她的外表，漂亮标致，惹人注目；她的灵魂，是一个纯洁贞坚的妇人的，虽然有过近一两年来那样纷扰骚乱的经验，而却完全没腐化堕落。她近来一点儿也不和外人交接，所以她的遭际，本来就不是尽人皆知，现在在马勒村里，差不多都没人记得了。但是她心里很明白，她在那儿，心里老会难受。她总是觉着，富有希望的生命，仍旧在她心里热烈地搏动。也许在一个对于她的旧事一概无知的一隅之地，她还可以快活。不错，逃开已往以及跟已往有关的一切事物，就是把已往一扫而光。而想要做到这一点，她就非离开老家不可。

转眼又是一番特别明媚的春光，草木的嫩芽幼蕾里，滋长发育的声音都可以听得出来。这种情况感动了苔丝，使她急欲离家远去。结果等到五月初，她母亲一个老朋友，给了她一封信，说往南去好些英里，有一个奶牛场，想用一个手脚灵巧的女工，场主很愿意雇苔丝一夏天。这个地方，还不到她希望的那样远，不过也许够远的了，因为她活动的范围，她闻名的区域，本来就小得很。

她打定了主意，从此以后，在她的新生命里，都不许再有德伯氏存在。她只想作一个挤牛奶的女工苔丝。

她所要去的那个奶牛场，叫作塔布篱，离德伯家从前的几处宅第不远。她不仅想到，她在祖宗的故土上，不知道会不会有什么新鲜的奇事发生。这时，她心里就有一种精神，自动地涌现，好像树枝里的汁液一般。

第三章

重新振作

16

　　五月里一个茴香发香味、众鸟孵小雏的早晨,苔丝第二次离开了家。

　　她把行李收拾好了,让家人随后再寄给她,自已坐着雇来的一辆小马车,往那个小市镇司徒堡进发。

　　她并没停留,就走过了司徒堡,又往前进,走到了一个大路交叉的地方,在那儿她可以等载人装货的大马车。她在那儿等车的时候,路上来了一个农夫,坐着一辆带弹簧轮子的马车,他们要去的地方,差不多是一个方向。于是他邀她坐在他身旁的座儿上,她就上了车坐在他身旁。他往天气堡去，她跟着他到了那儿，就可以不必再坐大马车，取道凯特桥了，剩下的那段路，她徒步就可以走到了。

虽然她坐车走了这么远，但是到了天气堡，除了吃一顿午饭，一点儿也没多停留。她挎着篮子，往前面那一片高地走去，因为她的目的地——那个奶牛场——坐落在一个低谷的草场上，而那个低谷和天气堡之间，有这片高地横阻，所以她总得翻过它，才能到达奶牛场。

苔丝从来没到过这块地方，但是她觉得，她和那儿的风景，却很投缘。

她走到那个叫作爱敦荒原的高地了。因为错拐了一些弯儿，所以她走了两个小时，才到了山顶，能看见她多时寻觅的地方了——那个有大奶牛场的山谷。

除了纯瑞脊，她唯一知道的地方，就是那个只有小奶牛场的布蕾谷。这儿的世界，是按照一种更广阔的图样描绘的。这儿围圈的田地都不止十亩一处，都是五十亩才是一处；这儿的农舍，也都摊铺得更宽展；这儿的牛群，都是一个部落一个部落的，而布蕾谷只是一家一家的。她眼前这些千百成群的奶牛，从东边老远的地方，一直散布到西边老远的地方，在数目上，超过了她从前任何时候所见的。

她现在居高临下所看到的这一片风景，和她顶熟悉的那一片比起来，也许没有那样葱郁葱茏之美，但却更能使人起畅快爽朗之感。滋养这片草原和这些奶牛场牛群的这条河流,也和布蕾谷里的河流不一样。布蕾谷里的河流,缓慢、沉静,往往混浊,河底是泥的,涉水过河的人,一不小心,就会不知不觉地陷在里头,再也出不来。

芙仑河却和那位福音教徒看见的生命之河一样地清澈,和天上浮云的阴影一样地飘忽,它里面铺着石子的浅滩,还一天到晚,对着青天喋喋不休。也许是因为空气的质量,由凝滞变为轻渺,也许是因为她感觉到,她到了一个陌生的地方,没有人再拿含着恶意的眼光看她,所以她的兴致,高到令人惊异的程度。她在每一阵的微风里,都听到悦耳的声音,在每一只鸟儿的歌唱中,都感觉到隐而未发的快乐。

她试了好几个民歌,但都觉得不足以表达心之所感,后来她想起之前浏览的那卷《圣诗》,于是就开口唱道:"哦,你这太阳和你这月亮啊……哦,你们这些星辰啊……你们地上这一片青绿啊……你们空中这些飞鸟……你们世人啊……你们应当赞美主,称颂主为至高,永世无尽。"

唱完,苔丝·德北怀着一团的高兴,和对于生命满腔的热烈,下了爱敦荒原的山坡,朝着最后的目的地奶牛场走去。

苔丝现在来到山谷的中间了,她站在一片绿草茵茵的广大平原上,不知道应该往哪个方向去,所以就一动不动地站在那一片碧绿的平野上,好像一个苍蝇,落到一个大得没有限度的台球桌上似的。她来到这片静僻的平谷之中,唯一的影响，就是她引起一只孤独苍鹭的注意，它落到离她所站之处不远的地方，抻直脖子立定，往她那儿瞧。

忽然，四方八面，到处都发出一种音长声远的重复吆喝之声——

"噢！噢！噢！"

这种声音，好像受了传染似的，从最远的东面传到最远的西面，有时候，里面还掺杂着一声两声鸡鸣犬吠。这并不是为欢迎苔丝的到来，只是平常的宣告，说挤牛奶的时间——四点半钟——已经来临，挤牛奶的工人们，要开始把牛赶回家去。

离她顶近的那一群白牛和红牛，早已在那儿迟钝冷静地等着了，现在它们听见了呼唤的声音，都成群结队地朝着后面的田舍走去。苔丝慢慢跟在牛群后面，走进一个院子。

17

牛从草场里回到院子的时候，挤奶的男工和女工，就都从他们的小房子里和牛奶房里拥了出来。女工们都穿着木头套鞋，倒不是因为闹天气，而是因为免得她们沾上农舍场院里的烂草污泥。每一个女孩子都把脸侧着，把右腮贴在牛肚子上，坐在一个三条腿的小凳子上，因此苔丝走近前来的时候，她们都顺着牛肚子，不声不响地看她。

男工里面，有一个身体健壮的中年人，他系的白色长围

裙,比别人的多少干净体面些,他就是这个奶牛场的老板,苔丝要寻访的就是此人。一个礼拜里六天,他都是亲自动手挤牛奶、搅黄油,但是到了第七天,他却又穿着磨得发亮的大呢衣裳,坐在教堂里自己一家的座位上。他看见苔丝在那儿愣住了,就走到她面前。

那时克里克老板正想添一把新手——因为那正是活儿忙的时候——所以看见她来了,热烈地欢迎,问她母亲好,又问她家里的人都好。

过了一会儿,他们才谈起正经事来。

"大姑娘,你挤奶能挤得干净吗?我不愿意叫我的牛,在一年里这个时候,就都住了奶。"

关于这一点,她对老板说,管保能挤得干净,于是老板把她上上下下地打量了一番。她近来待在屋子里的时候太多了,肉皮儿都变娇嫩了。

"你敢保受得了吗?我们可不是住在黄瓜暖架里啊。"

她说她一定受得了,老板看她那样的热心肠和乐意劲儿,便也有些相信她了。

"我现在就去挤奶吧,好熟悉熟悉。"苔丝说。

她喝了一点牛奶,当作临时的点心。克里克老板见了,吃了一惊——因为他好像压根儿就没想到,牛奶好作饮料。

"哦,要是你咽得下那种东西去,那你就喝好啦。"他带着满不在乎的神气说,这时有人端了一桶奶给她喝。"这东西，我可是多年没喝了，我是不喝它的。那该死的东西，我喝了，就老存在我肚子里，和一块铅一样。"

"你先试试那一条吧。"克里克朝着离他最近的一头牛点了点头。

苔丝把帽子换了，把头巾戴上，在牛身旁的小凳子上坐好，开始用手挤牛奶，牛奶往桶里哗哗地流起来。那时候，她好像觉得，她已经真正把她将来的新基础建立起来了。

挤牛奶的工人们，够组成一小支队伍，男工挤奶头硬的牛，女工挤脾气比较柔和的。那是一个大奶牛场，差不多有一百头乳牛，其中有六头或者八头，归老板亲自动手挤，除非他不在家，才归别人。因为雇用的男工，可能由于马虎，而挤不干净；而那些女工，因为没劲，也挤不干净。挤不干净的结果是，过了一些时候，牛就不出奶了。

苔丝在她挤的那头牛身旁坐好了以后，一时场院里都没人说话，也没有别的声音。

老板从一头刚挤完了奶的牛身下忽然站起来说："我总觉得，今儿这些牛，出奶不像往常那样旺。说句实话，要是维凯一上手儿就这么没出息，那等到中夏的时候，就最好不必理她啦。"

"这大概因为咱们这儿刚来了一位新手儿吧。"扬纳·凯勒说。

"也有可能。"

"人家告诉我,说遇到这种时候,牛奶就跳到牛犄角里去啦。"另一个女工说。

"呃,论起跑到牛犄角里去的话,"老板克里克说,"我可不能说什么。不过,今儿这些畜生,可真有点不大爱出奶。伙计们,咱们大声唱几个歌儿吧,治这种毛病,只有这种法子。"

当地遇到这种情况,通常都采取这种办法。所以当老板一吩咐,大家就一齐唱起来。他们唱的是一个欢畅的民歌,里面说的是一个杀人的凶手,不敢在没有亮儿的地方睡觉,因为他老看见有硫黄火焰,在他身旁围绕。他们唱完一部分后,有一个男工说:

"先生,你该把你的竖琴弹一弹。不过最好是提琴。"

苔丝留神听完了这段话以后,心里想,这一定是对老板说的,但是她却想错了,因为回答的话"为什么?"却是从棚子里面一头黄牛的肚子下发出来的。

"哦,不错,没有能比得上提琴的。"老板说。"可这是我的经验。从前在梅勒陶有一个老头儿,叫威廉·杜威,他是赶大车的,常在这一块地方上做生意。有一回,他给一家结婚的去拉提琴,回来的时候,正赶着是一个有月亮的晚上,他穿过一块地,事有不巧,一个犍子牛正在那儿放青。它看见了威廉,哎呀,就把犄角冲着他,一直追上来。威廉没命地跑,再说他也没喝许多酒。但是虽然那样,他还是觉得，要跑到树篱那儿，跳过去，救自己的命，绝对来不及。呃，后来实在逼得他没有法子了，他最后想起一个招儿来：他一面跑，一面拿出提琴，转身朝着犍子牛，拉起一支快步舞曲子，同时往树篱的角落蹭。那个犍子牛一听见提琴的声音，就温顺起来，停下了脚步，脸上都稍微露出笑的样子来了。可是威廉刚一住手，那个犍子牛就立刻收起了笑容，把犄角照准了威廉的裤裆，就要往前触。威廉没有法子，只得转过身来，再拉给它听。那时是后半夜三点钟，总得再待好几个钟头，才能有人从那儿过。他又饿又累，简直不知道怎么办才好。拉到快四点钟的时候，他就自言自语说：'就是要了我的命，这也就是我能拉的最后一支曲子了，老天爷快救救我吧。'正在紧急时刻，他脑子一动，就拉起圣诞节的《圣诞颂》来，他这一拉，那个犍子牛就弯着双膝，跪在地上，只当那天真是耶稣降生的时节啦。威廉这时就急忙转身，还没等牛站起来追他，就像猎狗一样，窜到树篱那一面儿，平安无事了。"

"这是一个稀奇的故事，它使我们又回到中古时代信仰还是活生生的东西那个时候了。"黄牛身后那个声音嘟囔着说。

老板觉得这句话，对他说的那个故事，含有不大相信的意味，就说：

"先生，不管怎么说，这个故事字字属实。"

"哦,当然字字属实,我一点儿也没怀疑。"黄牛身后面那个人说。

这时,苔丝才对那个紧靠在牛肚子上的人注意起来。她不明白,为什么连老板都称呼他"先生"?那个人在那头牛的身子底下,一直弄了有挤三头牛的工夫,有时还突然自言自语,急躁烦恼,好像做不下去似的。

"柔和一点,先生,"老板说,"干这个得懂窍门儿,动蛮力不行。"

"我也这样觉得,"那个人说,同时站了起来,伸伸胳膊。

"虽然手指头都弄得疼了起来,我想我还是把它挤干净了。"

那时苔丝才看清楚他的全身。他系着一条白围裙,扎着皮裹腿,靴子底下沾满烂草污泥。不过透过这种土气的外表,可以看到一些受过教育、郁郁不乐和与众不同的神情。

苔丝发现,原来那个曾在马勒村参加游行会跳舞的徒步旅客,那个把她甩了和别的女孩子跳舞、最后也没理她就离开去追伙伴的青年过客,就是这个人。但是自从他们那次相逢以后,苔丝已然经历了那么些沧桑了。

她想起了这一件她遇到灾难以前发生的事,跟着也就想起了别的旧事,使她一时害怕起来,怕这个青年会认出她来,因而会发现她的身世。但是她再一看,他并不像是记得她的样子,所以就不再担心了。

同时许多女工,都谈论起这个新来的人,说她"真漂亮"。

当天晚上牛奶挤完了,大家就陆续进了屋,老板娘克里克太太,正在屋里照料盛牛奶的铅桶和零星物件。

苔丝现在知道,除了自己以外,在场里睡觉的,只有两三个女工,多数人都是回自己的家的。寝室是一个很大的屋子,在牛奶房上面,约莫有三十英尺长,那三个女工的床铺,也都安在那个屋子里。她们都是年轻貌美的女人,并且除了一位,岁数都比她大点儿。到了睡觉的时候,她已经累极了,所以一躺下就睡着了。

但是和她连床的那个女孩子,却硬要对她说一说她刚加入的这个人家的各种详情。

"安吉尔·克莱先生,就是弹竖琴的那个人,在这儿学着挤牛奶的。他跟着老板学徒,他想把庄稼地里样样活计都学会了。他在别处已经学会养羊,现在又在这儿学习养牛。他父亲老克莱先生在爱姆寺做牧师。"

"哦,我听见人家说过他,他是全维塞司里顶热心的。他那几个儿子,除了咱们这儿这位克莱先生,也都是要当牧师的。"其中一个姑娘说。

苔丝当时没有好奇心去追问,这儿这位克莱先生,为什么不学他哥哥,也去当收师,就慢慢地进入梦乡了。

18

安吉尔·克莱的声音，令人觉得颇能对别人加以赏识；他的眼神，令人觉得有些发怔；他的嘴太细致，不配一个男子汉。话虽如此，他的眼神儿和举动，总带着一种模糊、散漫的意态，叫人一看就知道，他这个人，对于生活，没有什么确定的目的，也不怎么关心。但他还是个小伙子时，人家却都说，他想做什么，就能成什么。

他父亲是一个穷牧师，他是小儿子。他打算学会种庄稼的各种技能，将来以务农为业。现在他正在塔布篱奶牛场做为期半年的学徒。

老克莱先生有三个儿子，其中只有安吉尔没有大学的学位，但论天赋，却只有他才配受大学教育。

两三年前，有一天，本地书店给牧师公馆寄了一个包裹。牧师打开包裹一看，里面是一本书，就翻开来念，念了几页，忽然从椅子上跳起来，挟着书，一直跑到书店里。

"你们为什么把这本书寄到我家里？"他生气地问。

"那本书是你定的，先生。"

"我可以说，这不是我定的，也不会是我家人定的。"

"哦，先生，"店员说，"那是安吉尔·克莱先生定的，本来应该寄给他。"

克莱老先生一听这话，急忙回到家里，懊丧地把安吉尔叫到书房里。

"孩子,"他说,"你知道这是一本什么书吗?"

安吉尔简单地答道:"它是一本论哲学的书,民间的书里,这是顶道德,顶合于宗教的了。"

"不错,很道德。不过,对想当牧师的你来说,它合于宗教吗?"

"父亲,"儿子脸上露出焦虑的样子来说,"我想表明一下,我不想做牧师。我爱教会像一个人爱他的父母一样。但是,要是它不能从'供奉上帝来赎罪'那种观念里解放出来,我就不能忠诚地做它的牧师,像我两个哥哥那样。"

这位心性直爽、心地单纯的牧师当时一听,就吓傻了,气坏了,瘫痪了。既然安吉尔不愿当牧师,那就不用送他去剑桥,因为他父亲认为,上大学只是进教会的阶梯。他这个人,不但信教,还很真诚。安吉尔的父亲驳他一回,劝他一回,又求他一回。

"不,父亲,我不能作牧师。"安吉尔说,"我对于宗教的态度,是完全趋向改造那一方面的。就如《希伯来书》所说,'凡是创造出来的东西,都要把它们震动。那些不堪震动的都要挪开,那些不怕震动的才能存留。'"

他父亲那样难过,弄得安吉尔也非常难受。

"你既不愿意为上帝争荣、增光,那我和你母亲省吃俭用供你上大学,有什么用呢?"

"可以为人类争荣、增光啊,父亲。"

如果安吉尔坚持下去,他也许可以和哥哥们一样去剑桥。但他觉得,这就像把人家托管的钱成心昧起来一样,同时对于省吃俭用的父母也是一种罪过。

"我不上剑桥了,"安吉尔后来说,"照现在的情况看,我也没有上剑桥的权利。"

此后,他年复一年,做了些散漫的研究,和零乱的思索。他越来越不重视社会的习俗和礼节,也不把地位、财富这些东西看在眼里,就是"古老名门",他都觉得没有什么意思,除非它的后人能另辟新路。不过他也做过一件荒唐事,有一个时期,他住在伦敦,打算在那儿找一个职业,那时他让一个女人,迷得不能自拔,不过还算侥幸,他在闯下大祸前就摆脱开了。

他幼年和乡村的僻静所发生的联系,使他对城市生活生出一种无法克制的厌恶之心,同时又使他既不能宣扬神道,也不能在世上飞黄腾达。但是总得有个事儿做才成,他有一个认识的人,正是在殖民地种庄稼而家道兴旺起来。因此,他觉得应当走这条路。这种职业,不仅可以使他独立,同时也可以保留对他极为重要的求知的自由。

因此,我们就看见了安吉尔·克莱,在他二十六岁时,来到了塔布篱,做了学习养牛的学徒,跟着老板一块儿吃饭。

他住的那个屋子,是一个很大的阁楼。克莱一个人住在那儿,屋子里面是他的床铺,外面是一个起坐间。

他刚来的时候,不是待在楼上看书,就是弹竖琴。但不久,他却更愿意观察人性,因而在楼下那个饭厅兼厨房里,和大家一块儿吃饭了,这些人合起来,是很生动活泼的一伙。克莱在这儿住得越久,就更愿意和他们在一起。

他在这儿住了几天以后,他想象中的那种庄稼人——报纸上所说的那种以可怜的乡下老实儿何冀为典型代表的庄稼人——就消失了。和他们一接近,就看不到什么何冀了。克莱来自一个完全相反的社会,刚来到这儿时,他觉得和一个奶牛场里的工人平起平坐,是一种有失尊严的举动。他们的见解和习惯都是无意义的。但和他们一天一天地住下去,他就发现,他们的世界别有新异的地方。那种千人一律的典型何冀现在不存在了,他已经分化成了一群和他同生天地间却各不相同的人了,成了各自有各自的思想、异点多得不可胜数的人了。其中有一些是快乐的,有许多是安静的,有几个是郁闷的,间乎有一两个很聪明的,有一些是笨拙的,另一些是轻佻的,又一些是严肃的。他们对于别人都有自己的看法,他们也都会彼此赞扬,彼此谴责,观察彼此的弱点或者罪过。他们都用各自的方式,踏着那重归尘土的道路。

他和旧日的联系,越来越少了,在人生与人类里,看到了一些新鲜的事物。此外,对风景各异的四季、早上和晚

上、夜里和中午、各种不同性质的风、树木、水和雾、夜色和寂静,以及无生命物体的声音——所有这一切,从前只模糊地知道一点,现在都有了细致的认识。

克里克太太总觉得安吉尔·克莱太文雅了,所以让他一个人坐在壁炉暖位里吃饭。屋子的一边,有门通到牛奶房,隔着这个门,能看见屋子里的长方形铅桶,满满地盛着早晨挤的牛奶。在更远的一头,搅黄油的大桶,正在那儿旋转。使它旋转的原动力,是一匹没有精神的马,一个小孩儿赶着,在屋外来回转圈,隔着窗户可以看见。

苔丝来了以后有好几天,克莱老坐在那儿,聚精会神地看刚从邮局寄来的书、期刊或是乐谱,所以就没理会到饭桌上有她在那儿。她说话很少,别的女工们说话很多,所以在她们的谈话里,他听不出有新的语音来,并且他对于外面的光景,又老是只注意一般的印象,不理会细致的地方。但是有一天,他正记一段乐谱,那时候,他就出起神儿来,那张乐谱也掉到炉床上去了。

那时壁炉里燃烧的木块,只剩了一个火苗,在上面作垂死的舞蹈。他看着这块木柴的火苗,觉得它的跳动,仿佛和他心里琢磨的调子,互相应和。这时,饭桌旁的谈话声,混合到他想象的合奏曲里,他想:"她们女工里面有一个,说话的嗓子真清脆!这一定是新来的那个女工。"

克莱回头看,只见她正和大家坐在一块儿。

"有没有鬼,我不知道,"她正在那儿说,"不过我知道,我们活着的时候,就可以让我们的灵魂,离开我们的躯壳。"

老板满眼含着探询的神气看着她。

"什么?真的吗?"他说。

"要让灵魂出窍,很容易的办法,就是晚上躺在草地上,拿眼一直瞅着天上一个又大又亮的星星,过不了多久,就会觉得,你离开自己的躯壳,有上千上百里地远了。"

所有人都把眼光一齐射到苔丝身上,苔丝就脸红起来,含糊其词地说,这不过是一种幻想,说完就又吃起饭来。

克莱继续注视她。

"那个挤奶的女工,是多么纯洁的一个自然女儿哟!"他对自己说。

于是他从这个女孩子身上,好像看出一些他熟悉的,使他回到过去时光里的一些事物来,回到只知道快乐、不必有深谋远虑的时光里。他最后断定,他从前一定见过她,不过忘了是在哪儿,一定是在乡间漫游的时候偶然碰见的。这使克莱想要对眼前的妇女加以观察的时候,撇开别的女工,而单独选择苔丝了。

19

通常,总是哪一头牛轮到谁,谁就挤那一头,并没有什么挑挑拣拣的。不过有一些牛,却总要对于某两只特别的手,表示喜欢,因此除了它们喜欢的人,它们就不肯老实站着,要是有生手来挤它们,它们就一点儿也不客气,干脆把牛奶桶踢翻了。

克里克老板的规矩,老叫工人们不断地互相替换,把牛的这种习惯尽力打破。因为要不这样,遇到有男工或者女工离开这儿的时候,他就会没有办法了。但女工们却愿意挤那些挤惯了的牛。

在所有九十五头牛里面,有八头出奶非常顺利,苔丝挤它们的时候,只用手一触就成。不过她知道老板的意思,碰到哪一头就挤哪一头。

但过了不久,她发现,那些牛排列的次序和她期望的不谋而合,因此到了第五次或者第六次的时候,苔丝把头靠在牛肚子上以后,就把头转向克莱。

"克莱先生,这些牛是你排的吧?"她脸上一红,问道。

"啊,这没有关系,"克莱说,"因为你会一直在这儿挤这些牛的。"

"你想我能老在这儿吗?我可不敢说一定。"

她后来生起自己的气来,怕他误解她的意思。因为她对他说那番话的时候,态度那样诚恳,好像是因为他,她才愿意待在这儿的。她无法摆脱焦虑,所以黄昏时,她一个人在园子里散步时还在后悔,不该透露她看破了克莱对她的照顾。

那是六月里一个典型的夏季黄昏。大气平静稳定，几乎到了精密细致的程度。这种寂静，忽然被弹琴的声音打破了。

苔丝也曾听见过这种曲调从她上面的阁楼里发出来。不过以前有墙阻隔，听起来模糊，从来也没像这回这样使她感动，苔丝竟像着迷的小鸟一般，舍不得离开，她朝着奏乐的人慢慢走去，不过却藏在树篱后面。

苔丝现在站的地方，原来是园子的边界，有几年没整治了，她从这一片幽花野草中悄悄地走了过去，裙子上沾了杜鹃涎，脚底下踩碎了蜗牛壳，两只手染上了藓乳和蛞蝓的粘液，两只胳膊也抹上了树霉。她就这样，走到离克莱很近的地方，不过却还没让他看见。

苔丝意识不到时间和空间了。旧竖琴尖细的音调抑扬顿挫，她也跟着它起伏澎湃。和谐的琴声，像清风一般，沁入她的心脾，叫她眼里流泪。花园的湿气，好像就是花园受了感动而啼泣。

那时候还照耀的亮光，大半是从西边天上一片云彩上一个大洞穴那儿透出来的，它好像是残余的白昼，出于偶然而遗留下来，因为别的地方都是暮色四合了。幽怨凄婉的琴声停止了，她还在那儿等候，心想也许还有第二段。但他却绕过树篱，慢慢地溜达到她身后。苔丝满脸像火烧的一般，偷偷地躲开了。

但安吉尔却早就看见了她穿的那件夏服，开口跟她说话。

"苔丝，你干吗躲开？"他说，"你害怕吗？"

"哦，不是，先生……屋子外春光明媚，没什么叫人害怕的。"

"那屋子里面有什么可害怕的？"

"我也不知道。"

"害怕牛奶酸了？"

"不是。"

"害怕活在世上？"

"是，先生。"

"我也常常害怕。活在世上，叫人进退两难，可不是好玩的，是不是？"

"是，我也觉得。"

"我可没想到，像你这样一个年纪轻轻的女孩子，会看到这一点。你怎么看出来的？"

她不言语。

"苔丝，相信我，告诉我你的心里话。"

她羞答答地回答说：

"树木都有眼睛，来盯问你，有没有？河水也说，'你为什么拿你的面目来搅和我？'同时好像有好多好多的明天，排成一行，站在你面前，很凶恶地说，'我来啦，留神吧！'

……可是你，先生，会用音乐创造出梦境来，把这些可怕的幻想赶走。"

这个年轻的女人竟会有这种多愁善感的想法，他真一点儿也没想到。

像她这样年纪还很轻的人，已经有了这种见解，令人觉得很奇异，还叫人感动，叫人关怀，叫人悲伤。

苔丝也不懂得，为什么一个出身牧师家庭、受过良好教育的人，会把活在世上这件事看作是一种不幸。像她自己这样一个失去生趣的人那样想，本是很有理由的。

不错，克莱现在脱离了他自己的阶级。但是她晓得，他挤牛奶是因为他想学会怎样做一个成功的农业家。但是有时，她却又不明白，为什么一个爱念书、好音乐、有思想的青年，不去作牧师，却一心一意想种庄稼。

他们彼此都不去探索对方的历史，而只坐等进一步了解对方性格和态度的情况来临。

每一天，每一小时，都把她的性情给他更多地显露出一点儿来，也把他的给她更多地显露出一点儿来。

起初的时候，苔丝好像不是把安吉尔·克莱当作有肉体凡胎的人看待，而是把他当作智力的化身看待。她就用这种态度，把自己和他比较。她每逢发现他那样渊博，那样明慧，她自己的智力水平那样低下，和他的智力相比，距离那样远，不论她怎么努力，都绝无法能赶得上他，因此她就十分灰心,无论怎么也不想再往上努力了。

有一天,他偶然对她提到古代希腊的牧畜生活,他看出来她的抑郁。

"您怎么一下子发起愁来了呢?"他问。

"哦,我不过是想起我自己来了。"她微微做出一副苦笑的样子说。

"我的生命,好像因为没有碰到好机会,都白白地浪费了。我看到你念过那么多的书,见过那么多的世面,我就觉得自己什么也不是。"

"哎呀!别自寻苦恼啦!你瞧,"他热心地说,"亲爱的苔丝,让我帮你学点什么吧,我会非常乐意的,你愿意不愿意选一门学科,譬如历史?"

"有时,我觉得,除了我已经知道的历史以外,不想再多知道。"

"为什么?"

"因为发现了某一本旧书里,也有一个和我一样的人,我将来也不过是要把她扮演的那个角色再扮演一遍,这有什么用?这只让我难过。"

"那么你当真什么都不想学了吗?"

"我想知道为什么,太阳在好人和歹人身上,一律地照耀?"她声音有点颤抖地答道。

"苔丝,别苦恼啦!"他一面看着苔丝,一面想,这么一个乡下土孩子，会有这种感情，一定是她听惯了这种话，才随口说出的。她低着头，浓而长的睫毛垂在她那柔媚的脸上，克莱对她看了片刻，才恋恋不舍地走开了。他走了以后，因为想起自己刚才的样子，苔丝对自己起了一阵厌恶之感，同时她内心深处升腾起一种激动的热情。

他一定会觉得她非常傻！因为急于得到他的好评，她就想到她近来努力想要抛开的事情上去了——想到她是德伯家族这件事上去了。固然这桩事是毫无益处的，而且它的发现，曾使她自己在许多方面遭过灾难，但克莱先生是一个上等人，又是研究历史的，那么，他要是知道她是地地道道的德伯，就该把她的幼稚举动忘记，而对她尊重了。

但是在冒昧泄露这种秘密以前，疑虑不定的苔丝，先间接地从老板那儿打听了一下，她问老板，克莱先生对于没钱没产业的老门户是否敬重。

"克莱先生，"老板强调说，"和他家里的人都不一样。要是天地间有顶招他恨的东西，那就是所谓的老门户了。他说，按照情理讲，老户人家，在过去的时候，早就把气力都消耗完了，现在什么都不会再剩下了。咱们这儿这个小莱蒂·蒲利，就是坡利家的后人，克莱先生查问出来这件事以后，把可怜的小莱蒂嘲笑了好些天。'啊！'他对她说，'你就是做一个挤牛奶的女工，也都永远做不好。你们家那些本领，好几辈以前，就在巴勒斯坦都使尽了，你们家总得再过一千年，才能缓过劲儿来，能干点儿事业。'他是不赞成老门老户那一套的！"

苔丝听了老板把克莱的意见这样过分形容了以后，觉得很高兴，自己没在把握不定的时候，对于自己的家世提过一个字。对克莱的性格，有了这番了解以后，她觉得克莱之所以对她垂青，大半还是因为他误认为她是出于一个并非世家的新门户呢。

20

风光流转，由平淡变成了绚烂。

克里克老板奶牛场里的男男女女，都过得舒舒服服，甚至于还说说笑笑。

苔丝和克莱，不知不觉地彼此琢磨，老是身临热情的危崖，摇摇欲坠，却又分明临事而惧，悬崖勒马。他们那时正在一种不能抵抗的力量下，渐渐往一块儿凑。

苔丝近几年来，一直没像现在这样快活过。也许这种快活，即使将来，也难再遇到。现在这种新环境，对于她身心两方面，都是很融洽的。她和克莱，现在还正处于喜好和恋爱之间的境界，还没生出回肠荡气的深情，也没引起瞻前顾后的思虑。

他们不断地相会，这是没法避免的。他们相会的时候，总是每天那奇异庄严的一刻，那紫罗兰色或粉红色的黎明。

因为在这儿，必得早早就起来。单是挤牛奶，就已经得起早，何况挤牛奶以前，还得撇奶油，三点钟一过就得动手的。他们每天总是托付一个人，预备好一架闹钟，把自己先闹醒了，然后再把大家全都唤醒。苔丝是新来的，不久大家就发现，她最警醒，不至于像别人那样，睡得连闹钟都听不见，所以这个差事常常派给她。钟声刚打过三下，她就离开自己的屋子，先跑到老板门外，再跑去叫克莱，然后再叫她所有的女伙伴。苔丝换好衣裳的时候，克莱也就下了楼，走到外面湿润的空气里去了。

破晓的时候和黄昏的时候，同是半明半暗的灰色，但是它们阴暗的程度也许一样，明暗的景象却不相同。

因为在这座奶牛场里，起得最早的，差不多老是他们两个，所以他们自己觉得，他们就是全世界起得最早的人了。苔丝刚到这儿的那些天里，不撇奶油，起床后就到外面，他呢，总是已经先在外面等着了。平旷的草原上，一片幽渺、凄迷，使他们深深地生出一种遗世独立的感觉，好像他们就是亚当和夏娃。

那时候，苔丝的面目，成了克莱注视的中心，所有的景物，都笼罩在一片不明不暗的大气里。她的容颜飘渺幽淡，仿佛只是一个游荡的幽灵；他的面目，在她看来，也是那样。

这种时候，他觉得，她不再是一个挤牛奶的女工了，而是一片空幻玲珑的女性精华。他半开玩笑地叫她阿提迷,叫她狄迷特,叫她别的典雅名字,不过她都不愿意,因为她不懂。

"叫我苔丝好啦!"她看着他说。他听了这话,就照直地叫她"苔丝"。

待了一会儿,天就亮了,她的面目就只是一个女人的面目了。

在这种迥异人世的时光里,他们可以走到跟水鸟很接近的地方。大胆的苍鹭,嘎嘎地高鸣,像一阵开门开窗的声音,从草场旁边它们常常栖息的树林子里飞了出来;有时候已经早就飞了出来,都在水里毅然站立,一点儿也不怕人,把长长的脖子平伸着,不动声色地在四周慢慢移动,像靠机关活动的傀儡一般,看着他们这一对情人,从旁边走过。

有的时候,夏雾弥漫,那一片草原就好像白茫茫的大海,里面露出的那些零落稀疏的树木,就好像危险的礁石。苔丝的眼毛上,都挂满了由雾气变成的细小钻石,头发上也挂满了像小珍珠一般的水珠儿。过一会儿,日光变得强烈,这些露珠就都消逝了,苔丝那种奇异飘渺的美丽,也就不见了。她的牙齿、嘴唇、眼睛,又在日光中闪烁,她又只不过是一个漂亮得使人眼花的女工了,得努力挣扎才能和世界上别的女人对抗。

21

刚吃过早饭,牛奶房里忽然闹哄哄地乱起来。搅黄油的机器还是像以前一样地旋转,但是黄油却搅不出来。

克里克老板、老板娘、住在场里的女工和住在场外的女工,还有克莱先生、扬纳·凯勒、老德包和别的男工,都把眼瞪着,站在搅油机旁边,谁也没有办法。

"我有好些年,没上爱敦荒原去找有道行的春得他那个儿子啦!"老板略带苦恼地说,"但是这回我可没有法子了,非找他不可了。真的,要是老搅不出黄油来,我是得找他去!"

"我小时候,卡斯特桥那一面儿,有个有道行的佛勒,人家都叫他'精得喽',他的玩意儿可不错。可是眼下也老得成了棺材瓤子了。"扬纳·凯勒说。

"别是咱们场里有人恋爱了吧?"老板娘用试探的口气说,"我年轻时常听人说,碰到恋爱的事儿,就搅不出黄油来。克里克,你还记得,前些年有一回搅不出黄油来,就是因为——"

"啊,记得。不过那回搅不出黄油来,和恋爱一点儿也不相干。我记得很清楚,那回是机器坏了。"他把脸转到克莱那边,"先生,你不知道,从前我们这个奶牛场,有个男伙计,叫捷克·道落,他在梅勒陶跟一个大姑娘求爱,却把

人家骗了。可这回他可碰到刺儿扎手了。那天是神圣礼拜四，大伙儿正在这儿，我看见那个姑娘的妈走到门口儿，手里拿着一把铜镶的大伞，她一面走，一面说，'捷克·道落在这儿当伙计吗？我要找他算账！'捷克的相好，就跟在她妈身后，哭得好不凄惨。捷克从窗户眼儿往外看见了她，就说，'哎哟，我的老天爷，看她那样子，非要了我的命不可。躲到哪儿好哪？躲到——好啦，可千万别告诉她我在哪儿！'跟着就打开了机器上像小门儿的盖儿，钻到搅油机里躲起来了。这时老婆子闯进了牛奶房，开始到处找人。捷克藏在机器里头，差一点儿没憋死。但是那个老婆子，怎么也找不着捷克。"

他又接着说："唉，我怎么也猜不透，那老婆子怎么会那么精，知道他躲在搅黄油的桶里。她一言不发，走到桶边，拿起桶把儿来就摇。她这一摇不要紧，捷克在桶里，可就咕咚乱滚起来啦，他从桶里伸出头来说，'哎呀，我的老天爷，你快放手，放我出去！再搅一会儿，我就成了烂酱啦！'老婆子就说道，'你答应娶我姑娘，我才能放你出来！'捷克听了就喊着说，'你这个老妖精，还不放手！'老婆子说，'你还叫我老妖精，你个骗子！好吧！'跟着机器又搅起来，捷克在桶里把骨头碰得咯哒咯哒地响起来。后来他还是答应了娶那个姑娘，这一场热闹才算完。"

听故事的人们，都笑容满面，忽然听到身后有人急忙走动,回头看去,只见苔丝满脸灰白,已经走到门口了。

"今儿怎么这么暖和!"她声音很轻。

那天是暖和,所以谁也没想到,苔丝是因为听了故事,才要出去的。老板替她把门开开,打趣她说:"哟,我场子里顶漂亮的姑娘,这阵儿不过刚有点儿夏天的意思,你就这么疲乏,那等到三伏天,我们不得抓瞎了?"

"我只觉得有点儿头晕。我到屋子外面去一下就好了。"她说完就出去了。

她刚一出去,旋转的桶里原先唏哩呼噜的声音,马上就分明变成咕唧咕唧的声音了。

"黄油出来了!"老板娘大声喊,于是大家的注意力都从苔丝身上移开了。

晚班的牛奶挤完以后,苔丝出了门,一个人瞎走。她的伙伴,都把这段悲惨的故事,当作一件开心的笑谈,她看到这一点,心里非常难受。他们之中没有人知道,这件事多么残酷地触到了她的痛处。

在这种白天很长的六月里,加上牛奶旺盛,早晨挤奶以前的工作又早又累,所以住场的女工太阳一落,就去睡觉了。苔丝平素总和伙伴们一同上楼。但今天晚上,却第一个回到寝室睡觉,她们上楼时,她已经睡着了。她们进来把她吵醒了,于是她悄悄地转脸看着她们。

她那三个伙伴正穿着睡衣挤在窗口。原来她们在那儿聚精会神地看庭园里的一个人。

"别推我啦！你不是看得见吗？"年纪顶轻的女孩子莱蒂说。

"你爱他，也和我爱他一样，一点儿用处都没有哇，莱蒂·蒲利！"年纪更大的玛琳调皮地说，"他爱的不是你，他爱的是另一个人！"

"他又过来了！"脸色灰白、头发又黑又潮的伊茨嚷着说。

"你什么也别说啦，伊茨，"莱蒂说，"你吻他的影儿，都叫我看见啦！"

"你看见她干什么来着？"玛琳问。

"有一次，他正站在大盆旁边放牛奶水，伊茨就站在一个大桶旁边装桶。他的脸在他身后面的墙上映了个影子，伊茨见了，去吻他映在墙上的嘴。"

"哎哟，你这个小伊茨！"玛琳说。

伊茨·秀特脸上立时起了红晕，她装出冷静的神气来说。"我爱他，不错。莱蒂，玛琳，你们不爱他吗？"

"我么！"她说，"瞎说！啊，他又过来了！亲爱的克莱先生啊！"

玛琳不顾别人说长道短，坦白直率地说："我恨不得明天就能嫁他！"

"我也许比你还急哪！"伊茨·秀特嘟囔着说。

"还有我哪!"比较腼腆的莱蒂,小声地说。

那位悄悄地静听她们的人,见了这种情况,发起热来。

"咱们不能都嫁他呀!"伊茨说。

"咱们连一个能嫁他的都没有!"年纪顶大的玛琳说。

"为什么一个都不能嫁他呢?"莱蒂急忙问。

"因为他顶喜欢苔丝·德北呀,"玛琳把声音放低了说,"我天天留神看他的举动,我看出来,他顶喜欢她。"

"但是苔丝对他可并无意呀。"莱蒂轻轻地说。

"不错,我有时候也觉得她对他无意。"

"可是咱们多么傻呀!"伊茨不耐烦地说,"咱们三个人,自然一个他都不会要;就是苔丝,他也不会要——凭他那么一个绅士的儿子,眼看就要到外国去种大片的地、经营大规模的农业了,会要咱们?要说他一年给咱们几个钱,叫咱们去给他当雇农,还有点谱儿!"

这时,她们三个人都一起叹起气来。蒲利还满眼含泪。暮色越来越暗,她们只得爬上床去了。过了几分钟,房子里就响起了鼾声。

苔丝却久久不能入睡,她心里一丁点儿的妒意都没有。她知道,她只要稍一用心,就能战胜她那几位伙伴。因为她们四个里面,她的身材更美,文化更高,也最有妇人气。说到正式婚姻,谁都没有希望,但要是说能引起他对她一时的垂爱,倒不是没有希望的。但是,有一天克莱对克里克太太说,他将来要在殖民地占有几千几万亩的草场,养活几千几万头的牛羊,收获满山满野的庄稼,那他娶一个阔小姐,有什么用处呢?只有娶个庄稼人家的女儿,对他才最近情合理。无论克莱这个话是正经,是笑话,反正她现在决不应该去引诱克莱先生,因为凭良心说,她永远不应该结婚。

22

第二天早晨,她们干完活都到屋里去吃早饭。一进屋子,只见老板克里克在那儿直跺脚。

原来有一个主顾,写信说他的黄油,有一股怪味儿。"哎呀,了不得,真有怪味儿!"老板手里拿着一块黄油,嘴里说,"不信你们尝尝!"

有好几个人都凑到他身边尝了一回,大家都觉得,黄油是有怪味儿。

老板在那儿出神儿,仔细琢磨这种味道,琢磨了半天,忽然大声说:"一定是蒜闹的!我还以为草场里一根蒜苗儿都没有了!"

原来,有片旱草场以前种过大蒜,往年也曾同样把黄油弄糟了,新近又放进去过几头牛。

"咱们得把那块草场好好搜一搜。"

每人拿起一把旧尖刀,一齐走到了草场。大家排成一行,眼睛瞅着地上,脚下慢慢走着,走完了一窄溜儿,再往这边过来一点儿,又走回来,照这样走法,等到他们查完了的时候,那片草场就没有一点地方,能够逃出他们的眼睛了。这原是一种顶腻烦的事儿,因为在那一大片草场里,找了半天,只找到了几根蒜苗儿。但是这种东西的气味,却非常的厉害,只要一头牛吃了它一口,厂里一天出的牛奶就全都变味了。

这一群人,性情态度,本来彼此大不相同,但是那时候,大家都弯着腰,排成稀奇的一横列,动作划一,不声不响,看着非常整齐。

安吉尔·克莱,坚持共同劳动的原则,事事都跟大家一样来做。他故意和苔丝挨肩排在一块儿。

"啊,你好?"他嘟哝地问。

"我很好,先生,谢谢。"她庄重地答。

他们没再说别的话,弯着腰走了又走。

这时老板受不了啦。

"这样弯着腰,真要命,我的腰快要折啦!"他嚷着说,一边慢慢地伸腰,"苔丝姑娘,前两天你不是不舒服吗?这会儿又该脑袋疼了,你要是觉得发晕,就先回去吧。"

老板和苔丝都退了出来。克莱先生见了,也走出队伍,来到苔丝身旁。苔丝看见他来到身旁,非常紧张,就先开口说:"你看伊茨·秀特和莱蒂多么漂亮!"

"不错,她们是漂亮,可惜不能耐久!"

"她们都是挤奶做酪的好手。"

"不错，是好手，不过不见得比你还好吧。"

"她们撇奶油可比我撇得高明。"

"真的吗？"

克莱老远拿眼瞧她们。

"她的脸红了。"苔丝仗义地又说。

"谁的？"

"莱蒂呀。"

"为什么脸红了呢？"

"因为你老看人家呀。"

虽然苔丝满心打算牺牲自己，替她的伙伴帮忙，但是叫她直截了当地劝他娶别人，却办不到，所以她就跟着克里克老板走了。

从此以后，她硬着心肠，尽力躲开他，因为她要给那三个女孩子一切机会。

苔丝清楚地认识到，她们的贞操，完全操在克莱手里。同时克莱那一方面，小心在意，丝毫不做于她们将来的幸福有害的事，可见克莱这个人非常能够自制，因此苔丝不免对他生出又爱又敬的心。

23

七月的热天气悄然来临，热气蒸腾的大雨一场一场地下，使那些草场里的青草长得更旺，使另一些草场里的晚期工作，不得不暂时耽搁下来。

那是礼拜天早晨，牛奶已经挤完了，不住在场里的工人都回家去了。苔丝和她那三个伙伴，先商议好了，要一块儿到梅勒陶教堂去作礼拜，苔丝来到塔布篱已经两个月了，离场子出门儿，这还是头一次。

从她们自己的教区到梅勒陶去，得走一条曲里拐弯的篱路，路上有一段被头天的大雨淹没了，水深到脚面。这是那些女孩子们走到那儿，才知道的。在平常日子，她们穿的都是厚底木头套鞋和靴子，可以毫不在乎地从水里蹚过去；但是礼拜那一天，却是出风头的一天，她们穿的都是雪白的长统袜子，轻盈的鞋，雪白、粉红或者藕合色的长衫，溅上一丁点儿泥，都能看出来，所以遇到这片泥塘，真叫人进退两难。

"谁想得到，夏天河里会涨那么大的水呢？"玛琳说。那时她们四个人已经攀到路旁土坡的顶上了。

"依我说，咱们想要到教堂，不从水里蹚过去就不行。绕弯儿的话，就非去晚了不可！"莱蒂说。

"去晚了，满教堂里的人都回头看我，我非脸红不行。"玛琳说。

这时，她们忽然听见路上拐弯的地方，泥塘水哗啦哗啦地响，跟着就看见安吉尔·克莱蹚水向她们走来。

四颗心一齐扑通地跳了一下。

克莱身上是挤奶穿的衣裳，脚上是蹚泥过水穿的长统靴子，帽子里还衬着一块卷心菜叶儿，好叫头上凉爽，手里拿的是一把小锄头；这就是他浑身上下的打扮。

"他不是上教堂去的。"玛琳说。

"我看也不是——我倒愿意他是！"苔丝嘟哝着说。

在夏季天气晴爽的日子里，克莱觉得，与其去教堂听谈经讲道，不如听山川草木谈经讲道。这天早晨，他在路上老远就看见那四个女孩子。

他知道那块地方积存雨水，所以就急忙赶上前来，想帮他们一下，尤其是帮她们里面的一位。

她们四个人，脸上红扑扑，眼睛水汪汪，挤在路旁的土坡上面，好像一群鸽子，看着非常迷人，所以他先把她们端详了一番，然后才走近前来。克莱的眼光最后落到苔丝身上，因为在这四个人里面，她站在最后。

"你们这是都要往教堂去吧？"他朝着站得最前的玛琳说。

"可不是吗，先生。"

"我把你们抱过这一片泥塘去吧。"

四个人的脸一齐红起来。

"我恐怕你抱不动吧，先生。"玛琳说。

"瞎说——你们都不重！就是让我把你们四个一齐都抱

起来，我都办得到。好啦，你先来吧，玛琳！"他接着说。

玛琳照着克莱的吩咐，伏在他的膀子和肩头上，他就抱着她大踏步向前走去。他们走过了路上拐弯的地方就不见了，过了几分钟，克莱又出现了。接下来该是伊茨·秀特。

"他回来了，"伊茨的嘴唇儿都叫那一阵的情感烧干了，"我也得像刚才玛琳那样，两只手搂着他的脖子，脸对着他的脸了。"

"这算得了什么？"苔丝急忙说。

伊茨接着说："这阵儿是我拥抱的时候了。"

克莱走到伊茨跟前了。她伏伏贴贴地靠在他的肩头上，他不慌不忙地抱着她向前走去。他第二次又回来了，莱蒂那颗心跳得差不多都使她全身震动起来。他走到这位红头发的女孩子跟前，把她抱了起来，这时却瞟了苔丝一眼。这就等于说，"待一会儿，就你和我两个了"。可怜的小莱蒂，虽然身子最轻，却是一团歇斯底里。不过他也照样把这个难以安静的女孩子抱过了泥塘，又转身回来了。苔丝能从树篱顶上老远看见她们三个人一簇儿，站在前面的那个高地上。现在轮到她自己了。她和克莱的眼光鼻息一接近，却不由自主地兴奋起来。但她好像害怕克莱看出她的真情，所以到了最后一分钟，她倒和克莱推让起来了。

"我比她们都轻巧，我想我也许能顺着这个土坡儿走过去。我自己走好啦，克莱先生！"

"没有的话,苔丝。"他急忙说。她自己几乎还没觉出来是怎么回事,就身在他的怀中,头在他的肩上了。

"三个利亚,都为的是一个拉结呀。"他意味深长地说。

"她们都比我好。"她慷慨大方地回答。

"我却不这么认为。"安吉尔说。

她听了这话,把脸一红。

"你说我不太重吗?"她羞答答地问。

"不重,你好像是在日光下荡漾的一片波浪,一起一落,非常地轻柔。难道你不知道,我先前费的那四分之三力气,都是为了现在这四分之一吗?"

"不知道。"

克莱站住了脚,把脸歪到她那一面。

"哦,苔丝!"他喊道。

那个女孩子的两颊,在微风中红得火热,她不敢再看克莱的眼睛了。因此克莱想起,如果自己因利乘势,未免有悖正道,所以就不做更进一步的行动。但他却走得慢腾腾的,不过后来还是走到拐弯的地方了。

她的伙伴,都睁大眼睛看着她和他。他匆忙地与她们告了别,又沿着那段路走回去了。

她们四个人又像先前一样,往前走去,后来玛琳打破了沉寂,开口说:

"不行,我们争不过她!"她毫无欢颜,看着苔丝说。

"你这是什么意思?"苔丝问。

"我们看他抱你的样子,就知道他顶喜欢你。你只要给他一丁点儿鼓励,他就非吻你不可。"

"没有的事。"她说。

刚出门时的嬉笑快活,不知不觉地消失了,但是她们之间,却并没有怀恨之心。

苔丝心里,别提有多难过了。她爱克莱,事实分明。也许因为她现在知道她那三个伙伴,也都为他神魂颠倒,她爱他的心就更热烈了。她那忠厚的心地本来和这种爱情斗争过,不过力量太薄弱了,所以最后还是自然的结果。

"我绝不想妨碍你们任何一位。"当天晚上,她在寝室里对莱蒂讲明,"我这是不由自主呀,我觉得,他一点儿想要结婚的意思都没有。就是他有意,我也一定不答应他。"

"你真不答应吗?为什么?"莱蒂问。

"不能那样!我不过就是你们之中的任何一个,他也不会要的。"

那个可怜的女孩子,真是心都裂了。那时刚好另外那两个女孩子也回来了,她转身对她们说:"你们快别再多心啦!她也跟咱们一样,并没想他会要她呀。"

她们中间的隔膜,就这样化除了,又都亲热地说起话来。

"我这阵儿,不论做什么,都没心思啦。"玛琳的情绪非常低落,"我本来要去嫁一个在司提津开奶牛场的人来着,他求过我两次了。可是这阵儿叫我去给他当老婆,还不及寻自尽好哪!"

伊茨嘟嘟哝哝地说:"今儿他抱着我的时候,我满心想,他一准会来吻我。我老老实实地趴在他怀里,等了又等,一动也不动。可是后来,他并没吻我。唉,我不想再在塔布篱待着啦!我要回家去!"

今天这番巧遇,把那种感情煽动起来了,所以她们的苦病,可就几乎没法忍受了。不过谁都没有希望,所以谁也不嫉妒。她们十分明白,从她们的身份地位来看,她们的痴情,决不会有什么结果。这种爱情,根本就毫无存在的理由;但是,这种爱情,却又真正存在,让她们狂喜到销魂的程度。

她们都翻来覆去地睡不着。

"你还没睡吗,苔丝?"过了半个钟头以后,伊茨悄悄地问。

苔丝回答说:"没睡。"同时莱蒂和玛琳,也都叹了一口气说:"我也没睡呀!"

"我真纳闷,不知道人家说他家里要给他定的那位小姐,长得什么样儿!"

"我也纳闷。"伊茨说。

"他家里要给他定一位小姐?"苔丝吃了一惊。

"哦，是有这样的事儿。他家里给他挑定了一位门当户对的小姐，这位小姐的父亲是一位神学博士，住得离爱姆寺很近。他自己不怎么喜欢那位小姐，不过他将来一定要娶她的。"

苔丝听了这个新闻以后，再也不痴心妄想，以为克莱对她的殷勤，只是因为她好看，只是为了爱情而取得一时的欢娱。虽然他最喜欢她，对她真有一时的恋爱之情，虽然论起情感的深厚，头脑的聪明，姿色的美丽，她知道自己比伙伴们都强，但是从礼法方面看，她跟她们比起来，可差得远了。

24

芙仑谷的里面，土壤肥得出油，地气暖得发酵，又正是夏季的时光，在草木孕育繁殖的嘶嘶声音之下，汁液都喷涌得几乎听得出声音来，在这种情况下，就是最飘忽轻渺的恋爱，也都不能不变成缠绵热烈的深情。这块地方上的空气，在春天和初夏的时候，本来非常清新，现在却变得停滞，成了困人的天气了。草原上较高的山坡，都叫那灼热的太阳晒成黄色了。

那时，安吉尔·克莱叫热气闷得透不过气来，心里也被他对苔丝越来越强烈的爱，压得喘不过气来。

雨季已经过去了，高坡处都变得干燥。克里克老板的衬衫袖子,从礼拜一到礼拜六,没有一刻不是卷到胳膊肘儿以上的。只把窗户开着,是透不进风来的,总得连门也都开着才成。庭园里的画眉和山鸟,都在覆盆子灌木底下活动。厨房里的苍蝇,都死皮涎脸,懒得动弹。大家谈起话来,总离不了中暑。

工人们为了图凉快和方便,都不把牛赶回家来,在草场上就把奶挤了。一天下午,有四五头还没挤过奶的牛,碰巧离开了大群,单独站在一溜树篱的角落后面,这里面就有矮胖子和老美,它们顶喜欢苔丝的手指头。克莱本来在那儿正拿眼盯着苔丝,苔丝刚挤完一头牛,从小凳子上站起来,克莱就跟着问她,是不是要到树篱角落后面剩下的那几头牛那儿。苔丝点了点头,就绕到树篱后面去了。老美的奶不久就流到桶里,哗哗的声音隔着树篱送了过来,克莱听了,心里想,自己也绕到树篱那面才好。

挤奶的时候,有几个女工都把头的侧面靠在牛肚子上。苔丝·德北就是这样的挤法,她老把太阳穴紧贴在牛肚子上,眼睛瞧着草场最远的那一头,静悄悄的好像出神儿想心思似的。那天她挤老美,用的就是这种姿势。那时的太阳,恰巧对着挤奶的那面,一直射到她那脸蛋儿的侧面,把她的白脸蛋儿衬托得非常清晰,好像玉石雕刻一般。

那时克莱已经跟着她,绕过了树篱,正坐在自己挤的那头牛的身底下拿眼瞧着她,但是她却不知道这种情况。只见她的头、她的面目，都非常沉静，好像在梦中一般，虽然两眼睁着，却看不见东西。

在他看来，她的脸太可爱了。但是那上面，没有一点虚无缥缈的神态，全是实在的温暖，实在的血肉。到了她那副嘴，她的可爱才算到了最高点。像她那样顾盼欲语的眼睛，他从前看见过；像她那样鲜艳妍丽的脸蛋儿，他从前也看见过；像她那样弯曲如弓的眉毛，他从前都看见过；但是他从来没看见过，天地间还有另一副嘴，能和她的相比。

在那个红红的小嘴儿上，那上唇中部往上微微撅起的情态，任何青年看了都不由得要着迷，要发狂。克莱已经把这副嘴唇儿的曲线，不知道琢磨过多少次了，他看着就觉得身上过了一阵电流，差一点儿没晕倒，并且由于一种不可理解的生理作用，毫不含糊地打了一个大喷嚏。

他打了这一声喷嚏，她才觉出来，他正在那儿看她。这时，她脸上的娇红，一时忽然变深了，跟着又慢慢褪去，后来只剩下一点儿。

但是克莱仍旧感到那种触电一般的力量，他从小凳子上猛然站起来，三步并做两步，跑到苔丝眼前，把她双手搂在怀里。

他这一搂，可真是出乎苔丝的意料，所以她连想一想都没来得及，就不由自主地叫他抱住了。他本来正要去吻那迷人的小红嘴的，但良心却又制止了他。

"你千万可别见怪,亲爱的苔丝!"他说,"我简直糊涂了,我并不是有意轻狂。我爱你是至诚的,最亲爱的苔丝!"

老美这时候已经回头看他们了,觉得莫名其妙,它把后腿抬了一抬,表示不耐烦。

"它生气了——它要把牛奶桶踢翻了!"苔丝一面想要轻轻推开克莱,一面嘴里说。

她从凳子上站了起来,克莱也跟着站了起来,他仍旧搂着她的腰。苔丝注视着远处,不觉满眼是泪。

"你为什么哭起来了,宝贝儿?"他说。

"我也不知道!"她嘟哝着说。

"苔丝,我的真情到底泄露了。"他叹了一口气,"我真心地爱你,不过我看你难过起来了,其实我自己也和你一样,吓了一大跳!你不会觉得我太鲁莽,趁着你没有防备,冒犯你了吧?"

"不——我说不上来。"

她脱离开他的怀抱,一两分钟后,各人又挤起牛奶来了。没有人看见他们两个刚才互相牵引、合而为一的光景。几分钟以后,老板转到了那个枝叶隐蔽的树篱角落上来了,那时候,一点儿也看不出来他们的关系,有什么不同于寻常的熟人那样。但是,确实有事情发生了,让他们两个人以后要走的道路上,出现了一番新天地。

第四章
后　果

25

　　坐立不安的克莱，在天快要黑的时候，跑到了苍茫的暮色里去了；而把他赢到手的那个她，已经躲到屋子里去了。

　　晚上也和白天一样闷热。克莱坐在场院东边的栅栏门上，不明白自己到底是怎么回事。那天真是感情把理智压下去了。

　　自从三个钟头以前，他忽然拥抱了苔丝以后，他俩没再到一块儿。

　　克莱到这儿做学徒，本来想，奶牛场里的寄寓，只能是他那生命里的一段插曲，一定要快快过完。他到这儿来，就

仿佛跑到一个有屏风遮蔽的洞室里一样，可以从那儿冷静地看着外面吸引人的世界，然后再决定采取什么新计划，重新投到那个世界里去。原先趣味浓厚的世界，现在倒变成无声无色的哑剧了；而这个表面上暗淡沉闷的地方，现在却像火山一般，猛然喷出空前的新异景象，把他从前的所见所闻都湮没了。

这座奶牛场，本来非常鄙陋，完全无足轻重，他纯粹出于不得已，才到这儿来暂时寄寓，所以他一向没重视它，没觉得它会是这片景物上有任何意义的东西。但是现在这所房子，变成了怎么一种样子了呢？那些年深日久的砖砌山墙，都轻柔地吐出"别走"的字句，窗户都微微含笑，门户都甘言引诱，举手招呼。原来屋里住的这个人，影响深远、感染力强大，竟使她的人格，都侵入了砖墙、灰壁，和整个覆在头上的青天。

到底是什么人，会有这么大的力量呢？

一个挤牛奶的女工。

虽然克莱不顾世俗，有许多缺点，但是他却是个有良心的人。苔丝并不是一个无足轻重的人，可以随便玩耍完了就丢开。她是一个女人，是一个人人视为至宝的生命，这个生命，不管她自己觉得是苦是甜，对于她，也像对于最伟大的人物同样珍贵。那么他怎么能把她看得不及自己可贵呢？怎么能不拿十二分的真心，对待他所引起的爱情，好叫她不至于悔恨痛苦，不至于身败名裂呢？

要是还像原来那样，天天和她见面，那么已经起了头儿的事，就得继续发展。他们两个的关系既是那样密切，那么见了面儿，就免不了要互相温存。但是这种趋向如果发展起来，会有什么结果，他现在还不能确定，因此他决定，暂时避开和苔丝见面。

不过这个不再和她接近的决心，却不容易实现。

他决定回家一趟，去听听他家里人的意见。一个庄稼人的内助，应该是客厅里陈设的蜡人呢，还是懂得庄田活计的女人呢？

有一天早晨，大家正一块儿坐下要吃早饭，有一个女工说没看见克莱先生。

"哦，不错，"老板说，"克莱先生回家看望他爹娘去了，过几天才能回来。"

那张饭桌上，有四个情深义重的人，觉得那天早晨的太阳，一下光沉耀绝，鸟儿的歌声也一下变得响沉音弱。

"他的学徒期快满了，"老板冷淡地说，"所以我想，他正打算到别处去吧。"

"他在这儿还能待多少日子啊？"伊茨·秀特满怀忧郁地问。

苔丝心里怦怦地跳，眼睛往外看着草场。

"我得看看我的日记本儿，才知道准日子。"老板照旧用那种冷淡的态度回答,"不过那个日子,也不能固定不变。我可以说,他总得迟延到年底,才走得了。"

那么,还有四个月左右的工夫,能够和他相处一地,享受这种又叫人心疼、又叫人快乐的日子。

那天早晨他们谈论克莱的时候,克莱已经离开他们有十英里了。他正在一条狭窄的篱路上,朝着爱姆寺他父亲的公馆,骑着马走去。他爱苔丝,一点儿不错,但是他该不该娶她呢?他敢不敢娶她呢?他母亲和他哥哥们,该觉得怎么样呢?他的这番暂时的情感里,是有生死不渝的种子呢,还是只因为她长得好看,而生出肉欲的爱慕?

走了一会,那个红色石头建造的都铎王朝式教堂高阁就清清楚楚地在他下方出现了。他就朝着那个熟悉的栅栏门,一直往下走去。进门以前,他往教堂那面瞥了一眼。过了一会儿,来了一个女人,手里拿着两本书。

克莱和那个女人本来很熟。他不知道她看见了自己没有。他想顶好她没看见自己,因为这样,他就不用过去跟她打招呼了。她固然是一个无瑕可指的女孩子,但是他却非常不愿意和她寒暄。原来这位年轻的女人,正是梅绥·翔特小姐,她父亲和克莱的父亲是老朋友,又是老街坊,只她这么一个独生女儿。克莱的父母心里暗暗盼望,将来有一天,克莱能娶这位小姐作媳妇,但克莱却并不怎么喜欢她。

他这次回爱姆寺并没事先通知他父母。他到家的时候,他的家人，都已经坐着吃早饭了。一见他进来，坐在饭桌旁边的那些人，都跳起来欢迎他。这几个人里面，一个是他父亲，一个是他母亲，一个是他大哥斐利道长——他是邻郡一个市镇上的副牧师，正请了两个礼拜的假，一个是他二哥克伯道长——他是一位古典学者，从剑桥回来消夏。抬头看去，墙上挂着安吉尔大姐的像，她比安吉尔大十六岁，嫁给一个传教的牧师，到非洲去了。

像老克莱先生这样的牧师，近二十年以来，在现代的人里面，差不多都绝迹了。他是真正的福音派教徒，从事于劝人信教，化恶人为善人，思想和生活都单纯朴素。他在素丝未染的少年时期，对于人生较为深奥的问题，一下就拿定了主意，从那时以后，再也不许别人质疑。就是和他同时同道的人，都觉得他太极端；但是和他完全不是一派的人，看到他那样彻底，看到他以那样大的魄力，只顾应用原理，不管原理有没有问题，也都被他感动了，就是本来不愿意敬爱他的，也不由得要敬爱他。他儿子安吉尔新近在芙仑谷，生活于自然之中，寄身于丰盈、水灵的妇女里，享受的是异教精神之乐。这种情况老头儿完全不知道，要是他能够访查出来，或者想象出来，他那种脾气，一定要持极端不表同情的态度的。

安吉尔坐下了，感到这里有家庭的意味，但是他总觉得，不能像从前那样水乳交融。他每次回来的时候，都感觉

得出来这种分歧。而自从上次回到牧师公馆以后,他觉得公馆里的生活,跟平素比起来,越发另是一番天地,和自己现在过的全不一样。他家里那种超脱尘世的希望和梦想——从头上最高处是天堂,脚下最深处是地狱那种观念而来——和他的比起来,简直和住在另一个星球上的人做的梦一般。因为他近来所看见的,只是活泼的人生,所感觉的,只是生命热烈的搏动,没有主义、信条加以束缚。

在他们那一方面,也觉得他大大地改变了。不过他们,特别是他那两个哥哥,所注意到的,还大半只是他的外表。他们觉得,他的一举一动,越来越像个庄稼人了:两条腿乱伸乱动,心里一有喜怒哀乐,脸上的肌肉马上就表示出来。书生的风度,差不多都消失了。客厅里青年人所应有的举止,更看不见了。

吃完了早饭,他同他那两位哥哥一块儿出去散步。他那两位哥哥,受过很好的教育,都是那种有条有理的教育机器每年一批批造就出来的模范人物。他们两个,都有点近视,大家都兴戴不带腿儿而带系儿的单光眼镜,他们也跟着戴不带腿儿而带系儿的单光眼镜;大家都兴戴不带腿儿的双光眼镜,他们也都跟着戴不带腿儿的双光眼镜;只知道跟着人家学时髦,从来也不考查考查自己的眼睛到底是什么毛病。如果他两个哥哥觉得他越来越不合世俗,他也觉得,他两个哥哥,在心境方面,越来越狭隘。

他们两个都是孝顺儿子，按照时节，回家看他们的父母。

他们在山坡上一路走来的时候，安吉尔觉得，他那两位哥哥都没见过真正的世面，没过过真正的人生。他们两个，除了他们自己所过的以及和自己同阶层的人所过的那种风平浪静的生活，对于生活的复杂性，全没有充分的认识。

"老三，我看你现在不想别的，一心一意只想种庄稼了，是不是？"斐利脸上带着闷闷不快的严肃神情说，"所以，也就只好那么着了。不过我求你千万努力，不要和合于道德的理想脱节。种了庄稼，自然就不能讲究外表了；不过高尚的思想和简朴的生活，是可以并行不悖的呀。"

"自然可以并行不悖，"安吉尔说，"斐利，你为什么觉得我会忘记了高尚的思想和道德的理想呢？"

"我看你写信和说话的口气，仿佛觉得，你对于学业慢慢地越来越把握不住了。老二，你没觉得吗？"

"你听我说，斐利，"安吉尔冷淡地说，"你晓得，咱们是很好的兄弟，各人循各人的本分，奔各人的前程。至于说到把握学业的话，我想你这么一个专好武断的人，顶好不必管我，还是先考查你自己。"

他们转身下山，要回家去吃午饭。他们家的午饭，并不按照普通的时刻，总是他父母什么时候做完教区的工作，就在什么时候吃饭。

他们走得肚子饿起来，克莱现在老在户外工作，吃惯了奶牛场里的大块肉、大块面包，所以饿得更厉害。但是却老也看不见他们父母的影子，后来三个儿子几乎都等得不耐烦起来，才看见他们进门。

一家老少，都围着桌子坐下，几样简单朴素的冷食，摆在他们面前。克莱四面望了望，找老板娘送给他们的脂血肠。

"安吉尔，你是不是要找脂血肠？"他母亲说，"不过，有一件事要告诉你，区上有一个人，喝酒过多，不能挣钱养家，所以我刚才对你父亲说，不如把克里克太太送的脂血肠送给他的孩子吧，你父亲说很好，所以我们就那么办了。我想你不会反对吧？"

"当然不会，"克莱很高兴地说，跟着转身找蜜酒。

他母亲说："喝酒很不合适，不过，遇到有灾有病的时候，用它救急，倒是很有效，所以我就把它放到我的药柜里去了。"

"那么我回去的时候，老板娘要问起我来，我对她说什么哪？"安吉尔说。

"当然对她说实话呀！"他父亲说。

"我倒想对她说，咱们非常喜欢她的蜜酒和她的脂血肠。"

"咱们既是没吃她的，也没喝她的，那你可不能那么说。"克莱老先生回答说。

安吉尔觉得，他父母虽然缺乏感情，但是他们的做法还是对的，所以也就没再说别的。

26

等到晚上，家庭祈祷做完了，安吉尔才得到机会，把一两桩最关心的心事，对他父亲说了出来。那时，屋里只剩了他和他父亲。

那位青年，首先和父亲讨论了在英国和殖民地做农业的计划。他父亲听了，对他说，既然他没花钱供安吉尔上剑桥，所以他每年积攒储蓄一笔款，预备将来或者给他买地，或者给他租地。

安吉尔趁这个机会谈起了那件重要的事。他对父亲说，他已经二十六岁了，将来自己种起庄稼来，家里一定得有一个人，替他监督工作。这么说来，他不应该结婚吗？他父亲觉得这很有道理。于是安吉尔问："我将来既然要做一个庄稼人，娶一个什么样的太太才顶合适呢？"

"一定得是一个真正的基督教徒，随时能帮助你。这样的女人，说实在的，眼前就有。我那位老朋友翔特博士……"

"不过这个女人，是不是先得会挤牛奶，更擅长做干酪哪？"

"不错，应该是庄稼人的女儿。"老克莱先生显然没想到这点。"不过，我是说，你想要找一个贞洁的女人，除了你的朋友梅绥小姐，你就找不出一个于你是真正的内助来，当然也找不出一个更对我和你母亲的心思的人来。"

"不错，梅绥很虔诚。不过，父亲，如果有一个女人，和翔特小姐一样地纯正、贤惠，而且明白庄稼地里的活儿，您想我要是娶了这样一个女人，不是更合适吗？"

他父亲一口咬定，农夫的妻子，第一先得有益于人类，庄稼地里的本事还在其次。克莱听了他父亲的话，为了尊重父亲的心意，并且成全自己心爱的大事，就夸耀起来。他说，现在命运已经给他配好了一个伴侣，这个女人，凡是庄稼人的妻子应有的本领，样样俱全，并且她的性格也端庄稳重。她是个有单纯信仰、按时上教堂的人；待人忠诚，举止文雅，内心纯洁；并且长的模样儿，一百个里也挑不出一个来。

"她家的门第怎么样？她是不是一位小姐？"他母亲悄悄地走进了书房，插嘴问。

"按照普通的说法，自然不能管她叫小姐。"安吉尔直言不讳，"因为，说起来我很得意，她是乡下小户人家的女儿。不过在情感和天性方面你不能说她不是个小姐，而且像我这样的人，将来要过粗粗剌剌的生活，娶一个小姐有什么好处？"

"你要知道,梅绥可是个多才多艺的姑娘啊。"

"这种才艺于我将来过的那种生活没有什么用处。至于论到念书,我将来自己就可以一手教她。苔丝这个人,充满了诗意,她的一举一动,都把诗现实化啦,她的诗就是她的生活。我还敢保证,她是一个无瑕可指的基督教徒。"

"哎哟,安吉尔,我看你这是说笑话吧!"

"母亲,您别见怪!不过她实在差不多每礼拜早晨都上教堂,真是一个值得称赞的女信徒嘛!我敢说,你们就是看在这种优点的份儿上,也一定不会再嫌她出身方面有什么缺陷了。"

安吉尔称赞那位他们还不认识的青年女人,说她具备他说的那种资格,但是安吉尔自己是否可以说他也有这种资格呢?既然儿子在这方面有问题,那么,如果娶一个在这方面没有问题的儿媳妇儿,也未尝不可以算是一种补偿。尤其是他们这一对的结合,一定是天意,因为安吉尔的脾气,本来是绝不会以信奉正教为择偶标准的。他们最后说,顶好不要急躁,还是慎重一些好,他们并不反对和她见一面。

因此安吉尔当时也就不再说别的详情了。他总觉得,他的父母,虽然心地单纯,能自我牺牲,但是他们却都是中等阶级的人物,有那个阶级的某些偏见,总得用点儿手腕,才能克服。

他现在把苔丝生平中的小节当作了大节,自己也觉得前后不一致。他所以爱苔丝,完全是由于苔丝自己,完全是为了她的性灵,她的心肠,她的本质,并不是因为她会搅黄油,会挤牛奶,会做他的好学生,更不是因为她按时按节去做礼拜。她那种寥廓清朗、不染尘寰的本色,自然就叫人爱慕倾倒。

他要离家的早晨来到了,他那两位哥哥,已经离开公馆,往北方徒步旅行去了,旅行完了,就一个回到大学里,一个回到副牧师任上去。安吉尔本来可以和他们一同前往,不过,他一心只想回塔布篱,好和他的所爱聚会。

他母亲亲手给他做了三明治,他父亲骑着自己的骡马,亲自送了他一程。他们一面在树木荫翳的篱路上走着,他就一面一声不响,听他父亲对他诉说一切:像区上办事怎样非常困难,他虽然对同行的牧师情同手足,他们对他却怎样非常冷落。接着他又说从前的种种经验,证明他们这种观念荒谬。他说,经过他的努力,有许多行不义的人,都劝化过来了,颇有惊人的成绩。他也坦白承认,有许多劝化不过来的,其中就有一个年轻的暴发户,姓德伯,住在纯瑞脊附近。

"从前的王陴,有过一家贵族,是历史上著名的贵族,现在衰败了,那家也姓德伯,您说这个人是不是和那家是一家呢?"他儿子问。

"哦,不是。那家是真德伯,据我所知,六十年还是八十年以前，就家败人亡了。这一家好像是一家暴发户，冒名顶替。"

老克莱先生接着说他那个故事：那个所谓的老德伯死后，小德伯就任意放荡，拈花惹草，犯了万恶淫为首的一个淫字。其实他有一个瞎眼的母亲，他应该看到她那种情况而知道警戒才是。克莱老先生有一次到他那块地方上去传道，听说有这么个人，他就毫不客气把这个罪人灵魂方面的情况讲了一大篇。这个青年，深恨这种单刀直入的攻击，后来碰见老克莱先生，就和他争吵起来，当着大众，把他侮辱了一顿。

安吉尔听到这里，非常难过，脸都红了。

"父亲，"他闷闷地说，"但愿您以后别再无缘无故，为这些混账东西自寻苦恼啦！"

"苦恼？"他父亲那苍老的脸上，放出了一种热烈的光辉。"我自己并不觉得有什么苦恼，我只替他觉得苦恼，那个糊涂可怜的青年！你想他骂了我甚至于打了我，就会叫我觉得苦恼吗？人家咒骂我们，我们就给他们祝福；人家逼迫我们，我们就尽力忍受。"

"父亲，他没动手打您吧？"

"没有，不过我却被发疯的醉汉打过。"

"真的吗？"

"十几次了，孩子！那有什么？我虽然挨了打，可因此把他们救出来了，叫他们免于杀害亲骨肉的罪。并且他们从那以后，老是感谢我，老是赞美上帝。"

"这个青年也能那样就好了，"安吉尔热烈地说，"不过，我听您刚才的口气，恐怕没法子能把他劝化过来。"

"不过我们还是希望能把他劝化过来。"老克莱先生说，"将来也许有那么一天，我对他说的话，会像种子一般，在他心里发出芽儿来，开花结果，也说不定。"

他的儿子虽然不信他那种褊狭的教条，却不能不敬仰他那种力行的精神，不能不承认他外面是一个过度虔诚的牧师，内心却是一个勇往直前的英雄。说实在的，安吉尔虽然满脑子的异端思想，他自己却时常觉得，在人性方面，他和他父亲最相近，他那两位哥哥都不如他。

27

克莱骑在马上，一路上山下坡，在日光耀眼的中午，走了二十多英里，下午的时候，才走到塔布篱西面的小山岗，从那儿又看见了前面的芙仑谷，温润芊绵，一片青葱。克莱对于这片景物，现在已经非常熟悉了，所以点缀在草场上那群牛，虽然离他很远，他都能一个一个地叫出它们的名字。他如今在这儿能够从人生内部观察人生了，从前学生时代，这都是他极为生疏的东西。

奶牛场外，一个人影儿都看不见，所有的人都睡午觉去了。安吉尔进了门，走过静悄悄的过道，到了后面，在那儿听了一会儿。车房里面，睡着几个工人，连续不断发出打鼾的声音。

他把笼头嚼子解下来，给马上好了草料，又回到屋里。那时候，钟声正敲三下。三点钟是下午撇奶油的时候，所以钟声一敲，就听见楼梯上有人下楼的脚步声。下来的不是别人，正是苔丝。

他走进来，她并没听见，他会出现在楼下，她更难想到。她正打呵欠，她那副嘴的内部，全都让他看见了，红赤赤的，好像蟒蛇的嘴一般。她的脸睡得红红的，眼皮也惺忪地覆在瞳人上面。她的本性，往四面流溢。就在这种时候，一个女人的灵魂，才更具有声色香味。

这时候，她脸上别的部分，还没完全醒过来，可是她的眼睛接着就从蒙眬惺忪中，闪闪放出光明。她又惊奇又欣喜，喊着说："哦，克莱先生！你真吓了我一跳——我——"克莱已经对她表明过心迹了，两个人现在的关系已经和从前不一样了。

"亲爱的苔丝呀！"他低声说，一面用手搂着她的腰，把脸靠着她颊泛红潮的脸。"千万别再称呼我'先生'啦！我急急忙忙跑回来，都是为了你呀！"

苔丝那颗容易激动的心，紧靠在克莱的心上，怦怦直跳。于是他们两个，就站在穿堂里的红砖地上，克莱把苔丝紧紧地搂在怀里。起初她不肯向他直视,但是待了一会儿,她就抬起头来,一直瞅着克莱,克莱也一直瞧着她的瞳人。

"我得撇奶油去了。"她分辩说。

他们往后面牛奶房里去的时候,老德布在楼梯上出现了。

克莱仰起脸来说:"德布,我已经回来啦。我可以帮着苔丝撇奶油,我知道你很累,你歇歇去吧,等到挤奶时,再下来好啦。"

也许塔布篱的奶油,那天下午并没撇得十分干净。她每次把撇油勺拿到水管子下面,用水把它浸凉了的时候,她的手老发颤,于是他又把她紧紧搂在身旁;她用食指把铅盆沿边的浮油抹去,他就吮吸她的手指,帮她弄净。

"亲爱的,"他很温柔地说,"我想跟你商量一个非常实际的问题。我不久就打算成家了。我既然是一个庄稼人,那么我的太太当然也得懂怎么管理农田才成。你愿意做那个角色吗,苔丝?"

他说这段话的时候,极力沉住了气。

苔丝脸上立时显出一片忧伤。日日和他接近,必然的结果是,她非爱他不可,这一点是她早就认为无话可说的。但是由此紧随而来的结果——婚姻问题,会这样突然,她却没想到。

"哦,克莱先生——我不能做你的太太!"

"苔丝！"克莱听了这番话，觉得非常的奇怪，"你这是说'不'吗？难道你不爱我？"

"爱，爱！我愿意做你的人，不愿做世界上任何别人的人，可我不能嫁你！"

"苔丝，"他抱了她说，"那么你这是已经跟别人订过婚了？"

"没有，没有！"

"那你为什么不答应我？"

"我不能结婚！我只愿意爱你！"

"为什么哪？"

她结结巴巴地说："你父亲是做牧师的，你母亲也不会愿意你娶我这样一个儿媳妇啊。"

"不，我已经对他们说过了。我这次回家就是为办这件事，你是不是觉得这事太突兀了？"

"不错，我一点儿也没想到。"

"苔丝，我给你工夫，让你从容地考虑。"他说。

她又拿起发亮的撇油勺，重新工作起来。但是她试了试，却再也不能像以前那样专心了。她那件伤心事，她是永远不能对他解释的，所以她就悲从中来，眼里含满了泪水。

"我撇不了啦。"她背过脸去说。

细心体贴的克莱，恐怕她的心绪更加紊乱，于是就和她谈起一些闲话来。

"你把我的父母都看错了。他们都是顶朴实的人。福音派教徒剩下没有多少了,他们就是其中的两位。苔丝,你也是一个福音派教徒吗?"

"我不知道。"

"我看你按时按节上教堂。"

苔丝虽然个个礼拜都上教堂去听道,但是那位牧师究竟是哪一派,她却非常的模糊。

"我但愿听道的时候,能专心细听,可是我又老专不下心去。"她泛泛地说。

她说这些话的时候,非常坦率自然,因此克莱想道,他父亲决不会因为宗教方面的关系,不赞成她。

接着他又对苔丝说他回家的种种琐事,说他父亲的生活状况,说他父亲对于主义的热心。那时候,她慢慢安静下来了,撇起奶油来也不像刚才那样了。

"我觉得,你刚进门的时候,脸上有点儿不大高兴。"她一心要使谈话不牵连到自己,所以冒昧地问。

"有一点儿——因为我父亲把他的困难烦恼,对我讲了一大套,我听了,心里很不好受。他告诉了我新近出的一档子事。有一次,他当一个传道团体的代表,到纯瑞脊附近去传道,他在那儿遇到一个放荡轻狂的青年,他就负起责任来,一心要劝他学好。那个青年是那儿一个地主的儿子,他母亲是个瞎子。我父亲单刀直入地劝导他,因此惹了一场纠纷。我父亲太傻了，无论什么事，只要他觉得应当做，他就非做不可。这么一来，他自然要得罪许多人。所以不但道德败坏的人都恨他，行为随便的人也都恨他，他倒说，受辱就是光荣。不过我还是不愿意他那样自找苦吃，他已经那么大的年纪了，很可以不必找这些麻烦。"

苔丝娇艳的面目，显出憔悴失润的神色。克莱如今又想起他父亲的事儿来了，没工夫仔细理会苔丝的态度。于是他们两个，依次把那一溜长方形盆子里的奶油都撇完了，把牛奶都放出去了。

苔丝要到草场上去挤牛奶的时候，克莱温柔地问她："我问你的那个问题，怎么样啊，苔丝？"

"哦，不要提啦！"她斩钉截铁地回答他说，"办不到！"

她出了门儿，往牧场上走去，好像一跃就和别的女工们到了一块儿了，仿佛想要让户外的空气，给她解去自己在天性方面所受的束缚似的。如今克莱又见了苔丝的面儿，他就觉得，撇开矫揉造作的人间，从无拘无束的大自然中选择配偶，正是当然的事。

28

苔丝的拒绝，虽然出乎意料，却并没把克莱吓得永远绝望。他在妇女场中，也有一些经验，所以他很知道，她们说的"不"字，往往只是要说"是"字的先声，但是他的经验却也有限，所以他不知道，现在这个"不"字，却是一个例外。

"苔丝，你怎么说'不'字说得那么坚决呀？"克莱过了几天问苔丝。

"你别再问我啦，我不是把一部分原因，告诉你了吗？我配不上你。"

"怎么配不上？因为你不是一位千金小姐吗？"

"不错，"她嘟哝着说，"你家里的人一定要看不起我。"

"你把我父亲和我母亲都看错了。至于我哥哥们，我本来就不在乎他们——"他把双手紧紧扣住了她的腰，"亲爱的，我让你弄得坐立不安，什么也做不了啦。我想知道，你将来一定有做我的人的一天吧？"

她听了这话，只把脑袋摇晃。

"那么我不该这样搂着你了？说实话，苔丝，你是不是爱上别人了？"

"你怎么能说出这种话来？"她努力自制。

"那你为什么这样对我？"

"我很喜欢让你对我说你爱我呀。你可以常对我说那样的话。"

"可你不愿意嫁给我！"

"我都是为你打算，亲爱的！我要是做了你的人，在我自然是十分快乐的，可是我不应该做这样的事。"

"不过你答应了我,就能叫我快活呀!"

"啊——你不明白!"

每次遇到这种关节,他老认为,她是觉得自己在交际礼貌方面不配作一个上等人的太太,所以才拒绝,因此他老说,她的脑筋非常灵敏,知识非常丰富——这话也不假,因为她天生就敏捷,加上她对他那么爱慕,所以他的知识都让她零零碎碎地取得了不少。两个人每次这样温柔地争论,她得到了胜利以后,总要一个人,跑到苇塘里,或者自己的屋子里,偷偷地自怨自叹。其实不到一分钟以前,她还硬装冷淡,表示拒绝来着。

她心里的挣扎,非常的可怕。她自己那颗心,老是向着克莱那颗心,所以她用尽了力所能及的办法,来维护自己的决心。

无论怎么样,她决不肯贸然嫁人,她总认为,她当日头脑清楚的时候拿定了的主意,不能在现在这种情况下置之一旁。

"为什么没有人把我从前的事儿,全告诉他哪?"她说,"那个地方离这儿不过四十英里罢了——那种消息,怎么就会没传到这儿来哪?"

又过了两三天了,谁都没再提这件事。

第二次作干酪的时候,又剩下他们俩在一块儿了。他们正在那儿把奶皮掰碎,好往桶里装。安吉尔正一把把地把奶皮往桶里装，装着装着，忽然停住了，把两只手平铺在苔丝手上，低下头，在她那柔润的膀子内侧吻了一下。

她那只胳膊，因为在奶皮里泡了许久，吻着又凉又湿。她的胳膊叫他的嘴一接触，热血就立刻冲到指尖，原先凉阴阴的胳膊，立刻变得又红又热，于是仿佛她的心在那说话："现在还用得着再忸忸怩怩的吗？男人和男人之间是那样，男人和女人之间也是那样啊。"因此她把眼睛抬起来，把热烈的眼光射入了他的眼睛，把上唇也微微撮起，露出妩媚的浅笑。

"苔丝，你知道我为什么那样吗？"他说。

"因为你很爱我呀！"

"不错，因为很爱你，同时也是预备要再求你。"

"别再提啦！"

她露出忽然害怕起来的神气，怕自己不能坚持下去。

"哦，苔丝！"他说，"我真不明白，为什么你让我这样失望？你几乎像一个卖弄风骚的女人了。她们也像你一样，冷一阵热一阵，叫人摸不着头脑。"说到这儿，他看这番话真把她刺疼了，就又急忙改嘴说："但是，最亲爱的，我知道你是一个顶纯洁的人。我怎么能把你看成一个风骚女人哪？可是为什么，一提到你给我作太太，你就不愿意哪？"

"我从来没说过我不愿意呀！"

她的嘴唇颤动起来，只得急忙躲开，克莱紧跟在她身后,在穿堂里把她捉住了。

"你得说,"他一阵的热烈,也忘了手上满是奶皮,把她搂住了,对她说,"你一定得说,你只能归我,不能归别人!"

"我很愿意说,"她喊着说,"要是你现在撒开手放了我,我还要详细地跟你说,把我的一切全都说出来。"

"你的一切,亲爱的,当然喽,都说一说好啦,"

他瞧着她的脸,用由爱而生的戏谑之言表示允诺:"我的苔丝,我想你的经历,一定和园边树篱上今儿早晨头一次开花的野蔓草花所有的经历,差不多一样的多吧。"

"我的经历,等到明天,我再对你说明始末原由吧——不,等到下礼拜吧!"

"礼拜天好吗?"

"好,就礼拜天吧。"

她走开了,一直走到院子尽头的柳树中间,才止住了脚步,她一下趴在树下的丛芜长枪草上,同倒在床上一般,身子蜷伏着,苦恼之中夹杂着一阵一阵的快乐。

实在的情况是,她正把持不住,要默认他的要求了。爱情给她出的主意是:先不顾一切,只管答应他,和他在神坛前面结合,任何情况都一点儿不露。虽然好几个月以来,苔丝自己和自己斗争,想好了种种办法,要咬着牙,严峻冷酷地将来过独身生活,但是照现在的情况看,爱情出的主意,终究要战胜一切。

下午的时光慢慢地过去了,她依然藏在那丛柳树中间。六点半钟的时候,太阳落到地平线上,把一片西天,映得好像一座冶铁炉。她那时才回到屋里,暗中摸索着上了楼。

那天是礼拜三,礼拜四来了,克莱只满腹心事地老远看着她,却没走上来引逗她。礼拜五过去了,礼拜六也过去了。明天就到了那一天了。

"我要屈服了——我要同意他娶我了——我没法子了!"她那天晚上,听见另一个女孩子,在梦里叹着气叫克莱的名字,她就不免怀着妒意,喘息急促地说,"我不能让别人嫁他!我一定要自己嫁他!但是这可是一件对不起他的事,他明白过来的时候,也许还会要了他的命哪!哦,我的心哪!哦——哦——哦!"

29

第二天早晨,吃早饭的时候,克里克老板带着打哑谜的神气,瞅着他们说:"你们猜一猜,今儿早起,我听见谁的消息啦?"

这个猜一回,那个也猜一回。老板娘却没猜,因为她早就知道了。

"你们猜是谁,"老板说,"就是那个婊子养的坏小子捷克·道落呀。他新近跟一个寡妇结了婚啦。"

"是捷克·道落吗？真是个坏家伙！"一个男工说。

捷克·道落就是那个欺骗了情人、后来又叫情人的妈在黄油机器里搅了的那个坏小子。

"他娶了那位老太太的女儿吗？"安吉尔·克莱心不在焉地问。

"没有，先生。他起根儿就没打算那么办，"老板回答说，"他娶的是个寡妇。这个寡妇，好像有几个钱，那小子娶她，无非是冲着她那俩钱儿。他们急急忙忙地就结了婚，结完了婚，那个寡妇就对他说，因为她一嫁人，她那一年五十镑的进项就没有了。从那时起，他们俩那个鸡争狗斗，就不用提啦，这小子也真活该，现世现报。"

"那个傻东西，早就该告诉那小子的。"老板娘说。

"唉，"老板踌躇地说，"你们难道还看不清楚吗？她一心只想找个丈夫，所以不敢莽撞。要是他真不要她，她怎么办哪，姑娘们？"

"她应该趁着去教堂的时候，把那个话告诉他。"玛琳喊道。

"不错。"伊茨表示同意。

"她压根儿就不应该答应他。"莱蒂颤抖地说。

"你的意见哪？"老板问苔丝。

"我想她应该把实在的情况告诉他——或者干脆就不答应他——我也说不清楚。"苔丝回答。

"我才不那么办哪,"毕克·尼布说,她是一个结过婚的短工,"在情场里和战场上,用什么手段都应当。我一定学那个女人那样,跟他结婚,要是他敢埋怨我,我就拿擀面杖,把他打趴下,像他那样一个小瘦鬼儿,是个女人就能把他打趴下。"

大家一听这段妙语趣话,都大笑起来,苔丝为随和大家,也跟着苦笑了一下。他们觉得可乐的,正是她觉得可悲的。她待了一会儿,就离开饭桌,出了屋子。她想克莱大概要跟着她的,所以就沿着一条婉蜒曲折的小径,往前走去,走到了芙仑河边,才站住了脚。

不错,叫人难过的就是这一点。一个女人,说出自己的历史来——这个问题对于她是一个最重的十字架,对于别人却不过是一场笑话儿。

呼唤"苔丝!"的声音,从她身后发出,跟着就看见克莱在她身边站定。"我的太太——不久你就是我的太太了!"

"不!我不能做你的太太!我这是为你打算,哦,克莱先生我不能答应你!"

他本来没想到会有这种事,所以和她说完了话,就用手轻轻地搂住了她的腰,搂住了她下垂发辫之下的腰。看他原来的神气,要是她答应了,说了"是"字,他一定要去吻她;现在既然她很坚决地老说"不",像他那样谨慎的人就不肯莽撞了。他松开了围在她腰上的手,也没去吻她。这回她所以能有力量拒绝他，完全是由于刚才她听了老板说的那个寡妇的故事。只要再多待一分钟，她就不会再坚持下去的。但安吉尔却满脸带着莫名其妙的神气走开了。

他们还是天天见面，不过不像那么老在一起了。在这种情况下，过了两三个礼拜。

九月底快到了，她看他的神气，知道他大概又要向她求婚了。

他一意认定，她所以拒绝，不过是因为她年轻害臊，没经过事，所以陡然跟她一提，就不觉要面红心跳，不好意思答应。每次提到这个问题，她的态度老是闪闪躲躲，叫他越发相信他的猜想不错。因此他就事事更加温存，用尽了甜言蜜语，去打动她那颗心。

克莱从此以后，无论是在挤牛奶、搅黄油、做干酪的时候，还是在孵雏的鸡鸭中间，老是低声软语，向苔丝求爱，他说话的声音，就像那牛奶哗哗流出的声音——挤奶的女工，从来没有像苔丝这样，遇见克莱这样的青年，受过这种缱绻的柔情。

苔丝自己明白，终久要把持不住。她爱他爱得非常的热烈，把他看得像天神一般；她虽然没受过熏陶，却天生聪慧，自然而然地渴望他的保护。

有一天早晨三四点钟之间，克莱又把旧话重提。

她像往常一样，先穿着睡衣，跑到克莱门前，把他叫醒了，又回到屋里，换好了衣服，把别人也都叫醒了。十分钟之后，她就拿着蜡烛，走到楼梯口那儿，同时克莱也穿着衬衫，从阁楼上下来，用手在楼梯那儿拦着。

"现在，我要跟你说句话，"他不容分说地说，"我上次跟你提了那个话以后，又过了两个礼拜了，这种情况决不能再拖下去了。你非把你的真心告诉我不可，不然的话，为你的安全起见，我非离开这儿不可。怎么样啊？你这可该答应我了吧。"

"克莱先生，我刚起来，你就找我的岔儿，未免有些不应该吧！"她把嘴撅着说，"你再多少等一等好啦，我只求你多少等一等！我这回一定把这件事前前后后地仔细想一想。你先让我下楼吧！"

她当时一面把蜡烛擎在一边，一面勉强做出笑容。

"那么你别叫我克莱先生啦，叫我安吉尔好啦！"

"安吉尔！"

"叫我最亲爱的安吉尔——为什么不那么叫哪？"

"我那么一叫，不就等于答应你了吗？"

"不，那不过等于说，纵然你不能嫁我，你也很爱我。你不是早就承认过了吗？"

"好吧，'最亲爱的安吉尔'。"她不觉做出调皮的样子来。

苔丝站在那儿，长衫袖子很好看地卷着，头发随便拢在头上，克莱不知怎么就把嘴唇往她脸上一贴。她没再回头看他，就急忙下了楼。

那天完工后，莱蒂一班人都出去了。

一对情人也跟在她们后面。

"咱们这种提心吊胆的生活，和她们的多不一样啊！"他一面沉思着对她说，一面看着那三个姑娘。

"我想不很两样吧！"她说。

"你怎么会觉得不很两样哪？"

"女人的生活，很少有不提心吊胆的。"苔丝回答说，"她们三个，比你想的可就好得多啦。"

"她们有什么了不得的好处？"

"她们三个，"她开始说，"无论谁，作起太太来，都比我强——她们爱你的程度，也和我一样。"

"哦，苔丝呀！"

虽然她勇敢坚决，要再一次慷慨对人，牺牲自己，但是，她听了克莱不耐烦地叫这一声，却不由得露出了心里非常舒畅的表情。

下午，有几个长工和助手，跑到离奶牛场老远的草场上去了。

工作闲散地进行。

克里克老板也同大家一块儿在那儿挤奶，他挤着挤着，忽然掏出一个大表来看了看。

"没想到晚啦,"他说,"要是不加紧点儿,这些牛奶就赶不到车站啦。得从这儿一直送到车站才行。你们哪一位送了去?"

这本不关克莱的事,不过他却自告奋勇走一趟,还要苔丝伴他去。那天虽然看不见太阳,但是天气总算是很暖和,所以苔丝出来挤奶的时候,只头上包着挤奶的头巾,露着胳膊。这身装束,当然不是预备坐车出远门儿的。不过克莱却轻柔地怂恿她。她就把牛奶桶和小凳子都交给了老板,托他带回去,她这样表示了同意之后,就上了大车,坐在克莱身旁。

30

他们两个坐着车,在微弱的阳光里,顺着平坦的道路,往前走去。

他们那时,只感觉到两个人坐在一块儿,彼此非常亲近,所以走了许久,都没顾得说话。路旁的榛子,全留在枝头;黑莓也都累累成丛,向下低垂。克莱时时把鞭梢一抖,缠住一丛黑莓,把它勒下来,送给苔丝。

天色沉闷的空中,不久落下了几个雨点儿。苔丝的脸本来是淡淡的玫瑰色,这一季里的阳光,却给它渲染了一层淡淡的褐色,现在叫雨点打得湿淋淋的,颜色更深了;她的头发,因为老靠在牛腰上,很难拢得紧,老是松散着垂在白布软帽帽檐下面,现在让雨打得又黏又湿。

她看着天色,嘟哝着说:"我不该出这一趟门儿。"

"下起雨来啦,真对不起,"他说,"不过,你跟我在一块儿,我多快活啊!"

那时候有点儿凉森森的。

"你这么光着肩膀,露着胳膊,我很担心你会着凉。"他说,"你靠我再靠得紧一点儿,也许雨丝就不大淋得着你了。天下雨正是帮我的忙,不然我就更要不好受了。"

她听了这话,就悄悄地往他那面儿凑过去,他就用一大块帆布,把他们两个裹了起来。苔丝用手揪着帆布,因为克莱的手已经都占着了。

"现在好啦。苔丝,你的胳膊淋湿了,快在帆布上擦一擦吧。好啦,亲爱的,我对你提的那问题,怎么样啊?你说的话你没忘吧?"

"没忘。"她回答说。

"咱们回家以前,你可得答复我。"

"好吧。"

他没再说别的。他们又驱车往前走去,只见远处查理王朝时一座大宅的残垣断壁,顶着天空耸起。

"你瞧,"他为了给她解闷,说,"那是一个很有意思的老地方,诺曼时代有一个姓德伯的世家,从前在这一郡里很有势力,一个有名声的人家,哪怕它行为凶狠、欺压人民,

可一下绝灭了,也总有叫人感叹的地方。"

"不错。"苔丝说。

现在,在他们面前那一大片暮色之中,露出一点微弱的亮光,他们就朝着有那一点亮光的地方慢慢走去。

他们走到了那微弱的亮光跟前了,那是一个小火车站里一盏冒烟的油灯发出来的。

苔丝在一棵冬青树下,找到了一个避雨的地方。

一桶桶的牛奶急急忙忙地装到货车上了。火车头上的灯光,在苔丝身上一闪,天真未凿的苔丝,露着圆圆的胳膊,脸和头发都叫雨打得湿淋淋的。

牛奶卸完了,她又上了车,坐在她情人身旁,他们又用帆布把自己裹了起来,投入了那沉沉的夜色里去了。

"伦敦人明儿吃早饭的时候,就能喝得着这些牛奶了,是不是?"她问。

"不错,不过不是咱们送去的这一种。总得先把牛奶弄得劲头儿小一点儿才能喝。"

"她们都是贵妇、外国大使、太太、小姐、女商人和从来没见过乳牛的小娃娃,是不是?"

"不错。"

"他们一点儿也不认识咱们,也不知道牛奶是从哪儿来的,也想不到,咱们俩今儿晚上,穿过这样远的荒野,赶着车把牛奶给他们送到车站,好不耽误了他们明天喝。"

"咱们今儿出来，倒并不是完全为的伦敦那些人。咱们出来，也为咱们那个焦心的问题。亲爱的苔丝，你已经算是我的了，我这是说，你的心已经是我的了。不是吗？"

"这还用问吗？一点儿不错。"

"你的心既然是我的了，那么你的身子为什么就不能也是我的哪？"

"我这是为你打算。我有点儿心事，要对你说——"

"不过假定完全是为我的幸福起见，那你答应我吗？"

"哦，要是你真是为你自己的幸福起见，那我就答应你。不过我要把我还没到这儿来以前的——"

"得啦，我本来就为的是我自己的幸福，才向你求婚。如果我将来经营一处大农庄，那我娶你做太太，就别提有多大的好处啦。"

"不过我从前的事儿——你一定得让我告诉你——你要是知道了那些事儿，你就不会像现在这样喜欢我了。"

"你既是非说不可，亲爱的，那你就说吧。"

"我生长在马勒村，读完了六年级，他们都说我很机灵，将来能当一个好教员，不过我家里出了些麻烦事，我父亲不大爱劳动，又爱喝酒。"

"啊，可怜的孩子！"他把她搂得更紧。

"后来我家里发生了一件出乎寻常的事件。我——本来不姓德北，我本来姓德伯，和咱们刚才看见的那座古老宅第从前的主人是一家。"

"姓德伯,真的吗?糟心的事就是这个吗,苔丝?"

"是。"她有气无力地说。

"我知道了这件事,怎么就不会像以前一样地爱你哪?"

"我听老板说,你厌恶旧门户。"

他大笑起来。

"不错,我厌恶'血统高于一切'的贵族阶级的主张。我们敬重的,应该是那些有知识、有道德的人,这样才合理。但听了你这个新闻,我觉得太有意思啦,你本身是有名的世族,你不觉得有意思吗?"

"不,我倒觉得很凄惨——眼前这些田地、山林,从前都是我们家的,那怎能叫人不觉得凄惨哪?不过还有些田地、山林,从前是莱蒂家的,还有些是玛琳家的,这么看来,我就不把这件事放在心上了。"

"我先怎么就会没看出来,你的姓和德伯那个姓相类似呢?叫你昼夜不安的秘密,就是这个吗?"

她还没把真情说出来呢。到了最后一刻,她的勇气消失了。

"我自然,"克莱继续说,"很愿意,你的祖宗是那些无声无息的老百姓,而不是自私自利的少数贵族。但因为爱你的缘故,苔丝,我也学得自私自利起来了,也喜欢你这种家世来了。我打算把你先教成一个博学的人,然后你再做我的太太。我母亲也要因为这一点，更看得起你了。苔丝，从今天起，你应该把你的姓改成德伯。"

"我想我还是用我现在这个姓好。"

"不过你非改过来不可，亲爱的！有些暴发户要是能够姓这个姓，还要乐得跳起来哪！我记得，在围场附近，就有那么一家，冒姓德伯——我对你提过的那个侮辱我父亲的小伙子，就是他。"

"安吉尔，我想我还是不改姓德伯好！我恐怕那个姓不吉祥！"

"好啦，你嫁给我，跟着我姓，岂不就不用姓你自己的姓了吗？"

"要是你觉得非要娶我不可——不管我有什么罪过，只有那样，我才可以答应你。"

"你答应了——你这就是答应了我了！你是我的人了，永远是我的人了。"

他把她紧紧搂在怀里，用嘴吻她。

"是！"

她说完了这个字，就沉痛地哭起来。

"最亲爱的，你怎么哭了哪？"

"我也说不上来！我想到做了你的人——不由觉得喜欢！"

"不过你不大像是喜欢的样子啊！"

"我哭是因为我没守得住我从前起的誓!我本来说过,我至死也不嫁人!"

"不过,你这阵儿爱我,愿意我做你的丈夫,是不是?"

"是!不过,哦——有时候,我恨不得当初没生我这个人!"

"我最亲爱的苔丝,我知道你这阵儿很兴奋,又年轻没经验,不然的话,你这种说法,怎么能叫我不见怪哪?你要是真舍不得我,你怎么会不想活哪?你真舍不得我吗?"

她叫一阵的柔情鼓动得疯了一般,把克莱的脖子紧紧搂住,克莱这才头一次尝到,一个真正热烈的女人,像苔丝爱他那样,到底是怎么一种滋味。

"现在,你信我了吧?"她满脸通红。

"信了。我从来就没有不信的时候!"

于是他们两个,在帆布底下,挤成一团,穿过一片昏沉的夜色。

"我写信告诉我母亲,你不反对吧?"

"当然不反对,你母亲住在什么地方?"

"马勒村。"

"啊,那么我在今年夏天以前碰见过你了——"

"不错,在草地上跳舞那一次。不过你可没跟我跳舞。"

31

第二天,苔丝就写了一封信寄给她母亲。那个礼拜末,琼·德北的亲笔回信就寄到了:

亲爱的苔丝,我们听说你这回真的不久就要结婚了,大家没有不喜欢的。不过关于你那个问题,苔丝,我嘱咐你一句话:千万不要把你从前的苦恼,对他露出一丁点儿来。这个话只好咱们两个人知道,不能对外人说,不过我却一定非要你这么办不可。我从前并没把所有的情况,全都告诉你父亲,因为他那个人,老觉得门第高贵,你的未婚夫也许跟他一样。受过苦恼的女人,世界上可就多着啦,人家有了都不声不响,你有了为什么就该大吹大擂呢?我本来就知道你那种脾气,和小孩子一样,心里存不住话,你离开这个家的时候,不是已经郑重地答应我了吗?你千万不要把你答应我的那番话忘了。你的婚事和你的问题,我都没对你父亲提起,否则他又该到处嚷嚷了。

亲爱的苔丝,你鼓起勇气来好啦。我们打算在你结婚的时候,送你们一大桶苹果露。替我向你的未婚夫问好。

你慈爱的母亲,琼·德北

苔丝从这封信上，可以看出她母亲那种万事达观的精神来：一件事，对于别人，沉重地压在心头，对于她母亲，却一点儿分量都没有。但是不管她母亲的理由怎么样，反正她出的主意倒不错。想要让她所崇拜的那个人幸福，一字不提好像是最好的办法，那么当然要一字不提了。

她答应了他以后，她非常快乐，比起她一生里无论哪个时期，都快乐。

她对安吉尔·克莱的爱，连一丁点儿尘俗的成份都不掺杂。她看他的全身，到处都是男性美。他的灵魂就是圣徒的灵魂，他的智慧就是先知的智慧。而他爱她，在她看来，则是一种怜悯，因此她就倾心相委。

他有时看见她那双满含崇拜之情的大眼睛，从它们的深处看着他，仿佛她面前看见的，是不朽不灭的什么一般。

她从来不知道，男人爱起女人来，会像他那样纯正无私。其实克莱并不像她荒诞不经地想的那样，但是他的爱情里，精神的爱的确多于肉欲的爱。他很有克已的功夫，没有粗鄙的念头，虽然他的天性并不冷淡，但他只能算是神采光明，不能算是心情热烈。

他们两个，一点儿也不做作，不是你来找我，就是我去找你。因为她对他的信仰，完全忠诚坦白，所以她想要跟他在一块儿，就跟他在一块儿。

乡下的风气，在定婚期中，男女二人可以在田间野外，毫不拘束地互相陪伴，苔丝只晓得这种风气，所以她看着没有什么奇怪；但是在克莱那方面，却觉得这好像有点儿急不可待似的，不过后来他看苔丝和别的工人们，都处之坦然，也就觉得没有什么了。因此他们一对儿，老在下午的时候，顺着淙淙的水沟，踏着蜿蜒的小径，在牧场上溜达，跳过沟上的木桥，走到水沟那面儿。水堰潺潺的声音，老不离他们的耳边，渠水哗哗的声音，也和他们喁喁的情话互相应答。同时夕阳的光线，差不多和牧场平行，在一片大地上，散出一层像花粉似的光辉。

做活儿的工人，东也是，西也是，因为那时正是"清理"牧场的时候，所谓"清理"，就是把冬天浇地的沟挖净，把沟旁叫牛踩塌了的坡岸修好。

一铲一铲的黑土，都像玄玉一样地润泽，它是各种土壤的精华，是过去的原野捣成了细末，又受了河水的浸渍，经过年月的提炼，所以才变得异常肥沃，因此长出丰茂的牧草，喂出肥壮的牛羊。

克莱当着这些修沟的工人面前，毅然用手搂着苔丝的腰，硬装出毫不怕人的样子，其实他也正和苔丝一样的腼腆。

"你在他们跟前，公然承认我是你的人，并不觉得丢脸，是不是！"她满心欢乐地说。

"哦，是！"

"不过，要是你家人知道你的情人不过是个挤牛奶的——"

"挤牛奶的姑娘里顶迷人的一个。"

"他们也许会觉得，这有伤他们的体面吧？"

"亲爱的，德伯家的小姐，会有伤克莱家的体面！你不知道，苔丝，这种出身，正是我对他们耀武扬威的武器！即使没有这一节，你也寒碜不了他们。因为，咱们将来要离开这一带地方，那样的话，他们这儿这些人于咱们又有什么关系？你愿意跟着我去吧，苔丝？"

她听了这番话，想到将来他身行万里的时候，只有她自己是他的亲人，跟在他身边，她心里的感情就激动起来，嘴里说不出别的话来，只有答应的份儿。她把自己的手放在克莱手里，两个一齐往前走去。

礼拜天，他们在外面流连的时候还要更久，天都十分黑了，还不回去。有时，她一面靠在克莱的臂上往前走着，一面因为心里直跳，说的话都一字一顿。她有时心满意足，一言不发，偶然又低声发笑，好像她的灵魂就浮在这种笑声上面——一个女人和她的情人，并且还是从别人手里抢过来的情人，在一块儿的时候，就这样笑法——天地间一切别的东西，都没有能跟它比的。

苔丝现在爱克莱爱到极点，克莱就是她的性命。这股爱力，仿佛日晕，光辉四射，把她包围起来，叫她把日夜缠绕她的那些幽灵——疑虑、恐惧、烦恼、羞耻——完全摈弃。

一天晚上，住场的人，除了苔丝和克莱，全都往别的地方去了。因此他们两个，只得坐在屋里看家。他们谈天儿的时候，苔丝抬起头来去看克莱，同时克莱那双眼睛也正看着她，恰好四目相射。

"我配不上你！"她忽然说，同时从矮凳子上跳了起来，好像是因为他崇拜她，又因为自己受了他的崇拜，满心欢喜，觉得惊惶。

"我不许你再说这种话，亲爱的苔丝！你以为，一个人能运用一套没有价值的习俗礼仪，就算有身份吗？真正有身份的，是像你这样的真实、公正、纯洁、可爱的人啊。"

她极力忍住了喉头的哽咽。

"我十六岁那年，你怎么不在马勒村跟我求爱哪？那时，你不是在青草地上跳过一回舞吗？你怎么不哇！"她激动地说。安吉尔只得安慰她，一面心里想，她这个人真是天真烂漫，将来她要是嫁给了自己，他真得把她小心爱护。

"啊——我怎么不待下哪？"他说，"我也不明白呀。不过，这值得这么难过吗？"

"要是你从那时候起就爱我，我就可以多得你四年的爱了！我从前的光阴，就不会白白地瞎过了！"

她当时要好好把心情稳定一下，所以就往屋外走去。等到她从外面回来的时候,她已恢复了原状。

"你是不是有一点喜怒无常,苔丝?"他打趣她说,"我刚才正要问你一句话,你可抬起腿来就走了。"

"不错,也许我有点儿喜怒无常,"她嘟哝着说,忽然又走到他跟前,抓住了他的肩膀,"不,安吉尔,我并不是真正喜怒无常。"于是她就在长椅子上靠着克莱坐下,同时还把头靠着他的肩膀。"你要问我什么话来着?"

"既然你承认你爱我了,也答应了跟我结婚,那么哪一天结婚哪?"

"我想永远这样过下去。"

"不过不久我就开始经营我的事业啊,所以我想把我的伴侣先弄到手。"

她怯生生地问:"你把事业先创办起来,然后再结婚,不更好吗?"

"当然不好。因为我将来创办事业的时候,有许多地方还要你帮我的忙哪!两个礼拜以后好不好?"

"不好,"她说,她的态度严肃起来,"我有许多事儿要想一想。"

他把她轻轻拉得离他更近一些。

这时,椅子后面转出四个人来,原来是克里克夫妇和两个女工。

苔丝像一个有弹力的球似的,一下子就从克莱身旁跳开了,"我早就知道啦,我跟他坐得那么近,就必然有这一着儿!不过我并没真正坐在他的膝盖上啊,尽管别人看着也许觉得差不多!"

"屋里这么暗,你要是不告诉我,我是决看不出来你们在这儿坐着。"老板回答说。

"我们不久就要结婚了。"克莱装出一副冷静的样子。

"啊,真的吗!我真高兴啊,先生。她太好了,当挤牛奶的,真有些屈才。不管是谁,把她得到手,都要跟得到了宝贝一样。她作一个上等庄稼人的太太,更不用提有多好啦。"

苔丝瞧见跟在老板后面那两个女孩子的样子,心里一难过,就溜走了。

晚饭后,她回到寝室时,那三个伙伴,已经全在屋里了。她们都穿着白色的睡衣,仿佛一行报仇的鬼魂。但她们的神气,并不含什么恶意。

"他要娶她了!"莱蒂嘴里嘟哝着说。

"你是要嫁他吗?"玛琳问。

"不错!"苔丝回答说。

"哪一天?"

"还没定。"

"是啦——要嫁他啦!"伊茨·秀特说。

她们三个女孩子,仿佛受了一种魔力的支使,跑到苔丝身旁,围着她站着。莱蒂把双手放在苔丝的肩上,想要摸一摸,她究竟是不是肉体凡胎;玛琳和伊茨,就用双手搂着她的腰,三个都把眼睛一直瞅着她的脸。

"她真像是要嫁他的样子!"伊茨·秀特说。

玛琳吻了苔丝一下。

"你吻她,是因为你爱她呀,还是因为另有一个人,已经在那儿吻过了哪?"伊茨对玛琳说。

"我没这么想,"玛琳简单地说,"我只觉到,这件事稀罕——因为嫁他的偏偏不是千金小姐,而是和我们一样的她!"

"你们没因为我要嫁他而恨我吗?"苔丝低声说。

莱蒂嘟哝着说:"我倒想恨你来着,可是我又舍不得恨你!"

"我们也觉得是那样啊。"玛琳和伊茨说。

"他应该在你们几位里面选一位来着。"苔丝嘟哝着说。

"为什么?"

"因为你们都比我好!"

"没有的话,亲爱的苔丝!"

"你们都比我好,"她很激奋地说,忽然把她们的手都推开,伏在一个抽屉柜上,呜呜咽咽地哭起来——"比我好,比我好!"

她们都走到她跟前,把她抱住了。

"拿点儿水来,"玛琳说,"她叫咱们几个说得神经错乱起来了!可怜!"

她们把她轻轻送到床前,在那儿热烈地吻她。

"你嫁他顶好啦,"玛琳说,"你比我们都大方体面,比我们都有学问,特别是他又教给了你那么些知识。"

她们都上床躺下了,玛琳隔着床铺对她说:"苔丝,你当了他的太太以后,可别忘了我们怎么对你说来着,说我们都爱他,说我们怎么因为你是他挑中了的人,所以我们都想不恨你,也都真不恨你。"

她们却不知道,苔丝听了这番话,辛酸悲痛的眼泪不住地往枕头上直流。她肝肠寸断,狠命咬牙,决定把自己的历史,对克莱和盘托出,他要看不起她,就看不起吧,她母亲要说她傻就说吧。她再守缄默,就可以说是对克莱不忠不信,也似乎是使那三个人蒙冤受屈了。

32

苔丝老是悔恨住事,所以不肯指定结婚的日期。她仿佛愿意永远保持订婚期间的状态,仿佛愿意一切都永远和现在一样。

草场上的风光正在改变中,不过下午挤奶以前,天气仍旧够暖和的,可以在草场上闲逛一会儿,而且在这个季节里,奶牛场里的活儿不忙,尽有余暇,可以闲逛。

有的时候,他就在晚上问她结婚的日子。因为近来克里克太太,常常捏造一些差事,叫她晚上出去办,好给他机会,陪她一块儿去。

有一天,他们晚上又出去了一趟,回来的时候,路上经过一个高耸的沙石峭壁,俯临一片平野,他们走到那儿就站住了脚细听。一片繁声杂响,从下面整个昏暗的平谷里发出,叫他们听来,觉得好像下面有一座大城,那种嗡嗡哄哄之声,正像城里的人,在那儿吵闹喧嚷。

"你听,好像有千千万万的人,"苔丝说,"你听,争辩的、劝导的、哭泣的、呻吟的、祷告的、咒骂的,闹成了一片。"

克莱并没怎么特别地留神听。

"亲爱的,场里冬天用不着许多人手儿了,克里克今儿对你提过了没有?"

"没有。"

"那些母牛眼看着就都要不出奶了。"

"哦,想必是老板不用我替他照料下小牛儿的活儿了吧?唉,这儿不要我了!"

"克里克并没说一定不要你。不过他知道咱们两个的关系,所以他曾非常和气地对我说过,说他想圣诞节我离开这儿时把你带走。这样一来,你不想走也得走了。所以我听了他这个话,很有些高兴。"

"我想这没有什么可高兴的吧,安吉尔。叫人家不要了,总是叫人觉得很不好受。"

他把手指头放到她脸上说:"啊!"

"怎么啦?"

"你的心思让我猜着了:你的脸都热起来了,我摸出来了。不过我不应该这样说笑话——人生太严肃了。"

"不错。我早就知道了这一点。"

"所以,亲爱的苔丝,"他接着说,"咱们要是把这个问题严肃地考虑一下,除了我把你带走以外,还有其他更可心的办法吗?再说,难道你还不知道,咱们两个不能永远像现在这样过下去吗?"

"我倒愿意咱们永远这样过下去,但愿永远是夏天和秋天,你永远觉得我很可爱,永远向我求婚,永远像今年夏天一样!"

"我永远要那样!"

她忽然对他热烈起来。

"安吉尔,我把我作你终身伴侣的日子定了吧!"

他们两个,就这样,在夜晚归来的路上,在水渠淙淙的声音里,把那件重大的事安排好了。

他们一回到了屋子里,就立刻把这件事告诉了克里克夫妇,不过同时却嘱咐他们,叫他们保守秘密。老板娘给苔丝道喜,说再不用犹豫不决了,可以把一颗心放下了,又说,她头一天看见苔丝,就知道苔丝决不会嫁一个平常靠卖气力的乡下人。实在的情况是:那天老板娘看见苔丝走来,倒真觉得她优雅、漂亮来着,至于说她觉得苔丝优越超群,那也许是她后来知道了苔丝的情况以后,想象出来的吧。

苔丝现在悠悠荡荡,恍恍惚惚,自己也不知道自己究竟是怎么个主意。

她又写了一封信给她母亲,面上是通知她结婚的日子,骨子里却是又跟她要主意。原来这回选她做太太的,是一位有身份的上等人,关于这一点,她母亲也许没充分考虑吧,所以要提醒她。等到结过了婚,再把往事解释,那在一个比较粗鲁的人看来,也许不觉得怎么难堪,但是克莱却不见得也能那样吧。

克莱虽然对自己、对苔丝,都说实际上必须立时结婚,但是这实在有点儿卤莽。他很爱她,那是不错的,不过他的爱也许有些偏于理想,不像她对他那样热烈,那样彻底吧。

"你说,等到你在英国中部的农田上,完全安置好了以后,再办这件事,是不是更好?"她有一次怯生生地问。

"我的苔丝,你离开了我,没有我保护你,我就不放心。"

这个话,就话的本身而论,倒也有理。她的一切,没有不受他影响的。他的态度和习惯、他的言谈和话语、他的爱好和厌恶,一样一样都叫她学了去了。还有另一种原因,他想利用他寻找机会开创事业的时间，先带着她在寓所里住几个月，把她训练得大方、文雅，那她一定不会再觉得"丑媳妇怕见公婆面"了。

还有，他想多见习一下面粉厂的情况，因为他打算将来种麦子、磨面粉。井桥村里有一座古老的磨坊，从前是一个寺院的产业，磨坊的主人答应过他，说他如果愿意的话，可以随时去参观学习。其实，他并不是真正要去考察什么磨面筛面的方法，而是因为那地方的一家农舍，本是德伯家一个支派的宅第。他们当时决定，结婚以后，立刻就到那儿去，在那儿住两个礼拜。

"以后咱们再往伦敦那一面儿去，因为我听说那儿有几处农田，咱们到那儿看看。"他说，"三四月里，我再带着你去看我父亲和我母亲。"

这一类的问题，发生了又过去了，叫人不敢相信的那一天——她要成为他的人的那一天——俨然在望，越来越近了。

有一天，礼拜早晨，伊茨·秀特做完了礼拜，从教堂里回来，悄悄问苔丝——

"今儿早晨，怎么没有你们的通告啊？"

"什么？"

"今儿该是第一次啊，"她安静地看着苔丝回答说，"你们不是定好了，除夕那天结婚吗，亲爱的？"

苔丝急忙回答说:"是啊。"

"不是一共要宣布三次吗①?从现在到过年,中间儿可只剩了两个礼拜了。"

苔丝自己都觉得脸上灰白起来。他也许忘了吧!如果真那样,就得延迟一个礼拜了,那多不吉利!

伊茨把没宣布结婚通告的话,对克里克太太说了,克里克太太就以年长经事的老婆婆自居,把这件事告诉了克莱。

"克莱先生,你忘了宣布结婚通告吗?"

"不,我没有忘记。"克莱说。

他刚见了苔丝,就安慰她说:

"苔丝,我觉得,咱们用许可证②更严密一些,所以我没跟你商量,就自己拿了主意。所以,你在教堂里就听不到宣布自己的名字了。"

"我本来并不想听人宣布我的名字啊,亲爱的。"她骄傲地说。

苔丝现在知道了一切都妥当齐备,心里就不知轻松了多少!

有一天,邮局给她送来了一些大包裹。打开一看,里面

---

① 英国人习惯,在教堂举行婚礼前连续三个礼拜在所属教区教堂等处预先发布结婚公告,给人提出异议的机会。

② 这是在英国教堂举行结婚婚礼前所要求的另一种手续,行将结婚的男女不采用发布公告的方法,而是向有关教会当局领取结婚证书。

是全套的服装,从头上戴的到脚上穿的,件件俱全。

包裹送来不久,克莱就进了屋里,听见她正在楼上解包裹。

一分钟后,她满脸通红,两眼含泪,走下楼来。

"你多么细心哪!"她把脸靠在他的肩头上,嘴里嘟哝着。

"没有的话,苔丝,这不过是写一封信给一个伦敦的女商人就完了。"

他不愿意叫苔丝净把他往高里抬,所以让苔丝上楼把衣服试一试,要不合适,就找村子里做衣服的女人修改修改。

她果然回到楼上,把长袍穿上,自己一个人在镜子前面站了片刻,端详自己穿着绸子衣服的仪容。她忽然想起来,她小时候她母亲常对她唱的一首民歌,歌里提到一件神秘的长袍说——

　　做了一回错事的妻子,
　　永远也穿不了这件衣服。

自从苔丝来到这座奶牛场,连一次也没想起这首民歌来,现在忽然想起来了:要是她身上这件长袍,也像昆尼夫王后穿的那件一样,改变了颜色,泄露了自己的秘密,那可怎么好呢?

33

安吉尔很想在结婚以前,和苔丝到别处去玩一天,作为他和苔丝还是甜蜜的情人、他最末一次陪伴她的游玩。因此在结婚以前那一个礼拜里,他对苔丝提议,要和她一块儿到最近的市镇上去买些东西。他这样提议了以后,两个就一块儿起身前去了。

他们两个有生以来,一块儿置办共用的东西,这是第一次。那天正是圣诞节前夕,满街上走的净是东西南北的乡下人,都因为过节,跑到这儿来。苔丝挽着安吉尔的胳膊,在人群里走着的时候,美丽的脸上平添了快活的神气。

傍晚的时候,他们回到了歇脚的客店,苔丝站在门道那儿,等克莱去照料车马。大客厅里满是客人,他们进进出出,每开一次门,屋里的灯光就正好照到苔丝的脸上。

这时有两个人从苔丝身旁走过。有一个见了她,好像觉得很奇怪,把她浑身上下打量了一番。她觉得,仿佛她从前在纯瑞脊见过那个人。

"一个漂亮姑娘。"那一个就说。

"不错,确实很漂亮,不过,我要是没认错人——"跟着马上就把前面那句话的后半否定了。

克莱刚好从马棚里回来,就听见了他说的话。看见苔丝让人家这么欺负,他想都不想,就用力照着那个人的下巴打了一拳,把那个人打得往后一踉跄,倒退到穿堂里。

那个人稳住了脚,好像想要上前动手,克莱也走到门外,摆出自卫的架式。但是他的对手,把念头一转,又从苔丝身旁走过,把她重新打量了一番,对克莱说:"对不起,先生,我认错了人啦。我把她当成另一个人了。"

克莱于是给了那个人五先令,算是赔不是。因此两个人和平无事地说了一声夜安就分开了。克莱和苔丝一同赶着车走了。

那两个人的路却和他们的相反。

"真认错了人了吗?"第二个人问。

"一点儿没错。不过我不想叫那位先生难受。"

同时那对情人,正赶着车往前走去。

"咱们能不能把日子再往后推一推哪?"苔丝问。

"办不到,我的爱人。你别沉不住气。你这是因为我把那小子揍了,想给他点儿工夫,好叫他以斗殴的罪名,叫法庭来传我,是不是?"他打趣道。

他告诉她,叫她把这种胡乱的思想一概丢开,她也尽力做出镇定的样子来,但是,一路上她仍旧沉闷不语。

他们两个那天晚上,在楼梯口那儿甜蜜地分了手,克莱就回到自己的阁楼去了,苔丝也匆忙回到屋子里收拾随身的东西。过了一会儿,她忽然听见楼上克莱的屋子里扑通扑通地响,好像打架的声音。满场里的人那时候全都睡下了,她心里焦急,就急忙跑到楼上敲他的门,问他怎么回事。

"哦,没什么,亲爱的。"他从屋里说,"对不起,把你搅醒了。我刚才睡着了,梦见了欺负你的那个人,又跟他打起来。我睡梦中,有时要犯这种毛病。你睡觉去吧,没什么,别担心啦。"

她那游移不决的态度这时一下就决定了。她在桌旁坐下,取过笔来,在一张叠成四页的信纸上,把三四年前的事儿,简单地写了出来,写完后装在一个信封里,写上克莱先生收启,然后立刻光着脚,上了阁楼,把那封信由门底下塞到屋子里。

她那天夜里,一直注意听楼上清晨第一声微弱的声音。后来这种声音,和平常一样发出来了,他也和平常一样下了楼。

她也下了楼。他在楼梯下面迎着她,吻她,还是和从前一样热烈!

苔丝只觉得,克莱有点儿疲劳。但他却没提起她信中讲的事情,就是只有他们两个在一块儿的时候,他也没提起。他究竟看见了那封信没有呢?

每天早早晚晚,他都跟从前一模一样,于是除夕那天——结婚的好日子——来到了。

那一对情人,现在不用在挤奶的时候起来了,他们两个住在场里的最后这一个礼拜,所受的有些像是客人的待遇,苔丝享受一人独占一室之荣。那天他们下楼吃早饭的时候，没想到大厨房里，为了庆祝他们两个的喜事，摆布得跟从前大不一样。原来天还没亮，老板就吩咐人把壁炉暖位刷得雪白，砖炉床也刷得通红，从前壁炉顶上灰暗的黑色花枝蓝布风帘也不见了，换了一个闪闪发光的黄色花缎风帘了。

"我想好了要弄点儿什么来庆祝你们这件事，"老板说，"我本来打算照着老规矩，叫一班音乐队，带着提琴和低音提琴全套家伙热闹热闹，可是因为你不喜欢张扬，我就想了这么一种顶静便的办法。"

苔丝的亲人住得那么远，就是请他们来参加婚礼，他们也不是轻易就能来的。实在说起来，压根儿也就没请马勒村任何人。至于安吉尔的家人，他倒是写信把日期告诉了他们，并且希望，那天至少能来一个人。他哥哥连信都没回，仿佛很生他的气；父母倒是有信，不过信上只埋怨他，说他不该这样急不可待地就结婚。但是事情既是没法儿更改了，他们又说，虽然万没想到，会娶一个挤牛奶的女孩子做儿媳妇，但是儿子已经大了，也许自己明白是非好歹了，当爹妈的也就用不着跟着瞎操心了。

他家里的人虽然都这样冷淡，他倒没觉得怎么难过，因为他知道自己胜算在手，不久就要出其不意，对他们炫耀一番。要是现在把刚出奶牛场的苔丝带给他们看，说她是德伯家的后人，他觉得不一定有把握，因此他一直把她的家世隐

瞒起来，预备结了婚以后，花几个月的工夫，带着她走几个地方，教她念些书，然后再带着她去见他父母，表白一番她的家世，这样苔丝就不至于有辱德伯家的门楣，他就可以凯旋了。

她看安吉尔待她，仍旧和从前一模一样，无所改变，因此就疑惑起来，不知道究竟他看见了自己的信没有。她趁着安吉尔还没吃完早饭的工夫，离开饭桌，急急忙忙上了楼。原来她忽然想起来，得把克莱住的屋子，再检查一下。她上了楼梯，那个屋子的门正开着，她就站在门口儿观察沉吟。她俯下身子，往门坎那儿看去，因为两三天以前，她就是从那儿把信塞到屋子里去的。屋里的地毯，一直铺到了门坎跟前，就在地毯底下，她看见她那封信的白信封，露着一点边。这样看来，他是没看见那封信的了。她那回急急忙忙地塞信，信倒是塞进门缝儿里面去了，可也塞到地毯底下去了。

她急忙把信揪出来看，信还是封得好好的，和原先她把它送到那儿去的时候完全一样。她把信拿回自己的屋子里，把它毁了。

她又和他见面的时候，脸上很灰白，所以他很不放心。满屋里人来人去，都要梳妆打扮，因此想要从容谈话是办不到的。只有在楼梯口上碰见克莱的片刻，是他们俩能够单独在一块儿的时候。

"我想把我所有的过失和错误,都对你说明白。"她假装轻松的样子说。

"不成,你今天得是十全十美的,我这甜蜜的人儿!"他嚷着说。"过了今天,以后有的是工夫,来讲咱们的过错,那时候,我也要把我的说一说。"

"不过我想我还是现在就说一说好,我现在说了,你就不会再说——"

"只要咱们在新房里安置好了,你什么话都可以说,现在可不行。"

"那么,你不愿意我现在说了,亲爱的?"

"我不愿意,苔丝。"

他们要起身换衣服了,所以没有工夫再谈这个。她仿佛是听了他那句话以后,又想了一想,觉得放了心似的。还有两个钟头的工夫,但是她对克莱的忠心,就像激流一样,猛冲急旋,使她前进,让她顾不得再思前想后,所以这个紧要关头,不知不觉地就过去了。她唯一的愿望是:让自己做他的人,管他叫自己的丈夫,自己的亲人——然后,假如必要的话,死去。她梳妆打扮的时候,心里只是一片迷离景象,它的辉煌把一切可能发生的不幸,都完全压伏下去了。

教堂离得很远,又正是冬天,所以非坐车去不可。他们在一家道旁客店,定了一辆轿式马车;赶车的是一个六十岁的老人。

他们一行四人——新郎、新娘、克里克先生、克里克太太——在这辆又笨重又吱吱响的车里坐好了,那位老朽不堪的车夫,就坐在他们前面。克莱很盼望他那两位哥哥,至少能来一位给他做伴郎。他写给他们的信里,曾经微微露过这个意思,不过他们都没有回信,这就表明,他们是不肯来的了。他们本来就不赞成这门亲事,自然更不能指望他们帮忙的了。

婚礼既然是采取许可证那种办法,所以教堂里只有十二三个人。不过,就是有千儿八百人在那儿,于苔丝也不会发生更大的影响。他们离她现在的世界,简直和天上的星辰一样地遥远。她宣誓说要作他忠心的妻子时那样郑重严肃,真使人觉得如登九天,平常男女的爱慕,让那种情况一比,可就显得轻薄而不庄重了。在仪式停顿的中间,他们两个一齐跪在那儿,她不知不觉地歪到他那面儿,肩膀碰着了他的胳膊:为的是要知道一下,他的确是在那儿,好把一颗心放下,好把自己认为他对她的忠诚能抵抗一切的信心,巩固一下。

克莱知道,苔丝很爱他——因为在她全身之上,没有一点地方不表示她爱他的——但是那时候,他还不知道,她对他的爱,究竟有多深,有多专,有多柔驯;不知道,她都怎样能为他忍痛受苦,为他赴汤蹈火。

他们从教堂里出来的时候,撞钟人正把钟从钟架子上动荡起来，于是三种音调和鸣的钟声，铮铮发出。苔丝可以感觉出来，钟声嗡嗡，从安着透气窗的钟楼上发出，绕着他们身外萦回，那种情况，就和她当时那种满腔情绪的心境，正是一样。

等到教堂的钟声响过了，婚礼所引起的激动也平息了，她的眼睛才能看出一切东西的细情来。克里克夫妇吩咐把自己的小马车套来，把那辆大马车腾出来，给他们一对新人坐。她静悄悄地坐在那儿，把车端量了好久。

"你仿佛打不起精神来似的，苔丝。"克莱说。

"不错，"苔丝回答说，一面用手去按她的前额。"有许多事儿，都叫我心惊胆战。一切都太严肃了，安吉尔。这辆车仿佛我从前见过，仿佛跟它很熟。真怪啦。"

"哦，你听说过德伯家大马车的故事了吧。那是从前他们家出的一件迷信事儿，这一郡都传遍了，没有人不知道。这一定是你从前听人说过那个故事，所以现在看见这辆笨车，就又想起那个故事来了。"

"我不记得我听人说过那个故事，"她说，"怎么回事哪——你能不能说给我听一听？"

"呃——我只说个大概吧。在十六世纪的时候，你们德伯家有一位老祖宗，在自家用的大马车里，犯了一件吓死人的罪。从那以后，你们家里的人，总是看见那辆车的样子，再不就听见那辆车的声音，不管什么时候，只要——不过我还是改天再讲吧,怪阴森的。"

她嘟哝着说:"你说什么时候我们家的人看见那辆车哪?是他们要死的时候,还是他们犯了罪的时候哪?"

"别说啦,苔丝!"

他吻了她一下,不让她说。

他们到家的时候,她心里一个劲儿地后悔难过,老打不起精神来,在名义上,她倒是克莱·安吉尔的太太了,但是在道德上,她有要求这种名分的权利吗?

不过,有那么几分钟,只她一个人在屋里待着,她本想祷告上帝,但是她真正恳求的,却是她丈夫。她对那个人那样崇拜,使她几乎害怕。

"唉,我的爱人哪,我怎么爱你爱到这种地步哪!"她自己低声说,"因为你爱的那个她,并不真是我,只是一个和我形影一样的人,只是一个我本来可以是而现在不是的人哪!"

下午,他们就要走了。他们在附近那个古老的农舍里租好了几个房间,他想在那儿住几天,同时研究磨面的情况,他们早就决定要实行这个计划了。两点钟的时候,一切都齐备了,场里所有的工人,都站在红砖房门那儿,等着看他们出来。老板夫妇跟着他们走到门口,苔丝看见她从前那三位同屋的伙伴,都靠着墙站着,满腹心事地低着头。她原先怀疑过,不知道她们会不会出来送他们。但是现在她们却都出来了，都尽力克制。她知道，娇柔的莱蒂，为什么那样软弱无力，伊茨为什么那样愁眉苦脸，玛琳为什么那样发愣。

她在一阵冲动下，对她丈夫低声说："你把她们那三个可怜的女孩子，每人吻一下，算是头一次，也算是末一次，好不好？"

克莱对这种告别的形式并没有什么反感，所以他走到她们跟前的时候，就把她们一一吻了一下。他们走到了门口的时候，她回过头，要看一看这个慈善的吻有什么影响。但那一吻分明是害了她们，因为她们原先努力压制下去的感情，又让这一吻鼓动起来了。

关于这些情况，克莱一概不觉。他往小栅栏门那儿走去，和老板夫妇一一握手，向他们告别，并感谢他们的关照。这时，忽然一声鸡鸣，打破了寂静。原来有一只红冠子的公鸡，飞到房前的篱笆上，离他们不到几码远，朝着他们叫了一声。

"哦？"老板娘说，"过晌儿还有鸡叫！"

场院的栅栏门旁，站着两个工人，给他们把门开着。

"这可不吉利。"这一个悄悄地对那一个说。

公鸡朝着克莱又叫了一声。

"呃！"老板说。

"这个公鸡真讨厌，"苔丝对她丈夫说，"快叫车夫赶着车走吧。再见！"

公鸡又叫了一声。

"快滚开!"老板有点儿怒恼,把公鸡赶走了。他回到屋里对他太太说:"正赶着今天这个日子出这样的事儿!我一年到头,从来没听见过晌儿鸡叫!"

"那不过是说要变天了,"她说,"决不会是你想的那样!"

34

他们两个坐着车,往前走了不到几英里,就到了井桥村,到了井桥村以后,又往左一拐,跨过了一座伊丽莎白时代的古桥,紧靠古桥的后面,就是他们租做寓所的房子。原先那是一座壮丽大宅第的一部分,本是德伯家的产业和庄园府第,但是自从这所宅子拆掉了一部分以后,就成了一座农舍了。

"欢迎来到你们家祖上的一座宅第!"克莱一面把苔丝扶下车来,一面嘴里这样说。

他们进了屋子以后才知道房东给亲戚朋友拜年去了,只留了一个女街坊来照料他们那几桩必需的事项。

马车走了以后,那个女仆就带领他们上了楼。走到楼梯口儿上,苔丝站住了脚,唬了一跳。

"怎么啦?"克莱问。

"你瞧这两个女人多吓人!"她笑着说,"我刚才让她们吓了一大跳。"

他抬头看去，只见嵌在墙里头的木板上，有两个活人一般大的画像。到过这所宅第的人全都知道，那是两个中年妇人的画像，大概是二百年以前的。画像上的面貌很特别，只要见过一次，就永远不会忘掉。一个是又长又尖的嘴脸，眯缝眼，一股奸险无情的神气；另一个是鹰鼻子，大牙齿，瞪着两只大眼睛，一副要吃人的样子。

"这都是谁的画像？"克莱问女仆。

"据说是这所宅子的老宅主德伯家的两位夫人。"女仆说，"它们都镶在墙里头，没法儿搬掉。"

这两个画像还有一种情况，更叫人不痛快，就是苔丝秀丽的眉目能在这两副容貌上，看出一点影子来。他心里后悔不该选这么一个地方做新房，就走到隔壁的屋子里去了。这个地方是急忙中给他们收拾出来做新房的，所以只有一个脸盆，他们两个一同把手放到水里，克莱的手和苔丝的手，在水里互相接触。

"哪些是我的手指头，哪些是你的呀？"克莱抬起头来问，"都掺和到一块儿啦，分不清哪些是谁的来了。"

"都是你的呀，"她令人可爱地说，同时努力装出比先前更快活的神气来。

除夕那天，白天很短，下午太阳快要落下的时候，阳光从一个窟窿眼儿射进屋里，投到苔丝衣服的下摆上，把下摆像颜料那样染了一块。

他们走进了那个古老的客厅,去用茶点,他们就在那儿第一次夫妇同案而食。他非常地孩子气,因为他偏要和她用一个黄油面包盘子,并且还用自己的嘴去把她嘴上的面包渣儿擦掉。他觉得她对于这个调调儿,不像他那么起劲,未免有点纳闷儿。

他一言不发,瞅她瞅了老半天,瞅到后来,才好像得了主意:"她真是叫人疼爱的苔丝!她这个小小尤物完全要和我有福同享,有罪同遭了。她终生的一切,全看我对她是否忠心了,对于这一点,我是否充分地领会过哪?恐怕没有吧,除非我自己也是个女人,否则我就永远也不能真正领会吧。我现在享福,她也得跟着享福了,我现在受罪,她也得跟着受罪了。我会有一天不理她,不疼她,不把她放在心坎儿上吗?上帝可别容我犯那样的罪!"

他们在茶几旁边坐着,等他们的行李,眼看就到了晚上了,行李却还没来。他们除了身上穿的衣服,别的东西又一概没带。

"那个公鸡早就知道要变天了。"克莱说。

伺候他们的那个女人,已经回家过夜去了,不过走的时候,把蜡烛给他们放在了桌子上,现在他们就把那些蜡烛点了起来。只见每一支蜡的火焰,都朝着壁炉那面倒。

"行李怎么还不来哪?怪啦!"克莱说。

"我也纳闷。"苔丝心不在焉地回答。

"苔丝,我看你今儿晚上一点儿也不高兴。墙上那两个老婆子把你吓坏了吧!我很对不起你,把你带到这么一个地方来,我不知道,你到底是不是真爱我?"

她听了这话,就好像一个受了伤的动物似的,不由得掉下一两颗眼泪来。

"我说的话本是出于无心,你别见怪,"他很后悔,"我知道你是因为行李还没来才不高兴。老扬纳怎么还不来,已经七点了,啊,来啦!"

有人敲门,克莱高兴地出去了,他回到屋里的时候,手里拿着一个小包裹。

"并不是老扬纳。"他说。

这个包裹是专人送来的,因为物主吩咐过,这个包裹一定得当面交给本人。克莱把它拿到亮地里一看,只见它用帆布裹着,用线缝着,缝的口儿上封着红火漆,打着他父亲的印,包裹面儿上是他父亲的亲笔字,写着"面交安吉尔·克莱太太"。

"原来是一件结婚礼物。"他把包裹递给苔丝,"他们想得真周到!"

苔丝接过包裹去的时候,神色有点儿错乱。

"我想还是你替我打开好,亲爱的。"

他把包裹打开了,里面是一个摩洛哥皮匣子,匣子上面放着一封短信和一把钥匙。

短信是写给克莱的，上面写道——

我的爱儿——你的教母辟尼太太，临终的时候，曾把她的一部分珠宝，交到我手里，预备你将来成家，赠给你的妻子，以表示她的情意。那时你还很小，也许不大记得了。我当时不负所托，就把这些珠宝，存在银行里。固然在现在这种情况里，把这些东西送给你的太太，我觉得未免有点不相称，但是你要明白，这些珠宝，现在既然按理应该归你太太终身使用，那么，把它们送给她，原是我的责任，所以我现在立刻叫人给她送到。我想，按照你教母的遗嘱，这些东西，严格说起来，成了传家之宝了。遗嘱上关于这件事那一条的原文，抄录附寄。

"我现在想起来了，"克莱说，"不过原先可完全忘了。"

打开匣子一看，里面是一串鸡心项链、一副镯子、一副耳坠儿，还有些别的小饰品。

苔丝起初好像不敢动它们，但是克莱把这一套东西摆列起来的时候，她那两只眼睛，却闪出亮光来，赛过了那些钻石，"这都是给我的吗？"

"都是给你的。"他说。

他回想起来,他还是一个十五岁的小伙子的时候,他的教母,一位乡绅的太太——他生平接触过的唯一阔人——说他以后一定要超群出众。既是她认定他将来会阔起来,那么,把这些华丽的宝物,留给他太太,再传给他那些子孙的太太。但是,现在它们在那儿光辉闪耀,却好像有点儿讽刺讥笑他似的。不过她太太是德伯家的后人,还有比她更配戴这些东西的吗?

他忽然热烈地说:"苔丝,快把它们戴起来吧。"一面转身帮她戴上。

但是她却好像受了魔力的支使似地,早就把它们全戴起来了。

"这件长袍不大对劲儿,苔丝,"克莱说,"应该穿一件露着前胸的,才配得上这一套钻石饰品。"

"是吗?"苔丝说。

"是。"他说。

他告诉她,说把上身的上边掖一掖,就像是晚礼服的式样了。她照着他的话办了,那个挂在项圈上的锁片,就单独地垂在她那光洁的白脖子前面了。他退回几步去,仔细打量她。"我的老天爷,你真漂亮!你要是能到舞会上多好!"他说,"不过,你戴着遮阳软帽儿,穿着粗布衣衫,更可爱——不错,比戴这些东西还可爱。"

苔丝觉出自己的美丽，就不觉双颊发红。

"我把它们卸下去吧，"她说，"回头叫扬纳看见了，多不好啊。我不配戴这些东西，咱们得把它们变卖了吧？"

"你再戴几分钟好啦，把它们变卖了？不能，那岂不是对送咱们东西的人有失忠信吗？"

她又想了一想，就立刻听了他的话，戴着珠宝坐下去，两个又东猜西猜，琢磨扬纳还不送行李的原故。

晚饭已经在一张靠墙放着的桌子上摆好了，他们两个就开始吃起来。还没吃完，壁炉里冒的烟忽然一抖动，原来是外头的门开开了。只听穿堂里有笨重的脚步声，跟着安吉尔就出去了。

"我敲了半天门，也没人出来，"扬纳·凯勒带着抱歉的意思说，这回到底是他来了。"外面又下雨，所以我就自己把门开开了。我把你的东西给你送来啦，先生。"

"你来啦，很好！你怎么来得这么晚哪？"

"是来晚啦，先生。"

扬纳说话的时候，精神萎靡不振，同时他的前额上，又添了几条愁烦的皱纹。他接着说："你和你太太走了以后，场里出了一件真得算是叫人顶难受的事儿，把大家都吓坏啦。今儿后晌儿公鸡叫，你还没忘记吧？"

"哎哟，出了什么——"

"可怜的小莱蒂哪！她要投水自尽来着。"

"呃？真的吗？她还跟大家一块儿送我们来着哪——"

"是啊。先生。你和你太太坐着车走了以后，莱蒂和玛琳就戴上帽子，出了门儿啦。今天大家伙都喝得胡天八倒的，谁也没留神，她们就去喝了点儿什么，从那儿又上了三臂十字架，就在那儿分了手。分手以后，莱蒂就穿过水草场要回家，玛琳去了前面另一个村庄里，那儿也有一家酒店，从那时起，可就再没见莱蒂的踪影儿。后来有个艄公看见大塘边上放着些东西，正是莱蒂的围巾和帽子，叠在一块儿。他一看她在水里，就把她弄到岸上，然后把她抬回家，后来她慢慢地醒过来啦。"

安吉尔忽然想起来，苔丝一定正在听这个不幸的故事，所以就去关穿堂和内厅之间的门。谁知道，苔丝早已跑到外屋，正在那儿偷偷听这个故事呢。

"玛琳也出了岔儿啦。有人看见她躺在柳树林子边儿上，醉得像死人一样。今儿那些女孩子，仿佛都有点疯疯癫癫。"

"伊茨哪？"苔丝问。

"伊茨还是照旧在家里待着，可是她也好像很丧气，可怜的孩子。先生，出这些事儿的时候，正赶着大家往车上装你那些大包小卷，所以我就来晚了。"

"是啦。好吧，扬纳，你把行李送到楼上，喝杯麦酒，就快回去吧，恐怕他们场里还有用你的地方。"

苔丝已经回到内起坐间里去了，坐在火旁，看着炉火。

她听见扬纳笨重的脚步,来回上楼下楼搬东西,搬完了,不一会儿,他的脚步声就在门前消失了。

安吉尔把又重又大的橡木门栓闩好了,然后走到她坐着的地方,用两只手去捂她的脸。他满心希望她快活起来,但是她却一动没动,因此他也和她并排坐在一片火光之中。

"我很难过,那几个女孩子不幸的事儿,都让你听见了,"他说,"不过你不必觉得不好受。莱蒂本来就有点疯疯癫癫的,那你还不知道吗?"

"她是一点儿也不应该那样的。"苔丝说,"倒是有人应该那样,可是那个人又自己掩饰,假装着没有什么。"

出了这件事,才让她把主意拿定,她们都是简单天真的女孩子而尝了"单思"的苦味,命运待她们不应该这样无情。她要把过去的事都说出来,她的眼睛正瞧着火光,克莱的手正握着她的手,她就这样下了最后的决心。

"今儿早上,咱们都说要把各人的过错说一说,你还记得吧?"他看她在那儿还是一动不动,突然问道,"我要告诉你我从前的罪恶,亲爱的!"

这句话,会从他嘴里说出来,还那样令人想不到地正和她想说的一样,因此她觉得,真是天公有意替她安排了。

"你说你要把你的罪恶供一供?"她连忙说,甚至带着喜悦和轻松的口气。

"你没想得到吧?唉,你把我看得太高了。你现在听着好啦。我也许早就该对你说来着。你把头放在这儿，因为我要你饶恕我，还得求你别怪我拖延到这会儿才说。"

这真奇怪啦！看他这种情况，好像和她正是一对儿。她没开口，只听克莱接着说——

"我以前没对你说，因为我恐怕对你说了，你就不肯嫁给我了。亲爱的呀！你就是我一生所得到的一等奖品，我就叫你是我的研究员荣职，我哥哥的研究员职位是在大学里得的，我的是在塔布篱奶牛场得的，这个奖品我可不肯轻易就冒险丢掉。一个月以前你答应我的时候，我本来想告诉你来着，可是我没敢那么做。我恐怕你一听见我这些话，就会被我吓跑了，所以我就把这件事暂时搁起。昨天我又想要告诉你来着，好让你可以有一个最后摆脱我的机会。可是那我也没做到。今儿早上你在楼梯口儿上说要大家互相自白罪恶的时候，我也没办到——唉，我这个罪人！但是现在我瞧着你坐在这儿这么尊严，我一定不能再往下耗着了。我很想知道你能不能饶恕我。"

"哦，一定能饶恕！我敢保——"

"好吧，我希望你能那样。你听我把话说完了，再说好啦。你还不知道哪，我现在打头儿说起好啦。虽然说，我父亲老害怕，我信的那种主义，要把我拖累得永远不能上天堂，但是，苔丝，我却当然相信，人要有道德。我在这一方面也跟你一样。我从前老想做一个教化人的导师。后来我看出来，我不能进教会，还觉得非常失望哪。"

于是他对她讲，他从前在伦敦的时候，因为前途渺茫，事不顺遂，所以自己也不知道怎么才好，很像一个软木塞儿，随着波浪漂荡，那时候，他曾跟一个素不相识的女人，过了四十八个钟头的放荡生活。

"幸而我回头回得快，跟着我就立刻觉悟过来，我那都是胡作非为，"他接着说，"所以我就跟她一刀两断，回到家里，以后再也没犯那种过错。不过我觉得，我跟你应该完全坦率直爽，正大光明。我不把这件事说出来，我就觉得对不住你。你饶恕我不饶恕哪？"

她只能把他的手紧紧握住，算是回答。

"咱们这阵儿谈这个话，太让人难过了，所以咱们现在不要再谈这个啦！咱们说说闲话儿吧。"

"哦，安吉尔呀——我听了你这个话，差不多还喜欢哪，因为这么一来，你也可以饶恕我了！我还没供出我的罪状来哪。我不是告诉过你，说我也有一桩罪恶吗？"

"啊，不错，现在讲吧，小东西！"

"你先别笑，因为我的罪恶，也许和你的一样的严重，说不定还更严重哪！"

"不会比我的更严重吧，亲爱的。"

"哦，不会更严重，不会！"她觉出有希望，乐得跳起来说。

她喊着说:"我现在就对你说。"她又落坐。

他们的手还是互相紧握。炉栅底下的灰,被炉火从上往下映照,显得好像一片毒热的荒野。煤火的红焰,照到他们两个的脸和手上,透进了她额上松散的头发,把她发下的细皮嫩肉映得通红。她把头靠着他的太阳穴,开始把她和亚雷·德伯的事情,前因后果地说了一遍,说的时候,把眼皮下垂,一点儿也不畏缩,低声一个字一个字地说。

第五章
痴心女子

35

　　苔丝的叙述完结了，她的声调，自始至终，都差不多跟她刚一开口时一样的高低，她没说为自己开脱罪名的话，也没掉眼泪。

　　但是身外各种东西都好像经历了一番变化。壁炉里的残火，张牙怒目，仿佛对于苔丝的窘迫，丝毫都不关心。炉栅懒洋洋地把嘴咧着，也仿佛表示满不在乎。盛水的瓶子放出亮光来，好像只是在那儿一心一意研究颜色问题。所有身外一切东西，全都令人可怕地反复申明，自脱干系。然而无论哪样东西，实际上却和克莱吻苔丝那时候，并没有任何改变,只是感觉上前后大不相同了。

她把故事说完了以后,克莱作了一种不合时宜的举动:他拨弄起炉子里面的火来,他拨完了火,站了起来。那时候,她这一番话的力量才完全发作,他脸上憔悴苍老了,他努力要把心思集中,就在地上一阵一阵地乱踩。他开口的时候,他的声音;是她所听见过他那富于变化的种种音调里最不切当的那一种。

"苔丝!"

"啊,亲爱的。"

"难道我得当真相信你这些话吗?看你的态度,我得相信你这些话是真的。唉!你不像是疯了的样子……我的太太,我的苔丝——你没有什么可以证明你疯了吗?"

"我并没丧失神智。"她说。

"可是——"他恍惚地看着她,又头晕眼花地说,"你为什么不早告诉我哪?哦,我想起来啦,你本来想要告诉我来着,可是我没让你说!"

克莱转身走去,俯在一把椅子背儿上。苔丝跟着他走到屋子中间他所在的地方,站在那儿,拿两只没有眼泪的眼睛瞅着他。跟着她就在他脚旁跪下,又趴在地上,缩成一团。

"你看着咱俩相爱的份儿上,饶恕了我吧!"她低声说,"我已经饶恕你了!"

他没回答,她又说:"你也像我饶恕你那样,饶恕我吧！"

"你吗，不错，你饶恕了我。"

"但是你不能饶恕我，是不是？"

"唉，苔丝，这不是什么饶恕不饶恕的问题！你从前是一个人，现在又是另一个人了。"

他说到这儿，就住了口，却忽然狞笑起来，笑得阴森可怕，赛过地狱里的笑声。

"不！这要我的命！"她尖声喊着说，"唉，慈悲慈悲吧！"

他没回答，她满脸煞白，跳了起来。

"安吉尔！你这一笑是什么意思？"她喊着问，"你知道我听了你这一笑，心里是什么滋味儿？"

他摇摇头。

"我成天提心吊胆，一时一刻都怕你不痛快。我心里老想，我要是能让你遂心如意，那我该多高兴！我白天晚上，没有一时一刻不是那么想的，安吉尔。"

"这个我知道。"

"我还只当是，安吉尔，你真爱我——你爱的是我自己，是我本人哪！要是你真爱我，你爱的真是这个我，那你现在怎么能做出这种样子来，怎么能说出这种话来哪？我只要已经爱上了你，那我就要爱你爱到底儿——不管你变了什么样子，我都要一样地爱你，因为你还是你呀！唉，我的丈夫，你怎么居然就能不爱我了哪?"

"我再说一遍,我原来爱的那个女人并不是你!"

"那么是谁?"

"是另一个模样儿跟你一样的女人。"

她听了这些话,就觉得她从前害怕的事,现在果然出现了。他把她看成一个骗子了!看成一个外面纯洁、心里淫荡的女人了。真没想到,他居然会这样看待她,她吓得身软肢弱,站都站不稳了。他以为她要摔倒,就走上前去,温柔地说:"坐下好啦。你要晕了,本来也该晕。"

她倒是坐下了,却不知道自己到底是在哪儿。她的眼神儿,让克莱看着,浑身都起鸡皮疙瘩。

"那么,安吉尔,我还是你的人吗?"她问,"你说过,你爱的不是我嘛,是另一个模样儿像我的女人嘛。"

她说到这儿,便不觉满眼含泪。她背过脸去,跟着眼泪就像泉水一样涌了出来。

克莱看到她这么一哭,觉得轻松了一些。

"安吉尔,"她忽然说,"我太坏了,你跟我不能再同居了,是不是?"

"我还不知道咱们该怎么办哪。"

"我一定不要求你让我跟你同居,安吉尔,我没有这种权利!我原先说要写信给我母亲和妹妹们,告诉她们我已经结了婚。现在那封信我也不写啦。我本来铰好了一个盛针线

的袋儿,想要在咱们寄寓的时候把它缝起来,现在我也不缝啦。"

"你不缝啦吗?"

"我不缝啦,除非你吩咐我,我无论什么都不做。要是你把我甩下,自己走了,我也决不跟着你。就是从此以后,你永远不再理我,我也不问你为什么,除非你说我可以问,我才问。"

"比方我不管什么事情,都吩咐你做,你怎么样哪?"

"那我一定像你的奴隶一样服从你。"

"你这样很好,不过这可让我想起来,你现在这种自我牺牲的精神,和你已往那种自我护卫的态度,未免有些前后矛盾吧。"

这是他们两个初次的冲突。她一言不发,静静地待着,却不知道,他在那儿,正极力抑制他对她的爱情。她几乎没看见,一颗很大的眼泪,慢慢地从他脸上流下来。他拼命挣扎,想要在他所处的现状之中前进,可是做什么呢?

"苔丝,"他极力做出温柔的样子来说,"现在——我在屋里——待不住啦。我要到外面去走一走。"

他悄悄地离开了屋子,他倒出来的两杯葡萄酒,本来预备吃晚饭的时候喝的都还放在桌子上,一动没动。

他随手关门的声音,虽然极其轻柔,却也把苔丝从昏迷中惊醒。他已经走了,她也不能待着。她急急忙忙,披上大衣，开开门，跟在后面，出去的时候，把蜡烛熄灭了，仿佛要一去永也不再回来似的。雨已经停了，夜景很清爽。

克莱走得很慢，又没一定的方向，所以待了不大的一会儿，她就差不多追上他了。克莱听见了她的脚步声，回头看了一看，不过虽然他认出来是她，却没改变什么态度，只仍旧往前走去，从房前那座长桥上面跨了过去。

他们今天到的那块地方，本来和塔布篱坐落在同一平谷里，不过又往下游去了几英里就是了。那儿四处平旷显敞，所以她能很容易看见克莱老在视线中。从房子往外去，有一条路，蜿蜒曲折，穿过草场，她就顺着这条路，跟在克莱后面，不过却总不想追到他跟前，也没设法去引他注意，只是不言不语，无情无绪，而忠心耿耿，跟在后面。

走了些时候，她那种无精打采的脚步，到底把她带到克莱身旁了，但是他还是一言不发。一个人，忠诚老实，而却受到愚弄，那他一旦觉悟过来，就常常觉得，那种愚弄非常残酷。现在克莱心里这种感觉尤其强烈。野外的清爽天气，显然让他头脑镇静，行动稳定了。她知道，现在他眼睛里的她，只是骗取感情的轻薄女人，毫无光彩的了。

克莱还是在那儿聚精会神地思索，苔丝在他身旁，并不能分他的心，并不能转变他的思路。她在克莱眼里，真是丝毫无足轻重了！她不得不向克莱开口了。

"我怎么了，我到底怎么了哪？我说的话，并没有一句

表示我爱你是假的,没有一个字表示我爱你是装的呀!你不会认为我骗你吧,会吗?安吉尔,惹你生气的,都是你自己编造出来的情况,我并不像你琢磨的那样,我并不是那样,哦,我一点儿也不是那样,我不是你想象出来的那个骗人的女人!"

"哼!我的太太倒是没骗人,可是前后不是一个人了。你别再惹我生气,招我责备你啦。我已经起过誓了,决不责备你。"

但是她在心痴意迷的情况下,仍旧替自己辩护。

"安吉尔呀!我那时还是个小孩子哪!男人的事儿,我还一点儿都不懂得哪。"

"我承认,与其说是你把别人害了,不如说是别人把你害了。"

"这么说来,你还不能饶恕我吗?"

"我饶恕是饶恕你了,不过饶恕了并不能算是一切都没有问题呀。"

"还不能仍旧爱我吗?"

对于这个问题,他没回答。

"哦,安吉尔呀,这世界上有很多女人,她们比我的情况还糟,可是她们的丈夫,都没怎么在意,至少都把这件事慢慢看开了。可是那些女人爱她们的丈夫,都没有我爱你这样深沉!"

"不要说啦,苔丝。身份不一样,道德的观念就不同,哪能一概而论?我听你说了这些话,我就只好说你是个不懂事儿的乡下女人,对世事人情的轻重缓急,从来就没入过门儿。"

"由地位看,我自然是一个乡下人,但是由根本上看,我并不是乡下人哪!"

"所以才更糟啦。我想,把你们的祖宗翻腾出来的那个牧师,要是闭口不言,反倒好些。我总觉得,你的意志这样不坚定,和你们家由盛而衰的情况有关联。天哪,你为什么必得把你的家世都告诉我,叫我多了一个看不起你的由头哪?"

"还有许多人家,也跟我一样地糟哪!莱蒂家原先不也是大地主吗?还有经营奶牛场的毕雷,不也是一样吗?你看现在他们怎么样?你到处都能找到跟我一样的人家,这本是咱们这一郡里特别的情况,你让我有什么法子哪?"

"所以这一郡才更糟。"

她把所有这些责难,全都一体看待,不去追求详情。她只知道,他现在不像从前那样爱她了,除此而外,别的情况对于她一概没有关系。

他们又一声不响地往前瞎走。事后当地人传说,那天晚上,井桥村有一个乡下人,半夜去请医生,在草地上遇见了一对情人,一前一后,慢慢地走,一声也不言语,好像送殡似的。后来他回来的时候,又在那块地里碰见了他们,还是跟先前一样,慢慢地走着。

在那个乡下人去而复返的中间,她曾对她丈夫说:"我看,我活着,就没法儿不让你因为我而受一辈子的苦恼。那边儿就是河,我在那儿寻个自尽吧。我并不怕死。"

"我已经作了不少的蠢事了,再在我手里弄出一条人命来,那就更蠢了。"

"我死的时候,留下点儿东西,让人知道,我是因为羞愧,自己寻死的。那么一来,别人就不能把罪名加到你身上了。"

"别再说这种糊涂话啦,我不愿意听这种话。请你听我一句话,快回去睡觉吧。"

"好吧!"她顺从地说。

他们走的那条路,经过磨坊后面一座人所共知的古代寺院遗迹,那天晚上,他们两个,本来只在一块地方上绕来绕去,因此走了半夜,离那所房子并不很远。她当时服从了他的指示,回去睡觉,顺着大石桥,跨过大河,再顺着路往前走几码,就到自己的寓所了。她回到屋里的时候,一切的情况,都跟她离开那个屋子的时候一样,壁炉的火也还没灭。她在楼下待了不过一分钟,就上了楼,进了自己的卧室。她在床沿儿上坐下,茫然地四处看了一眼,跟着就动手脱衣服。

她把蜡烛挪近床前的时候，烛光射到白布帐子的顶上，只见有些东西挂在帐子顶下面，她举着蜡烛仔细一看，原来是一丛寄生草。她立刻就明白了，这一定是安吉尔放的。因为原先收拾行李的时候，有一个包裹，也不知道里面是什么东西。克莱没告诉她是什么，只说到时候就知道了，那个包裹的秘密现在才揭穿了。那原是先前克莱感情热烈的时候，把它挂在那儿的。现在这一丛寄生草，看着有多呆傻，有多讨厌，有多不顺眼呢！

苔丝现在觉得，想让克莱回心转意，好像万难办到，因此再没有什么可怕的，也差不多再没有什么可盼的了，所以就无情无绪地躺下了。过了不到几分钟，孤独的苔丝，就在那个微香暗生、寂静无声的屋子里，忘记了一切。

那天夜里，克莱也顺着原路，回到了寓所。他轻轻地走进了起坐间，找到了一个亮儿。他在那个旧马鬃沙发上，放了炉前地毯，铺成了一个临时小床铺。躺下以前，他先光着脚，跑到楼上，在她的卧房门口，静静地听了一会儿。他听她喘的气非常匀和，就知道她已经睡熟了。

"谢谢上帝！"他嘟哝着说，但是他一想，不觉一阵辛酸，因为她如今是把一身重负都移到了他的肩头上了，她自己倒安然睡去。

他转身要下楼了，却又游移不定，重新向她的屋门那儿回过头去。他这一转身，就看见了德伯家那两位夫人里的一位，画像上那种查理时代的长袍，低颈露胸，正和苔丝那件他让把上部掖起、好露出项链来的衣服，同一式样；因此他又重新感觉到，苔丝和这个女人，有相似之处，这使他非常难过。

他又回过身来，下楼去了。

克莱的态度，仍旧安静、冷淡，他那副小嘴紧紧地闭着，表示他这个人有主意、能自制。他只在那儿琢磨，人生无常，世事难料。在他崇拜苔丝那个很长的时期里，一直到一个钟头以前，他都认为，天地之间，没有什么人像苔丝那样纯正、那样贞洁的了，但是——

只少了一点点，就何啻天样远！

他对自己说，从苔丝那个天真诚实的脸上，看不透她的心。他这种想法，当然是不对的，不过当时苔丝没有辩护人，来矫正克莱的偏见。

克莱在起坐间里他那张小床铺上斜着躺下去，把蜡烛熄灭了。夜色充满了室内，冷落无情，宰治一切。那片夜色，已经把他的幸福吞食了，并且还正要把另外千千万万人的幸福，也照样吞食了。

36

克莱第二天早晨起来的时候，一片晨光，颜色灰暗惨淡。楼上一点儿声音也没有，但是待了不到几分钟，却有人敲门。克莱想，来的人大概是住在小房儿里伺候他们的那个女街坊。

那时候，克莱已经穿好了衣服。他听见女仆来了，就心里琢磨，在现在的情况之下，家里有外人，一定很不方便，因此就开开窗户，对那个女人说，他们那天早晨自己就可以安排一切，不用她在这儿伺候。她手里拿的那一罐儿牛奶，就放在门外头好啦。他把那个女人打发走了以后，就在房子后面，找到了些木柴，很快就把火生起来了，伙食房里有的是鸡蛋、黄油、面包和别的食物，他在奶牛场里，又学得很会做些家务事，所以一会儿就把早饭做好了。壁炉里的木柴哔剥地响，烟囱上的烟气滚滚地冒，本地人打那儿过的，见了这种情况，都不由想到这一对新婚夫妇，都不觉羡慕他们新婚的快乐。

安吉尔把屋里的一切，最后又看了一眼，跟着走到楼梯口，用一种合于常例的声音说："早饭做好啦！"

他开前门，在晨间清新的空气里闲走了几步。待了不大会儿，他就回到了屋里，那时候，苔丝已经在起坐间里了。他叫她的时候，不过是两三分钟前，那么，她一定是早就穿戴好了的。

她把头发在脑后挽了一个大圆髻，身上穿了一件新连衣裙。她的脸和手冰凉，也许是她起来在冷屋子里坐了许久。克莱刚才叫她的口气，显然非常温文有礼，她当时听了，心里不由得重新生出一线的希望来。但是现在她一看他的神气，那点儿希望就又消逝了。

昨天晚上是热辣辣的一片愁绪，今天早晨却是闷沉沉的满怀抑郁了。仿佛没有东西能把他们的情感再鼓动起来，使他们再跟从前一样地热烈。

"安吉尔！"她说，说了这一声，又停住了，用手轻轻去触他，仿佛她不大能够相信这就是她那位旧日情人的肉体。她的眼睛仍旧水汪汪的，她那灰白的两颊仍旧像旧日那样丰润饱满，不过半干的眼泪却在那儿留下了痕迹。

她的样子是绝对纯洁的。这是老天成心耍离奇古怪的把戏，才在她的容貌上给她印了一副女儿无瑕的标志，让他傻了一般地瞧着她。

"苔丝！你得说你说的都是瞎话！一定是，一定是瞎话！"

"不是瞎话！"

"字字是实？"

"字字是实。"

他带着哀求的神气瞧着她，仿佛他情愿听她亲口说一句谎话，纵然明明知道是谎话，也情愿用诡辩的方法欺骗自己，把谎话当作真话。但是她只回答说——

"不是瞎话。"

"他还活着吗？"于是安吉尔问。

"孩子死啦。"

"那个男人哪?"

"还活着。"

克莱脸上显出一种绝望的神气来。

"他在英国吗?"

"是。"

他来回瞎走了几步。

他突然说:"我总想我不娶有身份、有财产的女人,我把那种野心一概放弃了,那我就不但可以得到一个天然美丽的女人,也一定可以得到一个质朴纯洁的女人了。谁知道——唉,也罢,我不配说你的不是,我也不愿意说你的不是。"

"安吉尔——我当初之所以答应跟你结婚,因为我知道,有最后让你脱身的办法——"

"什么办法哪?"

"跟我离婚哪。"

"天哪,你怎么就这样简单!我怎么能跟你离婚哪?"

"我把话都告诉你了,还不能吗?我原先认为,我的自白是够构成离婚的理由的了。"

"唉,苔丝——你太——幼稚了——太没有知识了!我简直不知道说你什么好。你不懂得法律!"

"那么——你不能跟我离婚了?"

"不能。"

苔丝满脸的惭愧。

"我本来以为能离婚的。"她说,"唉呀,现在我才明白,在你看来,我多么坏!不过请你相信我,我对天起誓,我压根儿就没想到,你会不能跟我离婚!不过我相信,只要你一拿定了主意,只要你一不爱我,你就可以把我甩开!"

"那你是想错了。"他说。

"哦,这么说起来,昨天晚上,就应该把那件事办了!可是我又没有那样的胆量。唉!"

"干什么的胆量?"

因为她没回答,所以他就拉住了她的手问她:"你想要干什么来着?"

"想要自尽来着。"

"多会儿?"

他这么一追问,她畏缩起来,"昨儿晚上。"她回答说。

"在哪儿?"

"在你挂的那一串寄生草下面。"

"哎呀!用什么法子?"他严厉地问。

"你要是不生我的气,我就告诉你!"她一面畏缩,一面回答说。"我本来想用捆箱子的绳子来着。可是到了最后一步,我又没有胆量了!我怕那么一来,你的名誉就要受损了。"

这段供词里让人想不到的情况，显然使克莱震惊，但是他仍旧拉着她的手，同时把眼光从她脸上移开，低垂下去，说："你现在听着，我决不许你再想那种可怕的事！你怎么能那么想哪！我是你的丈夫，你得答应我不再想那种事。"

"我愿意答应你。我早就看出来，那种办法非常的坏了。"

"坏！你那种想法没出息到家了。"

"不过，安吉尔，"她辩护说，"我想那种办法的时候，完全是为了你，完全是想要让你跟我脱离，可又不落离婚的骂名。既然你没有其它脱身的办法，那么，你要是能把我置之死地，我想，我一定会爱你爱得更厉害，我觉得，我是你一个大大的绊脚石！"

"别说啦！"

"好吧，你不让我那样，我就不那样好啦。"

昨天晚上，她不顾一切地闹了一阵之后，现在一丁点儿劲头也没有了，不用再怕她有什么孤注一掷的举动了。

苔丝又去安排早饭，安排了一会，他们两个就都在桌子的一面儿坐下了。吃完了早饭，克莱就往水磨厂去实行他那研究水磨的计划了。

他走了以后，苔丝站在窗前，看着他的身影渐渐消失，最后开始动手清理饭桌，归置屋里的东西。

打杂儿的女仆一会儿就来了。到了十二点半钟的时候，她就叫女仆在那儿预备一切,自己回到起坐间里,坐在窗前面,老远看着,等克莱再在石桥后面出现。

靠近一点钟的时候,果然看见克莱来了。虽然还隔四分之一英里,而苔丝远远看见了他,却不觉脸上又红又热。她跑到厨房里,吩咐他一进门就开饭。他回来的时候,先到昨天他们一块儿洗手那个屋子里去了一趟,他刚一进了起坐间里,桌子上的盘子也同时揭开了盖儿。

"真准!"他说。

"不错,我瞧见你过桥来着。"她说。

他们吃饭的时候,只谈了些极平常的闲话,说他一早晨在水磨坊里做的事情,说磨房里分离麦糠的方法和老式的机器。中饭吃完了,不到一个钟头,他又出门儿去了,到了黄昏的时候,才回到家里,一晚上净忙于文件。她恐怕她在面前碍手碍脚,所以那个女仆走了以后,她就上了厨房,在那儿尽力地忙了足足有一个多钟头的工夫。

克莱来到厨房的门口说:"你别这么做活儿啦,你是我的太太,并不是我的仆人。"

"我可以把自己当你的太太看待吗?"她用可怜的口气说,"你说的是名义上的太太吧!好吧,那也够了。"

"你可以把自己当我的太太看待,苔丝!你本来就是我的太太嘛。你刚才说这些话是什么意思?"

"我也不清楚,"她急忙说,说的时候,字音里都含着泪。"我只觉得，我不体面。我从前早就告诉过你了，说我不够体面的，所以我不愿嫁你，可是你偏来逼我！"

她一下呜呜地哭了起来，跟着就把脸背了过去。别的人，无论谁，看见这种样子，大概都要回心转意的，只有克莱不成。他平时虽然温柔多情，但是在他内心的深处，却有一种冷酷坚定的主见，仿佛一片柔软的土壤，里面却藏着一道金属的矿脉，无论什么东西，想要在那儿穿过去，都非把锋刃摧折了不可。当时克莱在一旁等候，一直等到苔丝哭够了。

"我倒愿意，英国的女人，有一半能像你这么体面哪，"他忽然发了一阵牢骚，"这不是什么体面不体面的问题。这是原则性的问题！"

他当时的心情，仍旧在反感浪头的冲荡之下。本来一个直率人，一旦发现自己因为只看外表而上了当，那他就必然要起反感，就必然要反爱为憎。其实，在他这种心情之中，还潜伏着一种同情心，一个通达人情世故的女人，很可以利用这一点，使他回心转意。但苔丝却没想到这一点。她觉得，一切加到她身上的，都是她应当受的，所以她几乎连口都不开。

他们两个这一天，过得跟头一天一点儿不差。只有一次，她曾冒昧地对他做过表示。那正是他第三次吃完了饭要起身到水磨坊里去那一回。他从桌子旁边站起来要走的时候,对她说了一声"再见";她也回答了一声"再见",同时把嘴微微掉到他那一面儿。但是他却没接受她的好意,只急忙转过身去,嘴里说:"我一准按时回来。"

苔丝仿佛挨了打似的,立时缩成了一团。从前的时候,他老扭着苔丝的意思,强要跟她接吻,但是现在呢,他却完全不理会了,他看见了她忽然退缩的样子,就对她温和地说:"你要晓得,我一定得想个办法。咱们现在自然非在一块儿住几天不可,免得立刻分开了,让人家说你许多坏话。不过你要明白,这不过是顾全面子的办法就是了。"

"是。"苔丝出着神儿说。

他出了门,往水磨坊去了,在路上曾站住了一下,有一会儿的工夫,后悔刚才没对她温柔一些,没至少吻她一次。他们就在这种情况之下,过了一两天的愁闷日子。他们虽然住在同一所房子里,然而可比他们还不是情人那时候更疏远了。她真没想到,他外面儿那么温柔,骨子里会那么坚定,他这种一贯到底的决心,真太残酷了。她现在不再希望他会饶恕她了。

同时,克莱正在那儿琢磨,他就没有一时一刻不琢磨的。他走来走去,嘴里念叨着,"怎么办哪,怎么办哪?"他念叨的话,偶然让她听见了。于是她就打破了缄默,开口说:"我想你大概不预备跟我长久同居了,安吉尔,是不是?"她问,脸上很安静,但是她那两个嘴角使劲往下耷拉的情况，却可以使人看出来，她脸上的安静完全是做出来的。

"我不能跟你同居，因为我要是跟你同居，我就不免要瞧不起我自己，也许还要瞧不起你哪。打开窗子说亮话好啦，既然那个人还活着，那咱们怎么能同居哪？你的丈夫本来应该是他，并不是我。要是他死了，这个问题也许就不一样了……而且，你得想一想，过了几年以后，咱们生下了儿女，这件事传了出去的情况，你想，咱们的儿女，老让人家耻笑，那他们该多苦恼！他们明白了以后，该多难堪！他们的前途该多黑暗！你要是琢磨琢磨这种情况，那你凭良心说，还能再要求我跟你同居吗？你想咱们受眼前的罪，不强似找别的罪受吗？"

苔丝的眼皮本来就愁得往下耷拉着，现在仍旧往下耷拉着，"我不能要求跟你同居，"她回答说，"当然不能，我以前还没想得这么远哪。"

我们老实说，苔丝到底是个女人，她希望重圆的心非常的强烈，所以竟暗自琢磨，和他亲密地一室同居，日久天长，也许能使他那冷酷的理性，化为温暖的柔情。她看得很清楚，要是这种办法没有效果，那么，别的办法就更没有用处了。她固然对自己说过，用计谋、使手段，希望使情况好转，是不应该的，但是前面说的那种希望，她却没法消灭。现在克莱已经表示了他最后的意见了，这种意见，她已经说过,是她从前没想得到的。她实在没顾虑得那么远,也没打算得那么周密,他描绘的那幅清晰图画,说她可能有儿女,将来会瞧不起她,那一番话,让她那样一个心地忠厚的人听来,真觉得入情入理,因为她那颗心,自来就是慈爱的。因此她就觉得,他那番道理,无法辩驳。

他们两个,同室异心,已经三天了。也许有人可以冒昧地说这样一句似非而是的怪话:他的兽性如果更强烈,那他的人格就会更高尚。不过,克莱的爱,却的确可以说轻灵得太过分了,空想到了不切实际的程度了。对于这种人,在他们跟前,有时反倒不如不在他们跟前,更能感动他们。

"我把你说的话,都琢磨过了。"苔丝说,同时用一只手的食指,在桌布上划着,用带着戒指的那一只手支着前额,戒指仿佛嘲笑他们两个似的。"我觉你说的那些话,没有一句是不对的。是不能那么办,你是得离开我。"

"不过你哪,你怎么办哪?"

"我可以回娘家呀。"

克莱却还没想到这步办法。

"一定可以吗?"他追问说。

"一定可以。咱们既是非分离不可,那咱们早早分离完事,不更好吗?你从前说过,男人在我面前,极容易把持不住,要是我老跟你在一块儿,也许你会把持不住,忘了你的理性,忘了你的愿望。如果真到了那一步,那以后你的后悔、我的烦恼，还能让人受得了吗？"

"你愿意回娘家？"他问。

"我要跟你分离，所以我要回娘家。"

"那么，就那么办吧。"

苔丝听了这句话，虽然没抬头去看克莱，却不觉失惊一动。因为提出办法是一回事，允诺实行又是一回事，这一层只怕她明白得太快了。

"我早就害怕要有这一步了。"她嘟哝着说，脸上却不动声色。"我并不抱怨，安吉尔。我——我觉得，这是顶好的办法。你对我说的那些话，我听着真是至情至理。因为，比方咱们两个同居，虽然不会有外人来揭我的短处，但是以后日子久了，可保不住你不为一点小事儿闹脾气，保不住你不把我从前的事儿顺口说了出来，也就保不住别人听不见，也许还让咱们的儿女听见哪。现在这种样子，不过让我伤心罢了，到了那个时候，那可就要叫我受大罪，就要要了我的命了。所以我现在离开你，是顶对的，我明天就走。"

"我也不在这儿住啦，我不过不肯先开口就是了，其实我早就觉得咱们应该分居了——至少得分居一些日子，等到我能把事情的真相看得再清楚一些，可以给你写信的时候……"

苔丝偷偷地看了她丈夫一眼。只见他满脸灰白，甚至于还全身颤抖。但是苔丝看到，她嫁的这个丈夫，外面上那样温柔，心里头却那样坚定。

他大概看见她偷偷地瞧他来着,因为他接着解释说:"凡是跟我不在一块儿的人,我想起他们来,都觉得比在一块儿的时候可爱。"于是又带着玩世不恭的态度,加了一句说,"谁知道哪,保不定咱们两个,将来有那么一天,都过腻了,就又凑到一块儿,和好起来了。这样的人可就太多啦。"

克莱当天就动手捆扎行装,苔丝也上了楼,去收拾东西。他们这两个人,对于任何像是后会难再的离别,都觉得非常痛苦,所以他们如今预备分手,却假装着后会有期,宽慰自己。但是两个人心里却分明觉得,明天这番别离,也许就是永远的别离。他知道,她也知道,刚一分手的头几天,他们互相牵引的力量,大概要比以前任何时期都更强烈,但是日久天长,这种力量自然要淡下去的。既然现在,克莱根据实际的情况,认为不能跟她同居,那么,分离了以后,头脑更清楚,眼光更冷静,不能同居的理由,也许该更明显了。并且,两个人一旦分离,不再在共同的居室和共同的环境里,那就要有新的事物,不知不觉地生长出来,把空下来的地方填补起来,意外的事故,就会阻碍旧有的打算,往日的计划,也就会被人忘记了。

37

半夜静悄悄地来了,又静悄悄地去了。

德伯家从前那座旧宅第，现在只是一座夜色笼罩着的农舍了。半夜以后，打了一点钟不久，这所农舍里，忽然微微地发出一种咯吱咯吱的声音来。苔丝在楼上的房间里，让这种声音闹醒了。那是从楼梯拐弯那儿发出来的。苔丝醒来以后，看见自己那个寝室的门开了，她丈夫的形体，穿过了一道明亮的月光，脚步异常小心轻悄。他身上只穿着一条裤子，一件衬衫儿。

他走到屋子的中间就站住了，嘴里嘟囔着说："死啦！死啦！"

原来克莱只要一受重大的刺激，就会梦游，有时还在睡梦中做出惊人的事情。苔丝现在明白了，心中的痛苦使他又梦游了。

她对于他，极端忠心，非常信任，所以不管他是醒着，还是睡着，她对于他，都不会生出戒心来。

克莱走到她跟前，把身子俯在她上面，嘴里念叨着："死啦，死啦，死啦！"

他满脸含着无限的愁苦，拿眼瞅了她一些时候，于是又把身子俯得更低，把她抱在怀里，用床单儿把她裹了起来，恭恭敬敬地从床上举了起来，抱着她走过了屋子，嘴里嘟哝着说："我这可怜苔丝——我这最亲最爱的苔丝！那么甜美，那么忠诚，那么真实！"

这类亲昵的字眼，本是他醒着的时候，绝对不肯出口

的，现在让她那颗凄凉孤寂的心听来，真有说不出来的甜美。她宁可豁出自己的性命，也决不肯活动一下破坏了她现在所处的境地。所以她就老老实实躺在他怀里。她就这样让他把自己抱到了楼梯口。

他抱着她，有一会儿的工夫站住了脚，往楼梯栏杆上靠去。他是不是要把她摔到楼下去呢？为自己担心的念头，如今在苔丝心里，可以说几乎不存在了。再加上她知道，他已经打算好了，明天早起就要和她分离，也许永远分离，所以现在她躺在他怀里，虽然有摔下去的危险，她却不但不害怕，反倒觉得是难得的造化。

然而，他并没把她摔到楼下去，反倒趁着有栏杆可倚，在她的嘴唇上吻了一下，然后又重新把她紧紧抱住，下了楼梯。旧楼梯咯吱咯吱的响声，并没把他惊醒。他抱着她安全地来到了楼下，把门闩拉开，走出了屋子。

现在到了门外，可以有伸展周转的余地了，所以他就把她放在肩头上，为的是更容易搬动她，本来他身上没穿日常的衣服，就给他省了许多事。就在这种情况下，他抱着她，离开了房子，朝着几码以外的河边儿走去。

他心里究竟有没有什么目的呢？她还没猜出来。她发现，她自己在那儿冷冷静静地猜想，跟一个局外人一般。她已经把自己的身心完全交给他了，所以她见克莱如今把她看作绝对是他个人的所有家当，在那里自由处置，反觉得很快活。

啊！她现在知道他做的是什么梦了——他现在的动作，正是那个礼拜早晨，他把她和她那三个伙伴抱过泥塘的情况。克莱如今并没把她抱过桥去，却抱着她在河的这一边儿，朝着那座离得不远的水磨坊，一直走了好几步，走到后来，才在河边儿上站住了。河上只有一座很窄的人行木桥，桥栏杆都叫秋雨冲走了，只剩下了一块独木的桥板，和底下流得很急的水面，只隔几英寸，即便脚步稳的人，打那上面过，都不免要头晕眼花。白天苔丝在窗前往外闲看的时候，曾看见有些小伙子，在桥板上面走，比赛谁的脚步稳，能不掉下去。她丈夫或许也看见过那些小伙子的比赛。不过看见也罢，没看见也罢，他现在却正走上了这座独板的木桥，头一脚不知怎样踩到桥上，跟着沿桥往前踏去。

他是不是要把她淹死呢？大概是吧。那个地方很偏僻，那片河水又深又广阔，在那儿把一个人扔到水里淹死，是很容易的。

激流在他们下面奔腾，还打漩涡，团团的泡沫顺流飘过，被截住的水草就在木桩后面摇摆。要是他们两个，现在能一起掉在河里，那决没法子把他们救起来。这样一来，他们就可以毫无痛苦地与世长辞。要真那样，那他最后和她在一起的那半个钟头，也一定是爱她疼她的。

她忽然想起来，何不转动一下，使自己和克莱一起滚到深水里去呢？但是她又不敢真那么做。她虽然把自己的性命看得很轻，但是克莱的性命——她却没有权利胡乱干扰。于是她就让他抱着，平安地过了河。

他们现在到了寺院的旧址上，进入一片人造林里面了。克莱把苔丝换了一种抱法，往前走了几步，走到寺院教堂圣坛所在的遗址那儿。靠着北墙，放着一个空的石头棺材，到这儿来旅行的人，都要寻开心似的在棺材里躺一躺。克莱小心地把苔丝放在这个石头棺材里，在她的嘴唇儿上，又吻了一下，跟着喘了一口粗气，仿佛完成了一件重大的心愿似的。于是他也顺着石头棺材躺在地上，立刻睡着了，因为他累得很，所以睡得很沉。原先他心里的那阵兴奋已经过去了。

苔丝在石头棺材里面欠身坐起来。那天夜里的天气，虽说在那个时季里算得上干爽温和，却也凉森森的，凭克莱穿的那身半遮半露的衣裳，长久睡在地上，不冻死也得大病一场，要是不去惊动他，他大概要一觉睡到天亮。但是她要是把他唤醒了，叫他知道了他睡梦中对她做的种种痴情傻事，那他一定要羞愧，那她怎么敢把他叫醒呢？不过没有别的法子，所以苔丝只得走出石头棺材，轻轻把他摇撼，但是这样轻轻摇撼，还是不能叫他醒过来。刚才那几分钟，她因为心里兴奋，所以身上也不觉寒冷。但是现在那种幸福的光景已经过去了，她身上围的那个床单子，本来挡不了多少寒气，她自己都觉得冷起来了。

她忽然想起来了，何不用诱导的方法呢？于是她就在他的耳边轻轻地说："爱人，咱们再往前走吧！"一面说，一面试着拉他的胳膊，怂恿他起身。他顺从了她，她才松了一口气。他听了她的话，又重新入了梦境，仿佛觉得她是一个死而复活的灵魂，正带着他往天堂上去。这样，她挽着他的胳膊，走到了寓所前面那座石桥，过了桥就到了宅第的门口了。

进屋子并没有什么困难。她引导他在那沙发床上睡下，给他盖得暖暖和和的，又用木柴给他生了一点火，好把他身上的潮气烘干。这些动作的声音，她本来觉得，可以把他吵醒的，但是他心身两方面，都已经疲乏万分了，所以睡在那儿，一点儿也不动。

第二天早晨，他们一见面，苔丝就猜出来，克莱虽然觉得夜里睡得不踏实，可他一定不知道他昨夜梦中的那番际遇。但他刚一醒过来的那几分钟里面，他倒模糊地觉到，夜里大概发生了点不同寻常的事故。但是不久，他就只顾去注意现实的问题，不再去猜测昨夜的事了。

他以期待的心情等候，看自己的心会有什么变化。他知道，昨天晚上打好了的主意，要是在今天的晨光里头脑冷静的时候，还不动摇，那么，即便当初打主意的时候，是由于感情的冲动，而主意本身，还是差不多根据纯粹的理性，因此,那个主意当然是可靠的。克莱不再犹疑了。

他们吃早饭和收拾东西的时候,克莱都显得非常疲乏,这显然是昨天晚上劳累的结果,因此苔丝几乎要把昨天晚上的事儿都对他说出来。但是她想,如果他知道了,他头脑清醒的时候所吝惜的爱,却在梦境里表现了,他理性强大的时候所维持的尊严,却让惝恍的梦魂损害了,那他一定要自怨自恨。既是这样,那她怎么还好对他讲呢?

同时苔丝忽然想起来,也许克莱记得那番爱的表示,却怕她会利用这个机会,重新要求他不要和她分离,所以他才不提这件事吧。

他已经在最近的那个市镇上,定了一辆车,所以吃过早饭不久,车就来了。她见了车,就知道这回是非分离不可的了。行李装到车顶儿上以后,车夫就把他们载走了,水磨坊的老板没想到,他们两个会突然离去,所以都觉得奇怪。克莱说,因为水磨坊太老,不是他想考查的那种,所以他要离去。除了这一点而外,他们一点儿也没露出破绽来,不会让人家瞧出来他们遭了什么不幸。

他们的路程,离奶牛场非常地近。既是克莱想借着这个方便,和克里克老板把没完的事都了结一下,那么,苔丝当然也不能不借着这个机会看望克里克太太了。

他们想,这番拜访越不惊动人越好,所以他们走到通到奶牛场的小栅栏门,把车停住了,两个人沿着小径,并排往场里走去。那一片柳树的枝条都被砍下来了，只剩下矮矮的秃干，隔着这片秃干望过去，可以看见当日克莱逼苔丝答应终身大事的那个地点，可以看见她让他的琴声迷住了的那个院落，可以看见远处他头一次搂抱她的那片草场。夏日灿烂的金黄色，现在变成昏沉的灰色了，天地也暗淡了。

老板隔着场院的栅栏门，看见了他们两个，立刻迎上前去。跟着克里克太太和几位别的旧伙伴，也都从屋子里跑出来迎接他们，不过玛琳和莱蒂，却好像不在场里。

苔丝对于他们那些亲热友爱的戏耍，一概硬着头皮忍受，其实他们哪儿知道，这种笑话，让她听来，真是啼笑皆非呢。他们夫妻之间，本来有一种默契，要把彼此疏远的情况严密地掩盖起来，所以他们的举动言谈，一概装作和平常的夫妻一样。

莱蒂回了她父亲家里，玛琳到别的地方找事去了。苔丝听了这些故事，自然很伤感，她想把悲哀排遣，就去向她从前喜欢的那些牛犊一一告别。他们和场里的人告辞的时候，并排站在一块儿，好像是一对恩爱夫妻，其实要是有人能够看透他们的真情，他一定会觉得，这种光景特别可怜。也许他们的态度，显得有点儿死板；也许他们假装同心一体，显得有点儿笨拙，不像新婚夫妻那种天然的羞态吧。因为他们走了以后，克里克太太对他丈夫说："我看苔丝的眼神那么不自然，他们说起话来悠悠忽忽，一举一动也像木雕一般！

这些情况你没看出来吗？苔丝一点也不像是个嫁给有钱人那种得意的新娘子。"

他们两个又上了车，走到篱路店，克莱叫车夫把车停住了，然后把马车和车夫都打发开了，在店里休息了一会儿，又雇了一辆车，坐着进了谷里，往她家里前进。这个赶车的是个生人，不知道他们两个的关系。走到半路，经过纳特堡，到了一个十字路口，克莱叫把车停住，对苔丝说，这就是她回老家和他分手的地方。因为在车夫面前，两个不能随便谈话，所以他就吩咐车夫略等几分钟，跟着两个就沿着一条小道走开了。

"现在，咱们不要有什么误会，"他温柔地说，"咱们之间并不是谁生谁的气，只是我现在还不能忍受。我以后要慢慢想办法忍受。我现在还不知道我要到哪儿去，以后我会写信通知你。如果我觉得我能忍受了，那我就一定到你那儿去。不过我还没去找你的时候，顶好你不要先来找我。"

这种命令里的严厉意味，叫苔丝听来，真是万箭钻心，他一定是把她看成了一个玩弄骗局的女人了。

但是一个女人，即便做了她做的这种事，难道就应该受这样的惩罚吗？不过她不能再跟他辩驳。"你不来找我，我千万不要去找你？"

"是的。"

"我可以给你写信吗？"

"哦,那倒可以,如果你需要什么,你就写信给我。不过我希望不会有那种事,所以也许将来还是我先写信给你。"

"你的条件,安吉尔,我都同意。我知道我该受什么惩罚,不过可别严厉到叫我受不了的程度!"

要是苔丝是个有心机的女人,要是她在那条偏僻的篱路上,吵闹一场,歇斯底里地大哭一阵,那他大概也不至于眼看着不理她的。但是她长久忍受的态度,反倒帮了他的忙,让事情好办了,她自己倒成了他最好的辩护人了。

他递给了她一个包裹,里面有相当多的钱,那是他从银行里特别提出来给她的。苔丝的那些钻石装饰品,大概只限于她的一生,他劝她为安全起见,让他把那些东西替她存在银行里,她对这个提议,马上听从了。

他们两个把这些事全都安排好了,他就把苔丝送回车旁,把她扶到车上。他把车钱付了,告诉了车夫前去的地点,就拿起雨伞和行囊向苔丝告别。于是他们两个就分离了。

马车慢慢地往山上爬动,克莱一面看着它往前走,一面心里却希望,苔丝会从车窗里探出头来,往后看他一下。但是她却躺在车里,差不多晕过去了,绝想不到那样的事,也绝不会冒昧地做那样的事。于是他眼看着她慢慢远去,心里不由得一阵难过。

苔丝的车爬过了山顶,他才转身上了自己的路,那时候,他自己也不知道,他仍旧爱她。

38

苔丝坐着车,在布蕾谷中前进,她头一个想起来的问题是:她有什么脸去见她父母呢?

她走到一个收路税的卡子门了,门横栏在通到马勒村的大路上。给她开门的并不是和她认识的那个多年看门的老头儿,却是另一个她不认识的生人。苔丝近来老没得到家里的音信,所以就跟那个看门的打听消息。

"哦,大姑娘,没有什么事儿,"他回答说,"马勒村照样儿还是马勒村。约翰·德北在这个礼拜里,嫁了一个闺女,女婿是个种庄稼的体面人,不过他们在别的地方办的事。新女婿很有身份,觉得他丈人家又穷又土,上不得台盘。他好像不知道,新近发现,约翰就是一个又古又老的世家子弟,他们老祖宗的骨殖还埋在他们自己的大坟穴里。不过约翰爵士,可尽着自己的力量办喜事来着,把全区的人都请到啦,约翰太太还在清沥店里唱歌来着。"

苔丝听了这番话,心里不觉一阵难受,就不好意思大张旗鼓地坐车往家里去了,她就把东西先存在看门人的家里,把马车打发走,自己一个人徒步往村里走去。

她看见了他父亲家里那个烟囱,她的父母弟妹都正在那所草房里,琢磨她怎样正和一个有钱的丈夫,到远处去作蜜月旅行哪。谁想得到,她却在这儿,举目无亲,只能回到自己的家!

她正走到园篱那儿,一个女孩子——她以前的同学,和她撞了个对面。她问她怎么回来的,问完了以后,也没注意到苔丝脸上的愁容,就又问:"你丈夫呢,苔丝?"

苔丝急忙说,他因为有事,到别处去了,说完了,就往家里走去。

她走上园径,听见她母亲在后门那儿唱小曲儿,她走上前去一看,只见德北太太正在台阶儿上拧床单子。她并没看见苔丝,拧完后就进了屋子。她女儿跟在后面。

洗衣盆仍旧放在老地方。她母亲把床单子放在一边,正要把胳膊再伸到盆子里。

"哟——苔丝吗!——我的孩子——我想你结了婚了吧!这回可是千真万确的结了婚了吧——我们把苹果酒——"

"不错,妈,是千真万确的。"

"那么你丈夫哪?"

"哦,他暂时走啦。"

"走啦!那么你们是哪一天结的婚哪?"

"是礼拜二那一天,妈。"

"今儿刚礼拜六,他就走啦?"

"不错,他走啦。"

"这是怎么回事啊?我说,你怎么嫁了个这样该死的丈夫哪!"

"妈!"苔丝走到琼·德北跟前,把头伏在母亲怀里,呜咽起来。"妈!我真不知道怎么告诉你才好!你叮嘱过我,叫我不要对他说。可是我忍不住对他说了,然后他就走了!"

"哦,你这个小傻子!"德北太太大声喊着说,"哎哟,我的老天爷呀,你这个小傻子!"

苔丝哭得肝肠断绝。她憋了这些天,到今天才一起都发泄出来。

"我知道要这样——我知道!"她一面呜咽,一面发抖说。"可是,我又不忍不说!他太好了,我要是对他隐瞒,那就是害了他!如果重来一次——我还是要这么办的。我不能坑害他!"

"可是你先嫁他后告诉他,那不也够坑害他的了吗?"

"不错,这正是叫我难过的地方!不过我本来觉得他可以用法律解决,和我离婚。我那样爱他呀——那样想嫁他呀——又想对得起他,又想不放他,我心里那样为难!"

苔丝悲伤至极,就像瘫了一样,倒在一把椅子上。"得,得,已经过去了!我真不明白,怎么我养的儿女,比别人的都傻!你要是不说,他自己会发觉出来吗?"

说到这儿,德北太太就流起泪来。于是又接着说,"你爹知道了,还不定说什么哪。自从你结婚那一天起,他天天对人说,你嫁了一个阔人,咱们家又可以恢复原来的地位了

——哪儿知道你弄得这么一团糟哪！"

就在这时，就听见苔丝的父亲的脚步越来越近，德北太太叫苔丝先躲一躲，好让她对老头子报告这个坏消息。刚才猛一听见这个消息，德北太太觉得有一阵儿失望，但是那一阵儿过去了，她就把这件事看得好像和苔丝头一次的灾难一样了——仿佛这件事，只是过节碰上下雨，或者马铃薯没有收成似的，并不是一种教训。

苔丝躲到楼上，发现床铺都挪动了地方。

她原来睡觉的那张床，已经改成了两个小孩睡觉的床了，这儿已经没有她的地方了。楼下那个屋子没有天花板，所以那儿的动静，她在楼上都能听见。

她听见她父亲跟着就进了屋里，还带着一只活母鸡。他现在是一个步行的小贩子了，第二匹马也已经卖了，现在都是自己挎着篮子做买卖。这只母鸡，今天早上，也和往常一样，他来来去去都拿在手里，其实那只鸡已经在露力芬店里的桌子底下，放了一个多钟头。

"我们刚才正谈起一件事——"德北开口说，因为他女儿嫁给了一个做牧师的人家，所以他就和人讨论，"人家从前也都称呼牧师'老爷'，和称呼我的祖宗们一样，不过他们真正的称呼，可只是'牧师'两个字了。"他又说，因为苔丝不愿意声张，所以他没把她结婚的详细情况对大家说，他只希望她不久就把这道禁令解除了才好。他提议他们新婚夫妻俩都姓德伯。他又问，苔丝有信来没有。

于是他太太对他说，信倒是没有来，但苔丝自己却来了。她把这番情况完全对他说明了以后，他觉得栽了跟头，好不憋屈，连刚才喝的那点使人高兴的酒，也都无济于事，鼓不起他的兴致来，"真没想得到，闹了这样一个下场！"约翰爵士说，"在王陴的教堂里，我家的大坟穴，我那些横三坚四地埋在那里面的祖宗，都登载在史鉴上。凭我这样一个人，却闹了这一场！清沥店和露力芬里那些人，一定都要瞧不起我啦。琼哪，我这个跟头栽得太大了。我寻个自尽吧，爵位也不要啦，我可受不下去了！……不过，他既然和她结了婚了，难道她不能叫他留下她吗？"

"啊，能是能，不过她可不肯那么办。"

"这回她真结了婚了吗？还是和头一回——"苔丝听到这儿就再也听不下去了。真没想到，连在自己父母家里，她说的话，都会有人不信。她看到这种情况，就对这个地方非常讨厌起来！她父亲都不信她，那么，邻居和朋友岂不更得疑惑了吗？因此她就不肯在家里多住了，她只住了几天，恰巧她接到了克莱一封短信，信里说他到英国北部看一处农田去了。她急于显一显她真是他的太太，又想掩饰他们疏远的程度，所以就利用这封信作离家的借口，好像她是找她丈夫去了似的。她恐怕别人会说她丈夫待她不好，于是就从那五十镑钱里面，拿出二十五镑来交给她母亲，并且说，这不过是稍稍补报两位老人家前几年跟着她受的麻烦和寒碜。她说完后，就对父母告辞了。她走了以后，德北一家人拿苔丝那笔优厚的赠予，很搞了一阵儿热闹的名堂。她母亲还说，他们小两口儿，一时一刻都离不开，虽然暂时分离，到底又和好了。

39

克莱结婚三个礼拜以后，有一天，下了山道，向他父亲那个旧牧师公馆走去。

人生的景像，在他看来，和以前不一样了。从前他所了解的人生，只是理论方面的空想；现在他觉得，他所了解的人生，完全是实际方面的经验了。

在这两三个礼拜以内，他的行动可以说是散漫得没法形容。他本想按照古往今来那些伟人智士所教训的那样，只当并没发生什么不同寻常的事件，去机械地进行他的农业计划。但是他试了又试，终究不成。

他的心境，变得对于一切满不在乎了，到了后来，他竟觉得，他简直成了一个对自己的身世作冷眼旁观的局外人了。

他深深地相信，都是因为苔丝是德伯家的后人，才生出这一切的烦恼，这种想法叫他非常难过。当日他既是知道了苔丝并非像他所痴心梦想的那样，生在富于朝气的小户人

家,却是出于气衰势杀的古老门户,那时候,他为什么不守定了旧日的主义,咬牙横心,把她放弃了呢?现在他所受的,正是他背叛主义的结果,正是他应该得到的惩罚。

于是他意懒心灰,焦灼熬煎。他心里纳闷儿,不知道这样对待她是否应该。他吃东西也不知道吃的是什么,喝东西也喝不出味道来。时光一天一天地过去,以往那些日子里每一次费尽心思想要接近苔丝的行为,常常在他心里出现,于是他看出来了,他想要把苔丝珍惜贵重地据为己有的心思,和他一切的计划、行为和语言,有多么紧密地联系在一起。

他往来各地的时候,在一个小市镇郊外,看见了一个广告牌,上面写着移往巴西帝国去种庄稼的好处,他一看这个广告,就想这倒是从前没想到的主意。苔丝将来跟着他到巴西去,也许不成问题。那个地方的风土人情和这儿都不一样,在这儿好像没法儿和苔丝同居,到那儿,也许这类事物就会不起作用,总而言之,他很想到巴西去。

有了这番主意,他就回到了爱姆寺,要去对他父母,把这番计划讲明,同时编了一套托词,解释苔丝不能同来的原因。

克莱这番来家,并没通知他父母。因此他一来到,安静的家庭,就立刻骚动起来。他父亲和他母亲都坐在客厅里,他两个哥哥却一个都没在家。

"新娘子哪,安吉尔?"他母亲喊着问,"你怎么也不给个信儿，不声不响地就来了哪！"

"她回她娘家去了——暂时先住一时。我这次回来有点儿匆忙，因为我决定要去巴西。"

"巴西不都是信天主教的吗？"

"是吗？我没想到这一节。"

虽然儿子要到信奉天主教的地方去，叫他们老两口子听来，觉得难过，但是这种心思转眼就忘了，因为他们一心一意所关切的只是他儿子的婚事。

"你报告我们要结婚那封短信，是三个礼拜以前寄到我们这儿来的。"克莱太太说，"接到了信，你父亲就把你教母的礼物打发人送了去了，你们不是已经收到了吗！我们自然觉得，我们都不到场顶好，我们要是去了，我们也不一定会觉得痛快，而且你一定还得受到拘束。你两个哥哥尤其会觉得这样。现在事情既然已经办完了，我们决不埋怨你，尤其是你一心打算种庄稼，她对于你选择的这种事业又最合适，我们更不能反对了……我们自己还没送她礼物哪。不过你别当我们就不送啦，我们不过是等几天就是了，因为我们不知道她喜欢什么。安吉尔，我和你父亲都没有因为这门亲事和你闹别扭的意思。不过我们都愿意先见了她，再对她表示亲热。你怎么没把她带来哪？怎么回事哪？"

"亲爱的母亲，我可以明白地对您说，我老觉得，总得等到她能够不辱没了咱们家，我才能把她带回来。不过我这

次要到巴西去,是新近才打的主意。要是我去得成,我想,我头一次出门儿就带着她,很不方便。她大概得住在她娘家,住到我回来的时候。"

"那么你临走以前,我见不着她了?"

他说恐怕见不着。他要是马上就出国,一年以内,他总必回来一趟,等到第二次出国的时候,他大概可以带着她先见他们,再一块儿出去。

急忙中预备好了的晚饭端了进来,他母亲还是因为没看见新娘子,觉得失望,因此她儿子吃着饭的时候,她老拿眼盯着他。

"你可以形容一下她吗?她很漂亮,是不是?"

"那是当然的!"他的态度很热烈,看不出有什么激愤辛酸的意味。

"她的贞洁和品行,当然也是没有问题的了?"

"不错,都没问题。"

"你上一次说,她的身段很苗条,肌肉丰润;两片深红色的嘴唇儿像丘比特的弓;黑眉毛、黑睫毛;黑油油的一头头发,像一盘大锚缆;两只大眼睛,有点儿紫,有点儿蓝,又有点儿黑,不是吗?"

"不错,妈,我是那么说来着。"

"她的样子简直就出现在我眼前了。她既是住在那种偏僻地方,那她遇见你以前一定很少会见过其他从外面世界来的青年了。"

"不错。"

"你是她头一个情人吗？"

"自然。"

"我儿子既是一心一意要种庄稼，那么，娶一个在庄稼地里作惯了活儿的女人作太太，本是应该的。"

他父亲倒不像他母亲那样打破沙锅问到底。到了晚祷的时候，按照规矩要先从《圣经》里选出一章来诵读，牧师却对他太太说："我想，既是安吉尔回来了，咱们应该读《箴言》第三十一章才合适。"

"很好，"克莱太太说，"应该念利慕伊勒王的言语，那一章顶好，亲爱的孩子，你父亲已经决定把《箴言》里赞美贤妻那一章念给咱们听啦。那一章话是可以应用到不在这儿的那位人身上的，但愿上帝保护她的一切。"

克莱听了这些话，觉得如鲠在喉。轻便的读案从墙角搬了出来，摆在壁炉前的正中间，安吉尔的父亲就开始念起《箴言》第三十一章第十节来——

有才有德的妇人真不易得，因为她的价值，比珠宝玉石都贵得多。不到黎明，她就起床，把食物分给一家的人。她振起精神，使腰臂有力。她知道她所经营的有利可图，她的烛光终夜不灭。她尽心尽力留意家务，她并不是净吃闲饭。她的儿女们都起来，说她有福，她的丈夫也称赞她，对她说，有才有德的女子虽然很多，只有你超过一切。

晚祷作完了，他母亲说——

"我觉得你那亲爱的父亲刚才念的那一章，有些地方，用到你娶的这个女人身上，真是合适极了。你从这一章书里，可以看出来，完善的女人，是操劳勤苦的女人，并不是好吃懒做的女人；是一个用自己的两只手，用自己的热心，给别人做好事的女人。唉，我很想见见她。安吉尔。她既然贞洁纯正，那我也不会嫌她不文雅了。"

克莱听了这些话，再也忍不住了，眼里充满了泪水。于是他就急急忙忙对那两位老人说了一声夜安，到自己的屋子里去了。

他母亲跟在他身后，敲他的门，克莱把门打开，只见她满脸焦虑，站在门外。

"安吉尔，"她问，"你为什么这样急急忙忙地就要出国哪？是不是出了什么岔儿了哪，我总觉得你改了样儿了。"

"并没出什么岔儿，母亲。"他说。

"是因为她吗？哟，安吉尔呀，我知道是因为她，我知道！你们两个在这三个礼拜内吵架来着吧？"

"并不能算是吵架，"他说，"不过有点儿不同的——"

"安吉尔,她做姑娘的时候,她的行为是不是经得起追问?"

克莱太太,本着一个当母亲的本能,一下就把儿子心烦意乱的根源猜出来了。

"她一点儿毛病也没有!"他回答说,同时自己觉得,即便马上就下到地狱里,他也得撒那句谎。

"只要这一层没问题,那么别的方面就都不必管了。她对于礼节规矩,也许不大懂得。叫你起初看着讨厌,不过她跟着你过些日子,经过你的训练陶冶,我敢保一定可以变得文雅大方。"

他母亲由于不知内情,所以才发出这番议论来,但是叫他听来,简直就是尖刻的笑骂。因此他就想起,他的婚姻把他一生的事业全都毁了。实在说起来,他一生的事业怎么样,为他自己,他本不在乎,但是为他父母和兄长,他却很想要把一生的事业做到体面的地步。现在呢,全都完了。他那一阵兴奋错乱的劲头慢慢地冷静下去了以后,有时候不由觉得,他对他父母撒谎,全是叫苔丝所逼,他就对他那位可怜的太太生起气来。

那天夜里,他所轻视责问的那位女人,却正在那儿琢磨,觉得她这位丈夫,非常的完美。但是他们两个人上面,却都笼罩着一团黑影,比克莱所看出来的还要深,那不是别的,那就是他自己的局限性。

其实，他那位年轻的太太，正和任何其他好善恶恶的女人一样地可以当之无愧，因为判断她的道德价值，应该看她所有的倾向，不应该看她所做的事情。不过当时没有先知，把这种情况告诉克莱，克莱自己又不够先知先觉。

40

第二天吃早饭的时候，大家都把巴西当作了谈话的题目。虽然有些到那儿去的农田工人带回来令人扫兴的消息，但是大家却都一心一意，只盼望克莱提议在那儿种地的计划能够成功。吃完了早饭，克莱到小镇上，把他在那儿一些没完结的琐碎事项，都清理了一下，又到当地的银行把所有的存款都提了出来。他回来的时候，在教堂旁边遇见了梅绥·翔特小姐，这位小姐好像是一种和教堂一体、从教堂产生出来的什么。她正给她的学生们抱了一抱《圣经》走来。她的人生观，跟别人的不同，如果有一样事，别人觉得伤心，在她看来，却是一种天赐之福，应含笑接受。这种态度，当然令人欣羡，不过克莱的意见，总以为这是极不自然地牺牲人生、信依神力的结果。

她已经听说他要到外国去了，所以对他说，到外国去好像是一个很好、很有希望的计划。

"不错，为了赚钱起见，得说那个计划有希望，那是没有疑问的。"他回答说，"不过，亲爱的梅绥，那可要把生命的延续嘎吧一下弄折了。也许还不如到一个寺院里去哪。"

"寺院？哎哟，安吉尔·克莱！"

"怎么啦？"

"你想，你这个坏人，上寺院里去就是去做僧侣，作僧侣就是信罗马天主教了。信罗马天主教就是犯罪，犯罪就得下地狱了。安吉尔·克莱呀，你的地位可危险啦！"

"我总觉得我信新教，有光彩！"他严肃地说。

一个人，苦恼到了极点，就有时做起狂乱不经的事来，克莱当时就以这种态度，像魔鬼一般，把他想得出来的最离经叛道的话在她耳边低声说了出来。

"亲爱的梅绥，"他说，"你千万别见怪。我恐怕要疯了！"

她也觉得他是要疯的样子，两个人于是就分了手。克莱把珠宝存在本地的银行里，又把三十镑钱交给银行——叫银行过几个月寄给苔丝，接济她的用度；又写了一封信寄到布蕾谷她娘家，报告他的一切情况。他想，苔丝有了这笔钱，再加上他上一次交到她手里那一笔——大约有五十镑——眼下就很够用了，而且他告诉过她，如果遇到紧急的意外，可以去找他父亲。他觉得，顶好不让他父母跟她通信，所以就没把她的通信处告诉他们。

他和苔丝新婚后在井桥村农舍里住了三天，那房租得给人家，他们住的房间的钥匙得还人家，他们没带走的那两三件零碎东西,也得拿走,所以他离开英国这一带以前,非办不可的一件事,就是到井桥村去一趟。然而在他打开起坐间的门,往里面看的时候,头一个触上心头的,却是他们两个第一次同案而食和握手围炉、促膝闲话的情况。

他到那儿的时候,房东夫妇正在地里,所以克莱一个人在屋里等了些时候。他心中旧感,不期重涌,于是他走上楼去,进了原先她住的那个屋子。床上的被褥毯子还是她离开时的样子。寄生草也仍旧挂在帐子顶下面,不过青翠的颜色都褪了,红果和叶子也都焦枯萎缩了。克莱把它揪下来,塞到壁炉里。他心里各种凌乱的情感,一齐都来了,他满眼含泪,在床旁跪下,沉痛地说:"哦,苔丝啊!你要是早一点儿对我说了,我也许就饶恕你了!"

正在那时,楼下响起了一阵脚步声。他听见后就走到楼梯口,只见楼梯底下站着一个女人,原来是伊茨·秀特。

"克莱先生,"她说,"我特为来看看你和克莱太太,来给你们问好儿。我本来就想到了,你们还会回到这儿来的。"

这个女孩子的隐情,克莱猜着了,但是克莱的隐情,她却没猜着。

"这回就我自己来的。"他说,"我们现在不在这儿住啦。"于是他又解释了一下缘故,接着问,"伊茨,你回家走哪一条路?"

"我不住塔布篱了,先生。"她说。

"怎么哪？"

"因为那儿太没有生趣了，我眼下住在那边儿。"她一面说，一面用手往相反的那一面儿，往他要去的那一面一指。

"是吗？你这阵儿走不走？我可以送你一程。"

她那脸上忽然添了一层红晕。

"谢谢你，克莱先生。"她说。

他把所有这些账目跟那个农人算清后，就回到车上，伊茨也跳上了车，坐在他身旁。

"我要离开英国了，伊茨。"他说，"要上巴西去了。"

"克莱太太喜欢往那个地方去吗？"她问。

"她眼下先不出去，大概一年左右。我先去看看那儿的生活怎么样。"

他们又打着马往东走了老远，伊茨没说话。

"莱蒂怎样啊？"

"我上一次见她的时候，她瘦得脸腮都塌下去了。再不会有人爱她了。"伊茨心不在焉地说。

"玛琳哪？"

伊茨把声音放低了说："玛琳喝上酒啦。"

"真的？"

"可不是。奶牛场老板辞了她啦。"

"你哪？"

"我没喝上酒，身体也没垮。可是——我不像从前那样

爱唱了。"

"为什么？你从前老是唱《在爱神的园里》和《裁缝的裤子》，唱得那么好听！"

"啊！你刚到奶牛场那几天，先生，我是高兴唱来着。过了几天我就不啦。"

"为什么不啦？"

她那双大眼睛往他脸上看了一下，算是答复。

"伊茨！你太没出息了，不就为的是我吗！"他说，"如果我当时向你求婚，你怎么样哪？"

"我自然要答应你，你自然要娶到一个爱你的女人了！真的！千真万确！"她使劲说。

走了不久，就走到一个村庄的岔道。

"我得下车啦。我就住在那边儿。"伊茨突然说。

克莱把马放慢，他对于自己的命运，一时非常地愤怒起来。对于社会的礼法，一时非常地痛恨起来，为什么不对社会采取报复的态度呢？

"伊茨，我这次一个人到巴西去，"他说，"我太太不去，因为我们两个闹了别扭，也许我们永远也不能再同居了，我不知道爱不爱你——不过你能和我一块儿去巴西吗？"

"你当真要我和你一块儿去吗？"

"当真，我已经受够了罪了，你至少可以说是毫无私心地爱我。"

"我愿意去。"伊茨待了一会儿说。

"你愿意吗?你明白那是怎么回事吧,伊茨?"

"那不是说,你在那儿的时候,我和你在一块儿住吗?我觉得很好。"

"你要知道,你现在不能再把我看成一个正人君子了。同时你还要明白,那样咱们就犯了罪了。"

"我不管这些东西。一个女人,遇到了难过的事,又没有法子躲避,就不管这些了。"

"那么你就别下车啦,坐着好啦。"

他又赶着车往前,越过了十字路口,始终也没有什么爱的表示。

"你很爱我,是不是,伊茨?"他忽然问道。

"我不是已经说过了吗?咱们都在奶牛场里那会儿,我没有一时一刻不爱你的。"

"比苔丝爱得还厉害?"

她把头摇晃。

"不,"她嘟哝着说,"不能比她还厉害。"

"怎么哪?"

"因为没有人爱你能比苔丝爱得还厉害的……她为你能把命都豁出去。"

伊茨本想任意反说一阵,但是苔丝的为人,对她有一种魔力,叫她不能不说苔丝的好话。

克莱没想到,会从一个无瑕可指的人那里听到这番公正的话,心里立时感动了,他喉头有一样东西哽住了。

"伊茨,咱们刚才说的都是瞎话,你可别拿着当了真的。"他忽然把马头勒转过来说,"连我自己都不知道我说了些什么!我现在把你送回去吧。"

"这就是我把真心掏给你的下场了!哦——这可叫我怎么受得了哇!"

伊茨·秀特放声大哭起来。

"你这是对苔丝做了点可怜的好事,伊茨啊,你别后悔,一后悔就不能算做好事儿了!"

"好吧,先生。我答应你,我自己也不知道我都说了些什么!"

"因为我已经有了一个爱我的太太了。"

"不错。你有了一个爱你的太太了。"

他们又回到那股岔道,伊茨跳下车去了。

"伊茨——请你千万别把我那一阵轻薄记在心里,"他喊着说,"那只是一时的胡闹!"

"不记在心里?不能不记在心里!在我看来,那可并不只是轻薄呀!"

他跳下车去,拉着她的手说:"伊茨,无论怎么样,咱们还是好离好散,唉,你不知道我近来都受了什么样的罪呀!"

她是一个真正宽宏大量的女孩子，没再露出悲愤辛酸来。

"我不怪你了，先生！"她说。

"伊茨，"他强以晓事人的态度自居说，"你见了玛琳，替我对她说，叫她做一个好人，叫她别再由着性儿胡闹啦。你还要告诉莱蒂，世界上比我好的人多着哪，你叫她看在我的份上，一切往正道上走。——你记住了这句话没有？伊茨，你算是把我救了。我刚才简直是令人想不到，在一阵冲动之下要背信弃义。你谈到我太太，说了实话才把我救了。就冲着这一件事，我这一辈子都忘不了你。你以后务必要永远跟你以前一样的忠厚、诚实。你要把我看做是一个没有价值的情人，但却是一个忠实的朋友。你得答应我。"

她答应了。

"愿上帝保护你，先生，再见！"

于是克莱赶着车往前走了。但是克莱刚刚离开了她跟前，她刚刚转到了篱路上，就痛苦地猛然把身子投到地上。等到深夜，她回到家时，她的脸紧绷着，非常不自然，至于和克莱分手后，她做了些什么，谁也不知道。

克莱和那位女孩子告别以后，也是满心痛苦。那天晚上，他只差一丝一毫就要撇开往最近的那个车站上去的路，只差一丝一毫，就要勒转马头往苔丝的家里去了。可是他没有那么办，因为他总觉得，固然苔丝很爱他，像伊茨所说的

那样，但是事实本身却依然没有改变。如果他起初没错，那他现在也不会错。他那个晚上，坐火车到了伦敦，五天以后，就在泊船的地方，和他两个哥哥握手道别了。

41

现在让我们说说克莱和苔丝分手八个多月以后的十月里的一天。这时候的苔丝，情况完全改变了，孤零零的，自己携带一篮一囊，和还没做新娘子以前一样。本来她丈夫，在这个过渡时期里，给了她生活的费用，现在她却只剩下一个瘪了的钱袋了。

上一次她又离开故乡马勒村以后，她大部分的光阴，都是在布蕾谷西面离故乡和塔布篱一样远的布蕾港附近度过的。她在那儿的奶牛场里，做些轻省的零活儿，没费许多气力就混过一春和一夏的时光。她宁愿这样自食其力，不肯靠克莱给她的那些钱过活。

自从苔丝离开塔布篱以后，再没找到雇长工的地方，只是给人家做些零活儿，当个短工，所以一到奶牛出奶稀少起来的时候，奶牛场里就没有她的事儿了。不过现在秋收来到，从有牧场的地方转到有庄稼的地方，依然可以找到许多工作，这种工作，一直使她继续到秋收过去。

克莱原先给她那五十镑钱里面，她提出了二十五镑给了她父母，算是报答他们为她所受的辛劳，所费的赡养，剩下的那二十五镑,她还没怎么动用。不过现在到了不幸的雨季,因此她只得去动用那些金煌煌的金镑了。

她真舍不得把那些金镑花掉。因为它们是安吉尔亲手交到她手里的,它们沾有他的手印儿,因此它们就成了神圣的纪念品——要是把它们花掉了,那岂不就等于把纪念品扔掉了一样吗!不过,她没有法子,非花它们不可。

她从来没把她的境遇向父母透露过。正在她快要把钱都花完了的时候,她母亲给了她一封信。信上说,他们家的情况特别艰难,房上的草顶儿都叫秋雨淋透了,非重新修理不可。又说,楼上的椽子和天花板怎么都应该更换新的。要是把这些事全都做了,通共得用二十镑钱。既然她丈夫是个有钱人,那他能不能帮他们这笔钱呢?

这封信差不多刚寄到,克莱存钱的那个银行,就给她寄来了三十镑钱。她看她父母的境况那样窘迫,所以她收到了那三十镑钱以后,马上就寄了二十镑去。她又用剩下的十镑置了几件冬天的衣服,这么一来,她预备过冬的款项就全用完了。

从前克莱告诉过她,说如果她有什么困难,叫她去找他父亲。但是苔丝越琢磨,越不愿意采取那个办法。因为克莱已经给了她好些钱了,他的父母大概早就看不起她了,现在再和要饭的一样,更要招人家看不起了!这样考虑过以后,她就决定,不论怎么,都不肯让她的公公知道她的困难。

她心里想,将来日久天长,她不愿意和她翁姑通音信的心情,也许会渐渐消失,不过对于她父母,情况却恰好相反。她结了婚,在他们家里住了几天,以后又离开了他们,那时候,他们还以为,她到底是去找她丈夫,又和她丈夫和好了。从那时到现在,苔丝任其自然,一直就让他们相信,她是在那儿过着舒服日子,等她丈夫回来的。因为她自己就从无望中找希望,一心只盼望丈夫到巴西去,不会待很久,一定会很快就回来,回来以后,不是自己来接她,就是写信给她叫她去。总而言之,她只盼望,他们不久,就可以二人协力,对于家人,对于外人,都作出一种和好如初的表现。

她家里的人,本想她这回结了一门能光耀门楣的好亲,能把头一次的家丑遮掩过去,现在要是再对他们说,她是一个弃妇,把自己的钱接济了他们的急难之后,现在全靠自己的一双手谋生,那岂不太令人难堪了吗?

她现在又想起那一套钻石饰品来了。克莱把它们存在什么地方,她是不知道的。并且,如果这些钻石,她当真只有使用权,没有变卖权,那么,知道不知道也没有什么关系。

同时,她丈夫过的日子,也绝不是没灾没难。在那个时候,他正因为让雷雨淋了几次,又受了许多别的苦难,得了热病,卧床不起。同时还不止他一个人,还有许多别的英国农人和农田工人,那时节,也都在巴西受罪。

我们且不提克莱卧病,接着再讲苔丝的情况好啦。她把她最后一个金镑花了以后,可就没有别的钱来补充它们空下来的位子了。同时,又由于季节的关系,找事越来越难。她老不去找户内的工作,因为她不知道,有智力、有体力、又干得了的人,无论在哪里,都是非常缺少的。她只是害怕市镇和大户,害怕深于世故的人家,以及礼貌和乡下人不同的人家。因为她那种种烦恼,就是由那种文明优雅而来的。

布蕾港西面那些她在春天和夏天做挤奶短工的小奶牛场,现在不再雇她了。要是她再回塔布篱,固然那儿不一定就用人手儿,但是老板就是仅仅为可怜她起见,也决不会不给她一个栖身之地的。不过她现在这种一落千丈的情况,是叫人受不了的。她不愿意被他们怜悯,更不愿意看他们互相耳语,议论自己的稀奇身世。

现在,她正往本郡中部一个高原上的农庄走去。原来玛琳给了她一封信,介绍她到那儿去,玛琳不知怎么知道了苔丝和她丈夫分离了——大概是听伊茨·秀特说的——这个好心眼儿而现在喝上了酒的姑娘,以为苔丝受了窘了,就急忙给这位老朋友写了一封信,说她自己离开奶牛场以后,就来到这片高原农田上,现在那儿还可以再用几个人手。

冬日来临,白昼变短,那时候,苔丝开始放弃了对她丈夫饶恕她的一切希望。同时,她一路走去的时候,她的心情跟一只野兽的差不多一样,因为她只听本能支配,一切不加思索。

苔丝这样孤身一人，自然有许多困难，而这些困难之中顶讨厌的，是她的模样儿所引来的男人的殷勤。她现在受了克莱的陶冶，在原来天生的吸引力之上，又添了举止的文雅。起初她穿的衣服还是结婚那时候的，那时候，偶然对她垂青的人，还不敢有什么放肆的情况。但是后来这些衣服都穿坏了，她不得不穿上地里女工的服装了，因此就有好几次，有人当面对她说粗野的话，不过直到十一月里某一个下午，还没发生什么于她实际有害的事情。

她本来愿意到布蕾河西面那块地方上去，不愿意到她现在投奔的这片高原上去，因为布蕾河西面那块地方，比这片高原离她公婆的家近，而且在那块地方上，别人不认识自己，自己却能有一天，打定了主意到牧师公馆去，这种想法使她感到快乐。不过一旦决定了要往比较高爽干燥的地方去，她就转身东来，一直朝着粉新屯村徒步走去，打算在那儿过夜。

冬天黑得很快，不知不觉就是黄昏时候了，她正走到一个山顶，再往前去，就看见下山的篱路时隐时现。正在那时候，她听见身后有脚步声，不到几分钟，就有一个人来到跟前，他走到苔丝身旁，开口问："漂亮的大姑娘，你好哇？"对于这句话，苔丝客气地回答了。

那个人转过身来，瞪着眼直瞧她。

"哟,你就是从前在纯瑞脊住过的那个大妞儿——跟年轻的德伯少爷有过交情,是不是?那时我也在纯瑞脊。"

苔丝认得,这不是别人,正是在客店里对她说粗蛮的话、叫克莱打了的那个村夫。她只觉一阵难过,嘴里没说什么。

"你不要撒谎,承认了好啦。还有那回,我在那个镇里说的话,你也承认了好啦。怎么啦,我的机灵妞儿?你那位情人还发脾气哪。他打我那一下,照理说,你该替他认错儿才对。"

苔丝仍旧一言不发。她怎么这么倒霉,到处都是紧追不放的对头呢!她冷不防地抬起腿来,就一阵风儿似地往前跑去,连头都没回,一直顺着大路,跑到了一个一直通到一片种植林的大栅栏门。她投到那片树林子里,一直到树林子的深处,才住了脚。

她脚底下是一片干枯的落叶,还有一些冬青树,生长在落叶树中间,叶子很密,可以挡风,她把枯叶敛到一块儿,聚成一大堆,在它中间作了一个窝儿的样子。苔丝就爬到那个窝儿里面。

她那天晚上,就是睡得着,当然也绝睡不稳。她老觉得,耳边上有奇异的声音,却又自己劝自己,说那只是微风刮的。她想起她丈夫来:她在这儿的冷风里,他大概正在地球那一面儿上不定哪儿、一个天气暖和的地方吧。

苔丝想到自己白白荒废了的生命，就说："凡事都是空虚。"后来她又想，这种思想如今极不适用。所罗门想到这一点的时候，已经是两千多年以前了；她自己呢，虽然不是思想先进的人，却比所罗门进步得多了。如果凡事只是空虚，那谁还介意呢？她想到这儿，就把手放到前额，摸索额角鬓边和眼角眉梢，她一面摸索，一面想，将来总有一天，这些地方的骨头都要露出来。

"我倒愿意现在就那样。"她说。

她正在那儿胡思乱想的时候，忽然听到好像又有一种怪异的声音，从树叶子中间发出。听了一会，她就断定，这种声音是什么野生动物发出来的。后来她听出来，声音来的地方，是她头上那些树枝的中间，并且声音发出来以后，跟着就有一件沉重的东西掉到地上，她更相信那是野生动物了。如果她当时处的不是那样的境遇，处的是较好的境遇，那她听了这种声音，一定要大吃一惊。但是，在现在这个时候，除了人类以外，她不怕别的东西。

后来天上到底露出曙色来了。不过天空里亮了一会儿以后，树林子里白昼才出现。

一会儿那叫人放心而平常无奇的亮光已经强烈了，万物也都活动起来了，那时候，苔丝就立刻从那一堆像小丘的树叶子里面爬了出来，往四面查看了一下，然后才明白了晚上搅扰她的是什么东西。在那些树底下，躺着好几只山鸡，它们的羽毛上都沾满了血迹，有几只已经死了，还有些在喘气儿——所有这些鸟儿，没有一只不是痛苦万状的，那些夜里死去了的，还算运气好。

苔丝立刻就猜出这是怎么回事来了。原来这些鸟儿，都是昨天让一群打猎的追到这个角落上来的。那些中了铁砂子立刻就死了的，或者在天黑以前就断了气儿的，都叫打猎的找着了拿走了，有好些受了重伤的，都逃走了躲藏起来，或者飞到上面枝叶稠密的地方，在树上勉强挣扎了一些时候，后来因为夜间流的血越来越多，就支持不住了，所以才一个一个掉到地上，像她听到的那样。

苔丝本是个慈悲为性的人，当时一见这种情况，不由得发了恻隐之心，觉得这些鸟儿的痛苦，就是自己的痛苦。她第一个想到的，就是给那些还没死的鸟儿解除痛苦。于是她就把所有那些她找得到的鸟儿，都一个一个地把它们的脖子亲手弄断了。

"可怜的小东西，看到你们受了这样的罪，还能说我自己是天地间顶痛苦的人吗！"她一面把它们弄死，一面泪流满面地说，"我在身体方面，并没受一针一刺的痛苦啊！我的四肢，并没受伤损残害啊，我也没血流不止啊，并且我还有两只手来挣饭吃，挣衣服穿哪。"她想起夜间自己的颓丧，觉得很自羞自愧，她那种颓丧，其实并没有什么真实的根据，不过是因为她觉得自己触犯了一条纯系人为、毫无自然

基础的社会法律，是一个礼法的罪人罢了。

42

现在天已经大亮了，苔丝又起身从树林子里出来，很小心地上了大路。其实她用不着小心，因为眼前连一个人影儿都没有。于是苔丝就毅然地往前走去，因为，她想起那些鸟儿，昨天一夜，都默默忍受痛苦，她就觉得，天地间的痛苦，原来有大有小，自己的痛苦，只要她能不把别人的意见放在心上，也并非不能忍受。但是现在既然克莱也是这样的意见，那她怎么能不把它放在心上呢。

她走到粉新屯，在一个客栈里用早饭，那儿有几个小伙子都奉承她长得好看。这种情况，倒叫她生出了一种希望，因为她丈夫也许还能对她说这种话呀。既然这样，那她一定得小心谨慎，躲开这些人。所以她刚一走到村子外面，就进了一丛杂树中间，把一件顶旧的女工衣服从篮子里取了出来。又灵机一动，从行李捆子里，取出一条手绢儿，用它把露在帽子底下的脸四围兜起，把整个的下巴、半个脸蛋儿、两个太阳穴，全部遮盖。接着她用一把小剪子，毫不顾惜地把眉毛一齐都镊掉，这么一来，管保没人再和她搭讪了，这才又往崎岖不平的路上走去。

"这个大姐，怎么弄得怪模怪样的！"她往前走，一个路人跟他的同伴说。

她听见了这句话，就满眼含泪，可怜起自己来。

"不过，我不在乎！"她说，"从此以后，我永远要往丑里装扮，因为安吉尔不在我跟前，没人保护我。他离开我了，再也不会爱我了，不过我还是只爱他一个人，恨所有别的男人，我愿意别的男人都拿白眼看我！"

苔丝就在这种情况下，往前走去。她看起来，完全是一个地里的女工，穿着冬日的服装，上身是一件灰色的哔叽半身斗篷，脖子上是一条红色毛领巾，下身是一件毛呢裙子，外面罩着一件粗布外罩。看她的外面儿，简直是毫无生气，差不多就是一个无机体，但是她的内心，却是活动跳跃的生命的一本记录，以她那样的年纪而论，算得上是饱经了人世的悔恨耻辱，尝遍了脆弱爱情的欺骗。

第二天虽然天气很坏，她还是照旧往前跋涉，因为她既是想要找到一冬的糊口之资，当然一时一刻都不能耽搁，她从前的经验让她决定不再做短工的活儿。

她朝着玛琳写信叫她去的那个地方走去。她拿定主意，打算在真正没有其它办法的时候才到玛琳叫她去的那地方干活，因为她听说那个地方非常艰苦。她起初想找挤牛奶、养鸡鸭的地方，因为这是她顶喜欢的。这一类活儿找不到，就又找比较繁重的活儿。后来找来找去，都找不到，她只得去找农田上的工作了。

第二天靠近黄昏的时候，她走到一片高低起伏的白垩质台地或者高原了。这儿的空气,又寒冷、又干燥,那些绵绵的车路,下过雨以后,过不了几个钟头,就叫风吹得白茫茫的一片尘土了。在她前面不远不近的地方,她可以看见野牛冢和奈岗堵的山顶,都仿佛和蔼可亲,不过她小时候从故乡布蕾谷看它们,却都好像是直入云霄的高城峻堵。在她面前,坐落在一块稍稍低洼的地方上的,是一个残破零落的村庄。

原来她已经走到棱窟槐了,已经到了玛琳做工的地方了。她一看四围的土质那么贫瘠,就知道这儿的工作,一定是最艰苦的。不过她已经尝够了寻找工作的滋味,不想再飘荡了,决定在这儿待下去,尤其是那时正下起雨来。村口有一所小房儿,它的山墙往大路上突出。她先不去找寓所,先在那堵山墙下面站住了避雨,同时看着暮色四面拢来。

"谁会想得到,我就是安吉尔·克莱太太哪!"她说。

她把肩膀和背脊靠在山墙上,觉得山墙很暖和,她再一看,原来那所小房儿的壁炉,就修在山墙那一面儿,现在炉里的暖气,隔着砖墙,透到外面来了。她于是就把手放在墙上取暖,同时把脸也靠在令人舒服的墙上面,因为她的脸叫雨丝淋得又红又湿了。

苔丝能听见屋里的人谈话的声音,杯盘相碰的声音也能听见。但是在那个村庄的街道上,她却还没看到一个人影儿。到了后来,那种寂静才让越来越近的一个女子模样的人打破了。她穿着夏季的印花布长衫,头上戴着遮檐软帽。苔丝出于本能,总觉得这个人会是玛琳,等到那个人走近了,她一看果然是玛琳。玛琳比以前更胖了,脸上也比以前更红了,可是身上的衣服却比以前更褴褛了。要是在从前,无论哪会儿,苔丝也不见得肯和玛琳重叙旧交;但是现在她太寂寞了,所以马上就和她应答起来。

玛琳固然模糊地听说过苔丝和她丈夫分离的情况,但是她一看苔丝现在并不见得比从前更好,好像不由得替她难过起来。

"苔丝啊——克莱太太啊!怎么到了这步田地啦,我的乖乖?你把脸蛋儿裹起来干什么?有人打你了?"

"不是,不是!我把脸裹起来,只是不愿意让别人跟我搭讪,玛琳。"

她于是把那一块裹脸的手绢从脸上揪了下来。

"你怎么没戴领子啊?"(苔丝在奶牛场的时候,老戴着个小白领子。)

"不错,没戴,玛琳。"

"你在路上丢了吧?"

"并不是丢啦。我实对你说吧,我对于我的外貌,一点儿都不在乎了,所以我没戴。"

"你结婚的戒指也没戴吗?"

"戒指我可戴着,不过没戴在外面儿,不想让人看见。"

我把它拴在一根带子上，戴在脖子上，我不愿意别人知道我结过婚，现在我过这样的生活，要是叫人知道了我结过婚，那有多难为情。"

"可你是一位地道的上等人的太太呀！叫你过这种日子，不大应该吧！"

"应该，虽然我很苦恼，可实在很应该。"

"你嫁了他，还会苦恼！"

"做太太的有时就得苦恼。这并不是她们那些丈夫的错处，完全是她们自己的错处。"

"我知道，你是没有错处的。他也没有错处呀。那么，这种错处一定是外来的了。"

"亲爱的玛琳，别问我了，行不行？我丈夫到外国去了，他给我的钱叫我花完了，所以我又得自己挣饭吃了。你还是叫我苔丝好啦。他们这儿要不要新手？"

"要，多会儿有新手，他们多会儿要，因为谁肯上这个地方上来！我在这儿不要紧，可是像你这样的人也跑到这儿来，我可真替你难受。"

"不过你从前不也和我一样，是挤牛奶的好手吗？"

"不错，是啊。可喝上了酒，我就不能再干那种活儿了。他们要是雇了你的话，你就得刨萝卜。恐怕不喜欢干那种活儿吧？"

"哦，什么活儿都成！你替我荐一下吧！"

"你自己荐更好些。"

"好吧，不过玛琳，你可不要再提起他来，我不愿意让他的名声受到玷污。"

玛琳答应了苔丝。

"今儿晚上发工资，"她说，"你要是跟着我去，你马上就可以知道他们用不用你。你苦恼，是因为他不在这儿，对吗？要是他在这儿，就是他把你当苦力一样地使唤，你也不会苦恼吧。"

"不错，我不会觉得苦恼。"

她们两个，一同往前走去，不久就走到农舍前面了。只见那所农舍，非常荒凉，苔丝站在农舍的门外面，等到工人们都把工资领走了，玛琳才把她带到里面，给她介绍了一下。那天晚上，好像农人自己并没在家，一切都由他太太代办。她问了问苔丝，知道苔丝肯工作到旧历圣母节就把她雇下了。

苔丝在合同上签了字以后，除了找寓所之外，当下就没有别的事儿了。

就在有山墙给她暖手的那个人家，她找到了一个寄寓的地方。这种生活自然得算是非常简陋，但是无论怎么样，一冬的栖身之地，却不用发愁了。

那天晚上，她写了一封信，把她的新住址报告了她父母，为的是如果她丈夫有信寄到马勒村的时候，好再转寄给她。

43

　　玛琳说棱窟槐这个地方,只是一片穷山,这种形容,一点也不过分。在这块土地上,除了玛琳以外,就找不出其它胖胖大大的东西来,玛琳却又是外面来的货色。

　　虽然如此,苔丝还是动手工作起来。苔丝现在很有耐性了。苔丝和她的同伴刨瑞典萝卜的那块地,有一百多英亩那么大,在那一带的农田上,它的地势最高,上面净是松松的白色棱石,成千累万,像球茎、新月和阳物的样子。每个萝卜露在地上的那半截,都早已经叫牲畜吃得干干净净的了,现在这两个女人所要做的,是把埋在地下的那半截,用一种带钩儿的铁耙刨出来,好喂牛羊。萝卜的绿叶已经完全被吃光了,所以那一片土地全都是使人感到凄凉的黄褐色。地上是这种状态,天上也正相同,不过颜色不一样,好像一张没有鼻子没有嘴的白脸。

　　没有一个人走近她们身旁,她们的动作像机械一样死板。她们每人身上,有一件粗布工人服,把她们完全围住——这种东西,是一件带袖子的褐色护襟,背后有钮子,一直扣到底下,护着袍子,免得叫风吹动——她们的下身是露出点边儿的袍子下摆,再底下露着靴子,她们手上是黄色羊皮手套带着护腕。带遮掩的风帽,让她们那种低垂着的头显出一种沉思的样子,叫人看来,就会想起意大利初期画家心目中那两位玛利亚。

那天下午，又下起雨来，玛琳曾提议过，说他们不用再工作了。但是不工作，就得不到工钱，因此她们还是工作下去。雨点像玻璃碴子一般，打到她们身上，一直把她们两个完全淋透了。苔丝到了现在，才真正体味到了叫雨淋透了的滋味。

原来淋湿的程度，有种种的差别，平常说叫雨淋透了，只是稍微让雨湿着了一点儿而已。但是像她们现在这样，在地里有耐性地慢慢工作，先觉得小腿和肩膀叫雨淋湿了，然后觉得大腿和脑袋叫雨淋湿了，然后觉得后背、前胸和两腰，也叫雨淋湿了，同时还要继续工作，一直到铅色的亮光渐渐减少，证明太阳已经西下，才停止工作。然而她们两个，对于雨淋，却并不像我们所设想的那么觉得难受。因为她们两个，都是年轻人，又正叙谈从前在塔布篱同居一处、同爱一人的时光，叙谈那片使人快活的绿色平野，在那里，慷慨的夏季，曾经布施了许多礼物，在物质上大家有份，在情感上却对她们独厚，所以就顾不得风雨的吹打了。苔丝本来不愿意和玛琳谈起那个只是法律上的丈夫，但是这个题目，却有很大的魔力，所以玛琳只一提起它来，她就不知不觉地和她应对起来，因为这样，所以那一下午，虽然湿淋淋的帽子上那块遮掩的帘子，往她们的脸上打得拍拍地响，虽然湿淋淋的粗布外罩，沉重累赘地箍在她们身上，但是她们两个当时看见的,却是她们脑子里那个阳光普照、情思缱绻的塔布篱奶牛场。

"天气好的时候,你从这儿能看见离芙仑谷不到几英里的一溜小山。"玛琳说。

"啊!是吗?"苔丝说,同时立刻觉得这个地方有从前没想到的好处。

下午慢慢地过去了,玛琳从口袋儿里掏出一个酒瓶子,请苔丝喝酒。但是苔丝当时的想像力就已经够让她身入幻境的了,并不需要酒来帮助,所以她只喝了一口,就不再喝了。于是玛琳就自己大喝起来。

"我这阵儿已经喝上瘾了,"她说,"离不开它了。只有这桩东西还可以安慰我,我是情场失意的人,你是情场得意的人,你还看不出来吗?所以你不喝酒,也一样能过下去。"

苔丝觉得,自己的失意,正跟玛琳一样,不过再一想,她在名义上到底还是安吉尔的太太啊,这也值得自尊自傲的了。

苔丝就在这种光景里,不管早上上冻,也不管下午下雨,辛辛苦苦地工作。不过苔丝仍旧抱着满怀的希望,因为她总觉得,在克莱的性格里,宽厚仁恕是主要的成分,他这种心肠,将来一定会让他重新来俯就她。

玛琳喝足了酒,高兴起来,就把地里的那种奇形怪状的棱石捡出来,跟着就忍不住尖声笑起来。苔丝却老是正颜厉色,不说不笑。在这儿虽然看不见芙仑谷,但是她们却不时往那方向了望,一面把眼睛瞅着那片把她们的眼光隔断了的迷雾,一面琢磨旧日塔布篱奶牛场里的光景。

"啊,"玛琳说,"我真想让咱们的旧伙伴再多来一两个!那样的话,咱们天天在这儿干活儿的时候,就能把塔布篱带到地里来了,就能嘴里老讲他了,就能老讲咱们在那儿过的那些好日子!"玛琳一想起旧日的光景,就激动起来。"伊茨·秀特这阵儿正在家里待着没事儿,这我知道。我写一封信给她,告诉她咱们都在这儿,叫她也上这儿来好啦。莱蒂的病这阵儿大概也好啦。"

对于这个提议,苔丝无可反对。她第二次听见这个把塔布篱旧日的快乐重新引到这儿来的计划,是两三天以后,那时玛琳告诉她,说伊茨已经有回信,答应她能来就来。多年以来,都没有像那一年的冬天那样的。有一天早晨,那几棵孤零零的大树和篱间的棘树,都好像脱去了一层植物的皮,而换上了一层动物的皮。每一根树枝上,都盖了一层白绒,仿佛一夜的工夫,树皮上都长了一层毛,粗细增加了四倍。

过了这一阵上冻而潮湿的时期,跟着来的是一个一切都冻得硬邦邦的时期。在那个时期里,奇怪的鸟,都不声不响地从北极后面飞到棱窟槐这块高原上来。它们都是又瘦又秃,形同鬼怪的生物,眼里都含着凄惨的神情,因为它们在人迹所不能到的北极地带,在寒气凝固血液、人类无法忍受

的空气里，曾经亲眼见过奇伟可怕的景像；曾经叫狂风暴雪和翻天覆地的洄漩，把眼睛弄得半明半瞎；它们的面目仍旧还保留了饱尝那种风光的神气。这些无名的怪鸟儿，跑到离苔丝和玛琳很近的地方，注意着那两个姑娘拿着铁耙刨地那种细微动作，因为那种动作，能够掘出一些使它们吃得津津有味的东西来。

于是有一天，这片空旷高原上的空气里，出现了一种不是由雨而来的潮气，不是由冻而来的寒气，这种天气叫她们两个的眼珠发酸，叫她们两个的前额发疼，而且一直钻到她们两个的骨头里，她们感觉到这种情况，就知道要下雪了，果然，那天晚上下起雪来。

苔丝晓得刨萝卜的工作是不能进行的了。她在那盏小小的孤灯旁边吃完了早饭的时候，玛琳来了，说她们得到仓房里，跟别的女工们一块儿理草去，理到天气好了的时候为止。因此，她们把顶厚的围裙围在身上，把脖子和前胸，都用毛围巾紧紧围住了，然后才起身往仓房走去。这一场雪，像一根白色的大云柱一般，随着那些鸟儿，从北极一直来到这儿。狂风闻起来，好像带着冰山、北极海、鲸鱼和白熊的气味，它呼呼地把雪吹得扫地横飞，不能落下成堆。她们两个侧着身子，在风雪漫漫的地里，往前挣扎着走去，尽力靠着树篱避风的地方，其实那时的树篱，不但不能把风雪遮住，反倒把风雪筛过。

空气叫一片灰色的雪弥漫得一片灰黯，同时却又把雪弄得盘旋回转，杂乱纷纭，那种情况，叫人想起天地混沌、无形无色的状态。但是她们这两个年轻的女人，还是高高兴兴地往前走去，一片干燥的高原上这样的天气，本身并不足以使她们的情绪低落。

玛琳说："亲爱的，我想你丈夫这阵儿一定正叫太阳烤着哪。天哪，他这阵儿看得见他这位漂亮的太太就好啦！这种天气把你冻得更好看了。"

"你别对我谈他啦，玛琳。"苔丝正颜厉色地说。

"呃，不过，难道你心里就没有他吗？真没有他吗？"

苔丝没回答，只满眼含泪，把身子转到她想象的南美洲所在的方向，撅起小嘴儿来，在风雪里望空飞了一个热烈的吻。

"唉，我就知道，你心里无时无刻不惦记着他。可是，我说句话，你们两口子这样过法，可实在古怪！好吧，我不说啦！不过，理草比刨萝卜吃力得多啦，那种活儿，我还做得来，因为我腰粗背阔，东家怎么会叫你也干这个哪？我真不明白。"

她们来到了仓房，那儿头一天晚上，就已经把女工们今天足够理一天的麦秆搬了来，放在理草的机器上了。

"哟，伊茨也在这儿啦！"玛琳说。

不错，走上前来的正是伊茨。她是昨天下午从她母亲家里起身往这儿来的,天黑以后才到了这儿,她在酒店里过了一夜。原来这儿的农夫和她母亲在集上商议好了,说要是她能今天来,就雇她。

除了苔丝、玛琳和伊茨以外,还有两个女人,都是从邻村里来的,她们是姊妹俩。苔丝刚一看见她们两个,就吃了一惊,原来一个是黑桃王后卡尔,一个是她妹妹方块王后——在纯瑞脊半夜要和苔丝打架的,就是这两个女人。她们好像不认识苔丝,也许真不认识,因为吵架那次,她们本来就喝醉了,并且她们在纯瑞脊也是暂住。她们是出名的理草好手,因此很有点看不起她们三个。

机器是一个架子,两头有两根柱子,中间有一根横梁,横梁底下,放着一捆一捆的麦子,她们五个都带上手套,排成一行,站在机器前面,动手工作起来。不久,她们听见了外面雪地上,有沉重的马蹄子声,跟着那个农夫就来到仓房门口。他一直走到苔丝跟前,从旁边往苔丝脸上直瞧。苔丝起初没回头,但是那个农夫老那么盯着她,她就转身看了一眼,只见那个农夫不是别人,正是在大道上惹她飞奔的那个纯瑞脊人。

他在旁边站着,等到苔丝抱着麦穗往外面大堆上送去以后,他才对她说:"原来你就是那个对我无礼的小媳妇!我刚一听说,新雇了一个女工,我一猜就知道你。哼,你觉得,头一回在客店里,你有情人保镖,占了我的便宜,第二回你又仗着腿快，又占了我的便宜，是不是？这回你可逃不出我的手心儿去了。"

一面是那两个虎背熊腰的姊妹，一面是这个恩怨分明的农夫，苔丝夹在这二者之间，好像一只小鸟儿，陷在夹网里一样。她当时一声也没敢言语，只继续抽麦秆儿。她看出来，他只因为让克莱打了，要在她身上出气就是了。

"我看你那回好像觉得我是爱上你了，是不是？我叫你在地里给我做一冬活儿，你这个丫头就一定知道我是不是爱你了。你不是签了字，答应做活儿作到圣母节吗？我说，你对我说不说抱歉的话？"

"我觉得你应该道歉才是。"

"好，那随你的便儿好啦。咱们走着瞧，看这儿到底谁比谁大。这就是你今天理的麦秆儿吗？"

"是，先生。"

"就这一点儿吗？你看人家，"他指着那两个又粗又壮的女人说，"别的人也都没有不比你强的。"

"她们从前都做过这种活儿，我可并没做过，我怎么能跟她们比哪？再说，这本是计件的活儿，做多做少，于你并没有关系呀。"

"你说没有关系就行了吗？我要把这个仓库早早清理出来。"

"那么她们走的时候，我不走，我还在这儿做活好啦。"

他满脸怒气地看了她一眼就走了。苔丝觉得,她不能遇到比这个更坏的地方了。不过无论什么,都比人家对她献殷勤好一些。到了两点钟的时候,那两个女工就把她们的镰刀放下,每人把最后一捆麦秸束好,起身走了。玛琳和伊茨本来也想走,但是听说苔丝因为手头慢,要再干些时候,她们两个就不肯把她一个人撂在那儿。玛琳抬头往外看了一看说:"好啦,这儿都是咱们自己的人了。"于是她们的谈话转到旧日奶牛场里的生活上去了。

"伊茨、玛琳,"安吉尔·克莱太太威仪严肃地说,"我现在不能像从前一样,和你们一块儿谈论克莱先生啦。因为他虽然现在跟我分离了,但终究还是我丈夫啊。"

伊茨说:"论起作情人儿来,他倒极漂亮,可是论起作丈夫来,他刚结婚就离开了你,可不大温存体贴。"

"他那是不能不走,他要去考查田地!"苔丝替她丈夫分辩说。

"就是那样的话,他也应该让你度过这个冬天哪。"

"啊——那是因为一点儿误会,咱们不必辩论啦,"苔丝哽咽着说,"再说,他在什么地方,我也总能知道。"

她们三个没再开口,只是一面默默地沉思,一面把麦穗把住,把麦秆理出,夹在胳膊下面,用镰刀把麦穗削下。忽然之间,苔丝软成一团,倒在脚下一堆麦穗上。

"我早就知道你必定受不住嘛!"玛琳说,"总得比你更壮实的，才做得了这种活儿。"

正在那时，农夫走进来了："你就这么个干法吗？"他对苔丝说。

"我做不了是我的事，你并不吃亏。"她分辩说。

"我要把这些麦子早早弄完。"他倔强地说，同时从另一个门那儿出去了。

"你不用理他，"玛琳说，"你这阵儿上那面去躺一会儿吧，我和伊茨替你把活儿补上。"

"我不愿意让你们两个为我受累。"

但是她实在不能支撑了，所以就往一堆乱草上靠下去了。她这回瘫软了的原因，一半由于工作太累，一半由于又谈起她和她丈夫的分离，心里激动。她躺在那个角落上，除了草声和切穗声外，还能听见她们的低语。她们的声音太低，她听不出她们说的是什么。后来苔丝越来越想听一听她们到底说的是什么，就装作好一点儿了，站起来继续工作。

可是伊茨也受不了啦，因为她头天晚上，走了十二三英里地，半夜才睡的觉，五点钟就起来了。只有玛琳还能受得了这种苦。苔丝逼着伊茨，叫她先走。伊茨很感激地接受了她这种好意，就往她的寓所里去了。

这时玛琳的痴情傻意发作起来："我真没想到他会办出那种事来！"她带着一种像在梦中的声音说，"我也很爱他呀！他选中了你，我一点儿也不吃醋。可是他那样待伊茨，可太不对了!"

苔丝听见这话,吃了一惊,差一点儿没把手指头削掉。

"你说的是我丈夫吗?"她结结巴巴地问。

"啊,是啊。伊茨嘱咐我,叫我千万别告诉你,可是我憋不住,还是要告诉你。有一次,他要伊茨跟他上巴西去来着。"

苔丝的脸,立刻白得和外面的雪色一样。

"伊茨答应了他没有哪?"她问。

"我不知道,反正后来,他又变了卦了。"

"那么他那并不是真心了!那只是男人对女人开开玩笑就是了!"

"不是开玩笑,他是真心,因为他还同伊茨一块儿坐着车,走了老远,要往车站上去哪。"

"他还是没把她带走哇!"

苔丝忽然放声大哭起来。

"你看!我要是不告诉你,不就没有这种事了嘛!"

"唉,我一直唉声叹气地过日子,没看出来,这样下去会有什么结局!我应该常常写信给他才对。他只告诉我,不让我去找他,他可没不让我常常写信给他呀。我太疏忽了,太不对了!"

那天晚上苔丝回了寓所,走进自己那墙上刷着白灰的小屋子,就热情冲动,拿起笔来,想要写一封信,寄给克莱。

但是写的时候，却又疑惑起来，不知道该写不该写，所以就写不下去了。后来，她把贴肉戴的结婚戒指，从带子上解了下来，整夜里把它戴在手指头上，仿佛这么一来，她就可以增强力量，使自己感到她就是那位善于闪躲的情人的真正的太太。

44

爱姆寺牧师公馆，近来苔丝想了不止一次了，她这回在仓房里听见了那番话以后，她就又想起那个地方来了。本来克莱告诉过她，说她要是写信给他，得从爱姆寺他父母那儿转，她要是有什么困难，就直接写信给他的父母，不过苔丝老觉得，自己没有资格能算克莱的太太，所以她每次都把想通信的冲动制止了。她老认为，平心而论，她不应该得到他们的恩惠或者怜恤，她决定全凭自己的功罪，来决定自己的成败。至于她和克莱家人，不过是因为那家里有一个人，由于一时的冲动，和她一同把名字签在教堂的结婚簿上，于是她和他们就成了一家人了，所以她决不利用自己这种毫不切实的地位，去求他们。

但她听了伊茨这段故事，就像发了热病一般，再也不能像从前那样忍耐了。她丈夫为什么老不写信给她呢？他真不把她放在心上了吗？难道他病了吗？是不是自己得先去迁就他一步呢？她想她既是放心不下，一定可以鼓起勇气来到牧师公馆去打听消息，表示她对于没有他音信的愁烦，要是克莱的父亲，真是她从前听克莱讲过的那种好人，那么，他一定会表示同情的。至于她生活上的困苦，她尽可以不让他们知道。

她要上牧师公馆去，只能趁着不工作的礼拜日。棱窟槐这块地方，还没有铁路通到那儿，那么，她要往爱姆寺去，就自然非步行不可的了。一来一去，都是十五英里的路程，她一定得早早起来，才能作得了这番跋涉。

两个礼拜以后，风雪已经过去了，她于是就趁这机会，去进行她那番尝试。那个礼拜早晨四点钟，她就下了楼，走到外面的星光之下了。

玛琳和伊茨知道，苔丝这回出门儿，一定和她丈夫有关，所以对于这件事很感兴趣。她们跑来帮着苔丝梳妆打扮，并且劝苔丝把顶漂亮的衣服穿出来，好叫她公婆一见就喜欢她。不过苔丝自己却知道，老克莱先生是朴素的福音教派，所以在这方面，倒觉得不大在乎。离她那次令人伤心的结合，已经一年了，她新婚时衣柜里盛得满满的衣裳，现在虽然只剩了几件，但让她打扮起来，还是像一个天真烂漫的乡下姑娘，很让人怜爱。她如今穿了一件浅灰色的毛布长袍儿，镶着白绉纱花边儿，和她白里透红的脸蛋儿和脖子互相掩映，外边罩了一件天鹅绒外褂儿，头上戴了一顶黑色天鹅绒帽子。

"你丈夫要是看见你，真万分可惜——真是个美人儿！"伊茨说这句话，完全是当时的实情，不顾自己的利害。苔丝的品格，对于她的同类，有一种非常大的感化力量，竟能把女人嫉妒、仇视那一类比较卑鄙的情感，一概都压伏下去。

她们给她扯扯弄弄，眼看着她浑身上下都整整齐齐的了，才放手让她走。于是她就在天还没亮的珠灰色空气里，渐渐消失了。就是伊茨都希望她能马到成功。她虽然并不特别重视自己的贞操，但是她一想起上次一时受了克莱的诱惑，幸而没做出对不起朋友的事来，心里总觉得欢喜。

去年今日，只差一天，就是克莱和苔丝成婚的日子，也只差几天，就是他和苔丝分离的日子。不过，在一个晴朗干燥的冬天早晨，她轻步疾行，走上这负有使命的行程，却也令人高兴。我们敢说，刚一出发的时候，她梦想的一定是，要叫她婆婆一见她就疼爱她，要对她婆婆把自己的历史都说出来，叫她替自己想办法把那位逃开了的人弄回来。

走到后来，到了一片广大冈峦的山脊了，冈下就是土壤肥沃的布蕾谷。这片山谷里，空气是深蓝色的，不像高原上那样淡白无色；地都是五六亩，不像她近来做活的那些地，都是百儿八十亩一块的，所以这儿围篱错综，纵横交叉，从这片高地上看去，好像网眼儿一般。

她顺着右面的山谷，从从容容地一直往西走去，经过那个叫欣陶的村庄上面，越过谢屯寺和卡斯特桥之间那条和这条路十字交错的大道,又沿着达格堡山、亥司陶山走去,穿过两山之间那条叫"魔鬼厨房"的峡谷。

顺着山路再往前走,走到十字手旁边,只见一根石头柱子,孤零零地在地上耸立。大概那个地点,曾经出过神圣的奇迹,或者出过杀人的凶案,所以用它来作标记。她在爱夫亥停了一会儿,又吃了一顿早饭。苔丝剩下的那一半路程是取道于奔飞路的,这段路程,比先前那半段平坦得多。不过她离目的地越近,觉得把握越小,要她这次的企图成为事实,也显得越不容易。靠近正午的时候,她到底走到了一个栅栏门前,在那儿站住了脚,栅栏门下面是一片低地,低地上就是爱姆寺和牧师公馆。

她看见了那座教堂高阁,就知道那时候,牧师和会众,都正在高阁下面聚会。她很有些后悔,没在平常日子往这儿来。像老牧师那样一个好人,既不明白她不得不在礼拜天来的情况,一定会因为她冒犯神明而不喜欢她。但是事到如今,她只得硬着头皮,往前而行,她一路走了这么远,穿的是一双厚皮靴子,现在她把那双靴子脱下来,塞在栅栏门柱旁边树篱里面,把一双漂亮的黑漆皮靴子换在脚上,才往山下走去。

苔丝心里想,顶好能遇见一件什么顺利的事儿,帮帮自己,但是她却并没遇见什么顺利事儿。只见牧师公馆的草地上有些灌木,都在寒风里瑟瑟地发抖。她就是用尽了想像力，也总感觉不出来，这所房子里面的人就是自己亲近的家属。

她鼓起勇气，走进栅栏门里，把门铃拉了一下。现在已经把事情做了，再想躲也躲不开了。不过没有人出来开门。她把门铃又拉了一下，她走了十五英里的路，本来很累，现在这么一来，有些支持不住，所以她就用手支着后腰，用胳膊肘靠着门廊下的墙，等着人家出来开门。

第二次拉铃，比第一次拉得更响，可是还是没有人出来，于是她就走出门廊，开了栅栏门，溜到门外面了。她回身往那所房子的前脸儿看去，脸上虽然犹豫不定，好像想再回去，但是她把栅栏门关上了以后，心里觉得轻松了许多。她心里忽然一动就琢磨起来，莫非是她公婆已经认出来是她，特为吩咐人，不许放她进去不成？

她回过身来，把房子所有的窗户，全都看了一遍。啊，她明白了，没人出来开门，是因为他们都上教堂了。是啦，她想起来啦，她丈夫不是曾对他说过吗，他父亲的规矩，是非得叫上一家上下，都上教堂去作礼拜晨祷不可，连仆人也都得跟着去，因此回来的时候，都老得吃冷饭。那么，她只要再等一等，等到礼拜作完了就是了。她恐怕惹人注意，不敢在原来的地方等，就拔起脚来，要走过教堂，躲到篱路里面。但是她正走到教堂坟地的栅栏门前，做礼拜的人也都正从教堂里面一拥而出，把她夹在人群中间。

爱姆寺的会众都拿眼看她,那种看法,只是一个乡间市镇的会众,在从容走回家去的路上,遇见一个外来的女人才会有的。苔丝加紧脚步,走上原先的来路,想要在路旁的树篱中间,先躲一躲,等到牧师公馆里都吃完了午饭,能够接见她的时候再去。待了不大的工夫,她就把从教堂里出来的那些人,一概撂在后面了,只剩两个年纪还轻的人,胳膊挽着胳膊,在她后面,很快地跟了上来。他们走得离她更近的时候,她能听见他们两个,郑重地谈话的声音。她听出来,他们说话的语音,和他丈夫的正是一样的。这两个步行的人,正是她丈夫的两位哥哥。苔丝把一切的计划全部忘了,心里只是害怕,在她自己这样衣帽不整,还没准备好跟他们见面的时候,就叫他们追上了。他们在后面跟得越快,她在前面走得也越急。

山上面,在苔丝前面走着的,只有一个人,一个上等女子模样的人,不过也许有点循规蹈矩。到了苔丝差不多追上了那个女人的时候,她那两位大伯子,也差不多走到了她的身后了,他们离她很近,所以他们谈的话,她都听得清楚。

他们两个之中,有一个瞧见了前面那位小姐,就说:"前面是梅绥·翔特,咱们追她去。"苔丝听见了这句话,才特别注意起来。

苔丝从前听说过这个名字,安吉尔的父母和他们的朋友翔特夫妇,要给安吉尔选作终身伴侣的那位小姐,不是就叫这个名字吗？要不是苔丝从中作梗，大概现在克莱已经和这位小姐结了婚了。他们哥儿两个之中有一个接着说："啊，可怜的安吉尔，我多会儿看见那个女孩子，我就多会儿不免越来越怨恨，怨恨安吉尔不该那么轻率，娶了那么一个女人。那分明是一桩离奇事，她现在已经找着了他没有，我还不知道；前几个月，我听到安吉尔消息的那时候，我知道她还没去。"

"他现在什么话也不对我提了，这回结了婚，更和我疏远了。"

苔丝加快了脚步，往漫漫的山坡上面走去。但她要是想把他们撂在后面，就难免要引起他们的注意，所以后来还是他们两个走得比她快，把她撂在后面了。在前面的那位年轻女人，听见他们的脚步声，就回过身来，于是他们三个便互相握手寒暄，一同往前走去。

他们不久就走到山顶上了。走到那儿，他们就把脚步放慢了，一齐拐到一个栅栏门旁边。那两位牧师兄弟之中，有一位把伞插到树篱里，仔细搜寻了一回，掏出一件东西来。

"你们瞧，树篱里有一双旧靴子，"他说，"我想那大概是无业游民扔掉了的。"

"也许是骗子，想要光着脚到镇上去，好叫人可怜他，所以才把靴子藏在那儿吧。"翔特小姐说。"不错，一定是那样。因为这是一双很好的走路靴，做这种事太坏了！我把靴子带回去,舍给穷人吧。"于是苔丝的靴子,就成了别人的东西了。

这些话苔丝全部听见了,因为她脸上蒙着毛织的面纱,所以才和他们交臂走过,而没露出破绽。她走过去以后,马上回过头来看,只见那三位刚做完了礼拜的人,已经带着她的靴子,下山去了。于是我们这位女主角,又上了路。眼泪从她脸上流下来,她只觉得,这一场意外,好像是宣判她是个罪人似的。外界的事物,样样都跟她别扭,她这么一个穷苦的女孩子,毫无力量和这些不吉祥的事物对抗。现在重回牧师公馆,是不用想的了。但是苔丝却真不幸,遇见的不是父亲,却是儿子。因为那位父亲,虽然心地褊狭,却绝不像他那两个儿子那样拘谨、严厉,并且他还很有恻隐之心。

"唉!"她仍旧自怜自叹地说,"他们哪儿知道,我穿那双靴子,为的是怕走那段崎岖不平的路,会把他给我买的这双好靴子毁了哪?他们也不知道,我这件袍子的颜色,也是他给我挑的哪。唉,他们怎么会知道哪?"

于是她就替她那位心上的爱人悲伤起来,其实她现在这一切苦恼,都是她那位心上人褊狭的见解给她弄出来的。她当时只顾往前走,没想到,她这一次,拿儿子来判断老子,因而在紧要的关头,露出妇女的怯懦,正是她一生中最大的不幸。她现在这种情况,正可以引起克莱老夫妻的同情心的。

于是她又顺着原先的来路，拔步前进，她来的时候，本来就没抱很大的希望，她只觉得，她一生中，又遇到了一个紧要的关头就是了。但是实在却又并没有什么有关紧要关头的事发生；她没什么别的可做，只得回到那片穷山，过她旧日的生活，直到她能再鼓起勇气到牧师公馆去。她在归途上，固然也曾不甘心埋没自己，把面纱揭了起来，仿佛是要叫世界上的人都看一看，至少她有的容貌，梅绥·翔特没有。但是她一面揭面纱，一面却止不住摇头难过。

"这算不了什么，这算不了什么！"她说，"谁还爱这副容貌哪！谁还注意这副容貌哪！像我这样一个叫人遗弃了的人，谁还管她的容貌！"

苔丝在她的归途中，与其说是一直前进，不如说是毫无目的地任意飘荡。她这样顺着又长又累人的奔飞路走来，不由得渐渐觉得疲乏，于是就常常往栅栏门上倚靠，在里程碑旁休息。

她一直没进任何人家，等到走了七八英里以后，下了一座很陡很长的山坡，进了爱夫亥，到了她早晨吃早饭的那个人家，才走进去坐下，那家的主妇上伙食房里给苔丝去拿牛奶的时候，苔丝往街上看去，只见村子里好像一个人都没有。

"村里的人都做晚祷去了吧？"她说。

"不是，亲爱的，"那个老妇人说，"还不到做晚祷的时

候哪。他们都到那面一个仓房里,听讲道去啦。一个美以美会教徒,趁着早祷和晚祷中间的工夫,在那儿讲道。他们都说,他是一个杰出的基督徒。"

待了一会,苔丝就起身走进村子里面去了,快要走到村子中间时,她听到讲话声,抬头一看,只见前面离大道不远,是一个仓房,她就知道,那一定是讲道的声音了。

苔丝站在人群后面,一听这位讲道的所讲的教义,正是克莱的父亲那一派的,就发生了兴趣,后来再一听,这位讲道的,正详细讲他自己原先怎样会信起这种主义来,她的兴趣就更浓厚了。他说,本来他的罪恶顶深重,他曾毁骂过宗教,曾和放荡淫秽的人们交游过。但是后来有一天,他忽然醒悟了,他所以能醒悟的原因,大半是由于一位牧师的影响,起先他还把这位牧师粗暴地侮辱过,不过这位牧师临走的时候,对他说了几句话,那几句话深深地印到他心里,叫他永远不忘。后来,他就变成了现在他们所看到的这种样子了。

但是还有比这种教义更使苔丝吃惊的,那就是那个人的声音,因为他的声音,居然和亚雷·德伯的丝毫不差。她脸上表现出一片疑而不决的痛苦之感,绕到仓房前部,在那前边走过。听道的全是村里的人,从前她遇见过的那个拿红涂料涂格言的,也在里面。但是她的注意力,却集中在那个中心人物上,他正站在几个麦袋子上面,脸朝着门口和听道的人。午后三点的太阳,正射在他的脸上,把他映得清清楚楚。

原先苔丝刚一清楚地听到他的声音,就已经觉得,破坏她的贞操的那个人正迎面而立。现在再一看他的脸,更证明了一点不错,他正是那个人。

第六章
冤家路窄

45

　　自从苔丝离开了纯瑞脊以后，一直到现在，她没看见德伯本人，也没听到他的消息。

　　这一次相遇，正是苔丝满怀愁绪的时候，它这样突然来临，很难说它能够引起张皇惊恐。但是，"一朝被蛇咬，千年怕烂绳"，所以德伯当时站在那儿，虽然痛恨自己过去的胡作非为，而苔丝一看见他，却也不由得一阵惊怕，瘫痪在那里，不能前进，也不能后退。

　　想一想她最后一次见他的时候，他面上流露出来的那种表情。再看一看现在他面上的表情！原先他嘴上的八字黑须已经剃去了，两腮上却留出两绺旧式连鬓胡子来；身上的衣服也穿得半牧师、半俗人的样子，把他的神情改变了，所以苔丝刚一看见他的一刹那，不敢相信就是他。

他那种她听得太熟了的腔调，不到四年以前，在她的耳边上，还净说的是秽言淫语呢，现在却满口仁义道德，这样强烈的对比，令人心头作呕。

他这时候与其说是洗面革心，不如说是改头换面。从前他那脸上的曲线，表现出一团色欲之气，现在貌是神非，却表现出一片虔诚之心了。从前他那嘴唇的姿态，表现巧言令色的神气，现在这种姿态，却显出恳求劝导的神情。

他的面目本身，仿佛在那儿抱怨。它向来都不是作现在这样表情的，现在好像叫它扭天别地，丧失本性。说也奇怪，叫它表情高尚，反倒好像把它应用不当；把它提高，反倒好像叫它失真。

不过真是这种样子吗？她不能老拿这种尖酸刻薄的态度看待他。世界之上，恶人回头离开所行的恶而救活了灵魂，德伯并不是头一个，为什么他变成好人，她就该觉得不近情理呢？不过是因为她向来心里老觉得他是个坏人，一旦听见这个坏人嘴里说出好人的话来，就不由得要生出格格不容的感觉来。等到她那一阵儿因受惊吓而麻木的光景过去了，她就一心只想躲开他。她的身子正背着阳光，他分明还没看出来她是苔丝。

但是她一活动,他就立刻认出是她来了。只见她那个旧情人,好像触电一样,因为她对于他的影响,比他对于她的大得多了。他那番劝善的热心,都一齐停止。他嘴里的话,本来想说出来,但是因为她在面前,他的嘴唇却只剩下挣扎颤抖的份儿,一个字也说不出来了;他的眼睛四下乱瞧,不知往哪儿放才好。他这种瞪目结舌的情况,只延长了不大一会儿的工夫,因为在德伯精神瘫痪的时候,苔丝已经气力恢复,尽力急忙走过仓房,往前去了。

她连头也没回,一直往前走去。她的脊背——连她脊背上的衣服——都好像有感觉,对于别人的目光感觉得特别灵敏。因为她那时一心只琢磨,他也许已经到了仓房外面,在那儿盯着她了。她原先在路上,满心怀着的是一种沉重的悲痛,现在她的烦恼改变了性质。从前是如饥似渴地想那久不见应答的爱,现在却是深深感觉到,无法挽救的已往,依然把她缠绕。她如今更觉得,从前的错误牢牢地存在了,这简直叫她灰心绝望。

她一面心里这么琢磨,一面往前走去。又横着穿过了长槐路的北部,立刻就看见那条由低而高、一直连到高原的大路,白茫茫地伸展在面前。她剩下的路,就是顺着那片高原的边儿往前去的。她慢慢往上跻攀的时候,听见身后有脚步声,回头一看,只见走近前来的不是别人,正是那个面目极熟却怪模怪样的人,那个她这一辈子最不愿意单独相遇的人。

然而当时却又没有地方逃避，因此，苔丝只得听天由命，让他追上了自己。她看他很兴奋，他的兴奋多一半是由于感情的激动，少一半是由于赶路的急促。

"苔丝！"他叫道。

她没回头，只把脚步放慢了。

"苔丝！"他又叫道，"是我呀，是亚雷·德伯呀。"

于是她才回过头来，他也走上前去。

"我知道是你。"她冷淡地答。

"啊，就是这一句话吗？不错，我不配你跟我再说别的！当然喽，"他又微微一笑，添了一句说，"你看我这样打扮，当然有些可笑喽。不过——你笑我，我也受着……我刚才听说你走啦，不知道上哪儿去啦。苔丝，你不明白我为什么跟着你吧？"

"不明白，我倒愿意你不跟着我！"

"不错。你说这种话也难怪你。"他正颜厉色地说，同时两个一同往前走去，苔丝显出很不愿意的样子来。"可你别误会。刚才我忽然看见你，当时曾有一阵儿，不能自主，我不知道你看出那种情况来没有。你要明白，我那种不能自主的情况，只是一刹那间的事，按着咱们两个从前的光景看起来，那种不能自主的情况，本是在情理之中的。不过我可把牙一咬，就过去了。这个话也许你听来，又说我撒谎啦，不过实在却真是那种样子。我一下定住了神儿，马上就觉得，既是我一心发下宏愿,要尽我的责任,救世界上的人,免得他们将来惹上帝忿怒,那么,头一个该救的,当然是那样残酷地受到我侮辱的那个女人。我追你,就是为的这个目的,并没有别的意思,"

她回答的话里,略微含有一点鄙夷的意味:"你已经把你自己救出来了吗?人家不是说,行善得由己及人吗?"

"我是一无所能的!"他毫不在乎地说,"我对听我讲道的人说过,一切都是上天的力量。我从前那么没出息,那么胡作非为,我想起来真惭愧。你看不起我,还没有我看不起我自己那样厉害哪!所以,我这回能悔悟过来,真得算是一桩奇事,你听说过爱姆寺有个克莱牧师吧。你一定听说过,他得算是他那一派里顶心诚的,他比起我现在信的这个极端派来,自然还不能说是顶诚恳的,但是在国教里,他可算得是很难找到的了。他虽然是个无声无息的人,可我很相信,在这一国里,他救的人比谁都多。你听说过这个人吧?"

"听说过。"她说。

"大概是两三年以前的事儿了。有一回,他替一个传教团体到纯瑞脊去讲道,那时他见了我,就发挥他那种普渡众生的精神,想法子指引我。我这个荒唐可怜的混蛋,可一味地侮辱他。他对于我的行为并不怀恨,他只说,将来我总有受圣灵初结的果子那一天,他这句话对于我仿佛有一种魔力,深深地印到我的脑子里。后来我母亲一死,我受了很大的打击，慢慢地我才见了天日。从那时以后，我只想把真理传给别人，我今天干的事也就是这个。苔丝，你要是能尝一尝自己狠狠地打自己的脸那种乐趣，我敢保——"

"别说啦！"苔丝怒气冲冲地说，"我不信会有这种突如其来的改变，你心里分明知道，你把我毁到哪步田地了，这阵儿可觍着脸儿跟我说这种话，真叫我听着压不住火儿！像你这种人，还有和你一样的人，本来都是拿我这样的人开心作乐，至于我怎么受罪，你就管不着啦。你作完了乐，开够了心，就又说你悟了道了，预备死后再到天堂去享乐。天下的便宜都叫你占了去了。真不害羞！我不信你！"

"苔丝，"他坚持说，"别这么说，我刚一受到这种感化的时候，仿佛是拨云雾而见青天一般。你不信我哪样儿？"

"我不信你会真变成了好人。"

"为什么？"

她把声音放低了说："因为有人比你强一百倍的，都不信这种事。"

"你说的这位比我强百倍的人是谁？"

"我不能告诉你。"

"也罢，上帝可不容我说我自己是好人，你也知道我也不会说我自己是好人。我本是新近才知道什么是善。不过新来的人，有时眼光倒看得更远。"

"这话本来不假，"她抑郁伤感地回答他说，"不过我对

你的觉悟可不敢信。你那种昙花一现的感情,亚雷,我看恐怕不会长久!"

她从她倚靠的篱阶上转过身来,脸冲着他。于是他的眼光无意地落到他极熟悉的面目和身躯上,就盯在那儿把她观察。

"你不要用这种眼光来看我。"他突然说。

苔丝原先那种动作和神气,本是不知不觉地做出来的,现在一听这话,就急忙把她那双大眼睛挪开了,脸上一红,说了声"对不起!",同时她心里头起了一种悲伤情绪,觉得自己天生长了这样一副丽质,总是有些这样也不是,那样也不对。

"不!别对我说抱歉的话。不过你为什么不把面纱放下来哪。"

她一面把面纱放下来,一面急忙说:"我戴面纱大半为的是挡风。"

"哼,女人的面貌对于我魔力太大了,我怎么见了它能不害怕哪!它只叫我想起我愿意忘掉的往事!"

说完了这句话,他们就一同往前走去,只有时偶然谈一两句话。苔丝不愿意明明白白地撵他走,只心里纳闷儿,不知道德伯跟她要跟到几时。他们遇到栅栏门或者篱阶的时候,看见红红蓝蓝的《圣经》里的警句,她就问德伯,这些警句,都是谁涂在这儿的。他说,涂警句的那个人,本是他自己和别的同道人雇的，专在这一带地方，涂写这些醒世经义，劝化那些到处都有的坏人。

走到后来，他们就走到了那块名叫十字手的地方了。因为有一根石头柱子，上面很粗糙地刻了一只人手，竖在那儿，所以这个地方才叫十字手。关于它的历史、它的意义，一个人有一样说法。有些人说，先前这儿本来有一个表示虔诚的十字架，现在这根柱子不过是那个十字架残余的孤桩；又有一些人说，从前这儿原来就只有这一根桩子竖在那儿，为的是标明土地的界限。它所在的那片地方，就是感觉顶迟钝的人，从它旁边走过，都不由要觉得毛骨悚然。

"我该离开你啦，"他们快要走到这块地方时，他说，"我今天晚上还得到阿伯绥去讲道，苔丝，你把我弄得心里七上八下的——我不知道究竟是怎么回事……你现在讲话怎么这么流利？谁教你说得这么好的英语？"

"我遭了这么些苦难，也学会了一些东西。"她故作遁词。

"你遭过什么苦难？"

她把跟他唯一有关的那一次苦难，对他说了出来。

德伯一听，瞠目结舌："我压根儿就不知道有这回事！你怎么没写信给我呀？"

她没回答。

他接着说："好吧——咱们还得见面。"

"不,"她说,"别再见面啦!"

"不过咱们分手以前,你得先到这儿来。"他走到那根石柱前面。"这根柱子,从前本是一个神圣的十字架。我有时候很怕你,现在我要壮一壮胆子,要求你把手放在这个十字架上,对天起一个誓,说从此以后不再来诱惑我。"

"哎哟天哪——你要求这个干什么!我一丁点儿想要诱惑你的意思都没有啊!"

"你这个话倒不错——不过你只管起誓好啦。"

苔丝带着一半害怕的心情,顺从了他这种不近情理的请求。

"你不信教,我很替你难过,"他继续说,"想不到会有个不信教的人对你有这么大的影响,迷惑了你的心。我会替你祈祷的。再见吧!"

他转身朝着阿伯绥走去了。走的时候,他的脚步都显出来他心中的错乱。他走了一会儿,就从口袋儿里,掏出一本小册子来,小册子里夹着一封信,那仿佛是他从前时常看的,因为信都脏了、破了。德伯把那封信打开来看,信上的日期是好几个月以前,签的名字是克莱牧师。

信上开头先说,牧师对于德伯的觉悟衷心地喜欢。克莱牧师非常关心这位青年前途的计划。他很愿意帮助德伯,先到一个神学院去学习学习。不过那位青年也许觉得进神学院未免耽误工夫,所以他也不一定主张非进神学院不可。只要各人尽自己应尽的力量，做自己应做的工作，就算是尽了职份了。

德伯把这封信看了一遍又一遍，后来脸上就平静起来了，苔丝的形影显然不再扰乱他的心思了。

同时，苔丝也顺着山边的路往前走去，走了不到一英里，她遇见一个牧人。

"我刚才从一根大石头柱子旁边走过，你说那根石头柱子是怎么一回事？"她问那个牧人，"那从前真是一个神圣的十字架吗？"

"十字架？不！不是十字架，姑娘！这件东西很不吉利。以前，有一个犯了罪的人，就在那个地方，让人先把手钉在柱子上，受了一顿苦刑，然后又让人绞死了，他家里的人在那儿给他树了那么一块石头。他的尸首就埋在石头底下，他们都说，他把灵魂卖给魔鬼啦。"

她听了这番令人毛骨悚然的新的解释，觉得几乎要晕过去，就把孤独的牧人撂在身后，自己走去了。在小村村口的篱路上，她走近了一个女孩子跟她的情人，不过他们两个却没看见她。只听得那个年轻的女人，声音清楚而轻松，跟那个男子更热烈的字句应答。这种声音使苔丝的心高兴了一阵。但是她再一想，他们两个这次的会晤，正是起源于某一方面的吸引力，而这种吸引力，却正是那引起她自己这种深创剧痛的序幕。她走近他们，女的坦然回头和她相认，男的

不好意思，就急忙躲开了。原来那个女的正是伊茨·秀特，她一见苔丝，就想起苔丝出门儿的事来，她问苔丝的时候，苔丝并没把结果说出个所以然来。伊茨既是个很机警的女孩子，就不再往下追问，把谈锋转到自己那件小小的事情上去了。

"刚才那个男人叫阿米·西丁，从前常在塔布篱帮忙。"她毫不在乎地解释说，"他打听到我在这儿，特为来找我。他跟我说，他已经爱我爱了两年了，不过我还不算完全答应了他。"

46

苔丝徒劳奔波以后，好几天已经过去了，照旧在地里干活儿。干燥的寒风依然吹动，不过有些干草障子支在迎风那面，作成一个屏障，给她把风挡住了。障子里面避风的地方，放着一架切萝卜的机器，机器前面，有一个长长的土堆，那些萝卜，从初冬以来，就窨在那里面了。苔丝那时正站在土堆敞着的一端，手里拿着一把小弯刀，把每个萝卜上的泥土和须子，全都一点一点地削去，削完了，再把萝卜扔到机器里。

地里的萝卜掘出来以后，大地就变成荒寒凄凉的褐色了。一件有十条腿的东西，不紧不慢，顺着刚拱起的条垄，从地的这一头，一直走到地的那一头。原来这件东西是两匹马、一个人、夹着一个耕犁，把作物收拾干净了的土地耕翻，预备春季播种。

好几个钟头以来，那一片大地上的景物，丝毫没有变化。等到后来，才老远看见有一个小黑点儿，从树篱犄角上一个空隙出现，那是一个身穿黑衣的男子，苔丝手眼一齐动作，没能看见这番景像，后来还是她的伙伴告诉了她，她才晓得的。

来的那个人正是从前那个放荡不羁的亚雷·德伯，现在打扮得有些像牧师。苔丝一阵难受，脸都变白了，她把带檐儿的风帽从脸上往下拉了一拉。

德伯走上前来，安安静静地说："苔丝，我有几句话要跟你谈一谈。"

"我上回不是告诉过你，不让你再来找我吗，你怎么不听啊？"她说。

"我是没听。不过我有我的道理。"

"什么道理，你说一说。"

"这是一番大道理，恐怕是你想不到的。"

"我说的道理是这样，"他好像良心上忽然一阵难过，嘴里说，"上回咱们见面的时候，我净顾替你我的灵魂着想啦，就忘了打听你的境遇怎么样了。我只看见你的衣帽很整齐，所以就没顾到那一节，不过现在我看出来了，你比从前我认识你的时候还苦。也许这种情况大半都是我给你闹出来的吧！"

她没回答，只把头低着，把脸完全让帽子挡着，继续修萝卜。她觉得只有不停地干活儿，才能把德伯放在自己的感觉以外，同时德伯在她旁边，带着探问的神气直瞧她。

"苔丝，"他叹了一口气表示牢骚，说，"你没对我说的时候，我还一点儿也没想到会有这种结果哪。我太混蛋了，把你的清白玷污了！都是我一个人的错！你哪，本是真正德伯家的后人，我不过是冒名顶替罢了。然而你这个真德伯，那时可也太年轻了，太不懂得人情的诡诈了！我对你说一句真心话吧，要是当父母的，抚养他们的女孩子，不告诉她们世路的险恶，不给她们指出，坏人都可以给她们设下什么样的陷阱，撒下什么样的网罗，那就不管父母是不是出于好心，或只是由于漠不关心，反正这种人都不配作父母。"苔丝仍旧静静地听着，好像一个自动的机器那样不声不响。

德伯继续说："你离开纯瑞脊以后，我母亲就故去了，现在是我自己当家主事了。我想把我的产业变卖了，上非洲去做传教的事业。你能不能给我一个唯一的机会，让我把从前对你做的坏事补救补救？换一句话说，你能不能答应做我的太太，跟着我一块儿到非洲去？……我连这桩贵重的文件都弄到手了。"

他从口袋儿里掏出一块羊皮纸来。

"那是什么？"她问。

"一张结婚许可证。"

"哦,不,先生!"她吓得往后倒退。

"你不愿意吗?"

他问这句话的时候,脸上露出失望的神气。这种失望分明表示,他对于她有点儿旧情复发。

"一点儿不错……"他比以前口气稍为暴躁,又开口说,但是刚说了这四个字,就回头去看旁边的工人。

苔丝也觉出来,他们两个人的话,不能那么就算说完了,所以就对工友说,有一位先生前来看她,她要跟他走一走,说完了,就跟德伯一同往前穿过那片像斑马条纹的地。他们走到刚刚犁过的那一部分,德伯伸出手来,要把苔丝扶过去,但是苔丝却好像没看见他似的,一直在垄上往前走去。

"苔丝,你不肯嫁我,给我改过自新的机会了?"他们刚走过那些垄沟,德伯就问。

"我不能嫁你。"

"为什么哪?"

"我对你毫无爱情。"

"不过日久天长,也许你会对我生出爱情来呀。"

"永远也不能!"

"你怎么说得这么坚决?"

"我爱的是另一个人。"

"真的吗?"他喊着说,"难道你就一点儿也不顾道德方面的是非了吗?"

"别说那种话!"

"无论怎么样,你对那个人的爱,也许只是一时的激动——"

"不是——不是。"

"我说是!为什么不是哪?"

"我不能告诉你。"

"你不要撒谎,就该告诉我。"

"我告诉你吧,我跟他已经结婚了。"

"啊!"他喊了一声,愣在那儿。

"这话我本来不愿意说!"她分辩说,"这儿并没人知道这件事。所以我请你,不要再往下追问啦。现在咱们两个只是路人一般了。"

"咱们两个路人一般?真的吗?"

他脸上一时之间,露出他从前那种嬉笑怒骂的神情,不过他用尽力量,把它压制下去了。

"那个人就是你丈夫吗?"他把那个摇机器的指了一下,问道。

"那个人!"她骄傲地说,"不是!"

"那么是谁哪?"

"这话既是我不愿意说的,那你就不必问啦!"她要求他说，同时仰起脸来，用眼睛恳求他。

德伯心神错乱了。

"不过我问你，完全是为你好！"他反唇相讥，说，"我跟你起誓，我到这儿来，完全是想到为你好。苔丝，你这么瞧我，我受不了！我原先还只当我一点儿感情都没有啦，谁想我一见你，可又旧情复发了哪！不过我觉得，要是咱们两个结了婚，那咱们两个就都魂洁灵净，心安理得了。不过现在，我这番计划完全成了泡影了，我只得忍受失望的痛苦了！"

他把眼睛瞅着地上，闷闷地琢磨。

"结了婚了！……也罢，"他又说，同时把结婚许可证慢慢地撕成了两半，放在口袋儿里，"我既是不能跟你结婚，我愿意对你和你丈夫帮一点儿忙，他在不在这块农田上？"

"不在，"她嘟哝着说，"他离这儿远着哪。"

"远着哪？那么他这个丈夫可真有些古怪啦！"

"都是由于你呀！他知道了——"

"啊，是吗？那太惨了！"

"不错。"

"不过他就能这么狠心，不要你了吗！"

"他并没不要我！"她替她丈夫辩护说，"他并不知道我现在这种情况，这都是我自己作的安排。"

"他常写信给你吗？"

"我不能告诉你。"

"你这句话的意思是说他不写信给你。那么，苔丝，你是一个弃妇了！"

他当时由于一阵的冲动，忽然转身去拉她的手。她手上正带着黄皮手套，他只捉到又粗又厚的皮手套指头。

"你不能这样！"她忙把自己的手从手套里抽了回去，只把空手套留在他手里。

"请你看着我跟我丈夫和你的基督教，快走吧！"

"好吧，我走。"他把手套扔给她，转身要走。不过又回过脸来说："苔丝，上帝是我的证人，我拉你的手的时候，是真心真意的！"

身旁忽然有马蹄的声音，紧靠着他们身旁停住了，原先他们只顾琢磨心事，并没听见。马上的人对苔丝说："你怎么这时跑开了，不快干活儿。"原来农夫葛露卑看见他们两个，就骑着马过来了，要考查他们两个有什么勾当。

"你别对她这么说话！"德伯说的时候面色阴沉。

"是，先生！不过一个美以美会牧师跟她会有什么交道哪？"

"这个家伙是谁？"德伯转身向苔丝问。

苔丝走到德伯跟前，对他说："我求你走吧！"

"我走了，好让那个混蛋欺负你？我瞧他那长相儿，就知道他不是个好东西。"

"不要紧，他害不了我。到了圣母节，我就可以离开这儿。"

"也罢，我想我除了听你的话以外，没有别的法子。好吧，再见吧！"

苔丝对于保护她的这个人，比对于虐待她的那个人，还要怕得厉害。她悄悄地向田地高处原先工作的地方走去，一心一意琢磨着刚才会见德伯的情况，连葛露卑骑的那匹马的鼻子，快要挨着她的肩头了，她都没怎么感觉出来。

"你既然跟我订了合同，在这儿干活儿干到圣母节，那你一定得照着合同办事才行，要再这样，我可不答应！"

农夫对苔丝这样施加压迫，完全因为从前挨了克莱那一拳，成心报复。他对于农田上别的女工，并不像对她这样，她想到这一层，不由想道，如果她能答应有钱的亚雷，做他的太太，那她一定能够完全出人头地。"不过，不能！"她呼吸急促，说，"我不能和他结婚！他多讨人厌。"

就在当天晚上，苔丝拿起笔来，写了一封信，要寄给克莱，信上写得情词恳切，对于自己的苦难一字没提，只说她对于克莱的爱始终不变，不过信上情好不渝的话里，却隐着一种难以预测的深危大惧。因为她想起来，既是安吉尔曾经要求过伊茨，要她跟他同到巴西去，那么，他把自己也许早就置之九霄云外了。她把信放在她的箱子里，不知道这封信有没有寄到她丈夫手里的那一天。

经过这番事情以后，苔丝依旧每天干着艰苦繁重的活儿，一直干下去，就到了蜡节会了。这个会，对于农田的工人们，有很重大的意义。原来订圣母节以后整年的合同，就在这一天。凡是想要换地方的工人，这时都要到郡城里去赶这个会。差不多所有棱窟槐的工人，都想要逃开那个地方，所以一早的时候，大家就都动身往郡城里去了。苔丝本来也想在这个结账期离开这儿，不过她却是没去赶会那几个人之一，因为她心里有一种渺茫的希望，盼着到了时候，就会发生一件什么凑巧的事，使她不必再在地里干活儿。

那是二月里的一天，天气晴朗，她在寓所里，几乎还没吃完正餐，就看见德伯的影子，把窗户遮黑了，那时那一家里，只剩了她一人。

那位客人，已经敲起门来了，苔丝本不想给他开门，但是不开门也仿佛没有道理，所以就起身前去，把门闩拉开了。德伯走进来，见了苔丝后，万分无奈地说："苔丝——我真没法子！我礼拜那天看见你以前，老也没想起你来，现在我可无论怎么咬牙，脑子里总也摆脱不掉你的影子了。凭你那么一个好女人，怎么会把我这么一个坏男人害了呢？但是实在可又真有那样的事。苔丝，我但愿你能替我祷告！"

"既然我不能相信，宰制天地的神，会因为我的祷告而变更他的安排，那我怎么能替你祷告哪？"她说。

"你真是那样想吗？"

"真是那样。我本来人云亦云，但是有人把我这种毛病治好了，我不再那么想了。"

"治好了？谁给你治好了？"

"你非让我说不可吗？就是我丈夫。"

"啊——你丈夫！我记得，前几天你也提过这种话。苔丝，"他道，"你好像不信教吧？"

"但是我可以信。不过我不信任何超自然的事物罢了。"

德伯疑虑不定地看着她。

"那么，你认为我走的这条道路，完全是错的了？"

"多半是错了。"

"哼——我本来还觉得很有把握哪。"他带着不安的样子说。

"我相信登山训众那番大道的精神，我丈夫也那样。不过我不信——"她说了她不信的事情。

"这么说来，"德伯冷落地说，"不论什么，凡是你那亲爱的丈夫信的，你就信，他不信的，你也不信，你的思想是完全听他支配的了。"

"啊，因为他什么都懂啊！"她得意扬扬地说，说的时候，对克莱佩服得五体投地。

"不错，不过你不要把别人的消极见解整个儿搬过来，算你自己的。他一定是个妙人儿，会教给你这种怀疑的态度！"

"他从来没强迫我信他说的话！关于这个问题，他绝不跟我辩论！不过我总觉得，他对各种主义是下过一番功夫深入研究的，所以他认为对的，总比我认为对的，可靠得多。"

"他老是怎么个说法哪？"

她想起克莱从前有时在她身旁，一面琢磨，一面自言自语说的话，这些话，苔丝虽然不明白它们的精神，却很记得它们的说法。现在她把克莱一个毫不通融的三段论法，照样说了出来。

"你再说一遍。"德伯聚精会神地听着。

她又把那几句辩论重念了一遍。

"还说过什么别的话？"他立刻跟着问。

"他又有一次说过像这一类的话。"于是她又说了一段话。

"啊！你怎么都记得？"

"虽然他并不愿意我那样，可我愿意，所以我就想法哄他，让他把他的思想多告诉我点儿。我不敢说，我懂得很透彻，不过我可知道，那决不会错。"

"哼！你自己都不懂，你还想教训我哪！"

"这样我就打定主意，要在精神方面跟他一致，"她又接着说，"我不愿意跟他两样。"

"他知道不知道你跟他一样离经叛教？"

"不知道。"

"苔丝,说到究竟,你现在的光景得算比我好!我本来相信我应该宣传,可是我像魔鬼一般,一面相信,一面哆嗦,因为我忽然停止了宣传,再也压制不了我对你的痴情了。"

"怎么哪?"

"你瞧,"他直截了当地说,"我今天跑了这么远,就是为的来看你!其实我在家动身的时候,本是要到凯特桥的集上去宣讲的,那些教友们这时都正在那儿等我哪。这就是通告。"

他从口袋里掏出一张通告来,上面印着开会的日期、时间和地点。

"你现在怎么还赶得到那儿哪?"苔丝看了看钟说。

"我不能上那儿去了!因为我上这儿来了。"

"怎么,你当真预备好要去讲道,可又——"

"不错,不过我去不成啦!因为我一心一意,想来看一个女人,一个我从前看不起的女人。不对,不是看不起的女人,我从来就没有看不起你,要是我看不起你,我现在就不会爱你了!我所以没看不起你,因为你出污泥而不染,你一明白了当时的情况,就立刻离开了我,并没有当我的玩物。因此,如果天地间有一个我一点儿也不鄙视的女人,那就是你。不过你现在应该很鄙视我了!"

"你这些话怎讲?我怎么啦?"

"怎么啦?"他说的话里带着一种鄙夷之意,"你倒并不是有意。不过你是使我再入下流的原因,我自己问自己,我真是'从下流里脱身以后,又重入下流,不能自拔——结果弄得还不如起初的人'吗?"说到这儿,他把手放在苔丝的肩膀上,"苔丝,在我见到你以前,至少是走上救世的道路了!"他一面说,一面摇晃苔丝,仿佛她是一个小孩子。"你为什么又来诱惑我哪?你这个迷人精,苔丝!你这个巴比伦女巫——我这次一看见你,就再也摆脱不开你了!"

"我没法让你不再看见我呀!"苔丝急忙退缩。

"我知道,不过事实还是事实。那一天,我在地里,眼睁睁地看着人家欺负你,可在法律上,我没有保护你的权力,那一天我真要急疯了。有权力保护你的那一位,又好像完全不理你!"

"你不要说他的坏话!"她嚷道,"你要好好地对待他——他从来没作过对不起你的事!你快离开他的女人吧,免得流言连累了他的好名声!"

"好吧,我走。"他仿佛从梦中醒来,"我本来要到集上去讲道,现在我去不成了。我这还是头一次开这么大的玩笑。我就走,我起誓——永远不来了。"忽然又说,"你让我抱一抱吧,苔丝——看着从前的老交情——"

"亚雷,我可没有人保护!另一个体面人的名誉,可就在我手里攥着哪,你有没有羞耻心啊?"

"呸！也是！"

他把嘴唇紧咬，恨自己没骨气。本来自从他改过自新以后，他从前那种热烈的情欲，都成了僵冷的尸骸，现在好像都死而复活了。他恋恋不舍地走了。

他往前走去的时候，不声不响，仿佛是从前并没想到，自己的主张，也许没有理由坚强维护，现在看到了这一点，就不由得精神麻木。他那种一时兴发的省悟、皈依正教，本来跟理智完全没有关系，那也许只是一个心性轻浮的人，见他母亲一死，一时受了感触，忽而异想天开的结果吧。

苔丝在德伯的热情大海里，投下了这几滴清冷的逻辑以后，他那热情就冷了下去，变成了停滞不动的污潴。他一面把苔丝学来说给他听的那几句话，琢磨了又琢磨，一面自言自语地说："那位聪明人不会想到，他告诉她这些话，也许就是给我跟她重温旧梦开辟了道路！"

47

棱窟槐农田上，要打最后一垛麦子了。一早儿起来，三月的黎明，异样地混沌，连东方的天边在哪儿，都看不出来。那垛麦子已经饱受雨打日晒，在那儿堆了一冬了。

伊茨·秀特和苔丝走到打麦场上的时候，看见麦垛顶上有两个男人黑乎乎的侧影。那两个男人正在那儿忙着揭垛顶儿。所谓"揭垛顶儿"，就是把麦垛上面盖的草顶子揭去，

再往下扔麦捆。农夫葛露卑想要在一天以内,尽力把麦子都打完了,所以非让她们这么早就来不可。

紧靠着麦垛草顶的檐子下面放着一个木头架子,连着带子和轮子。那是打麦子的机器,它一开动起来,女工们的筋肉和神经,就要一齐紧张起来,非坚忍不拔,就不能支持下去。离得亇远的地方上,又有一件形状模糊的东西,颜色漆黑,老嘶嘶作响。一个烟囱高高地在一棵槐树旁边耸起,这一定就是那件要当这个小世界里面主要动力的机器。机器旁边站着一个高大的形影,身旁放着一大堆黑煤,他就是使机器的工人。他的态度和颜色都是孤立的,偶然走到这片毫无烟灰的黄麦白土中间,来惊吓搅扰当地的土著。

他的外表和他的心情一样。他虽然身在农田,但却不属于农田。他所伺候的只是烟灰、煤火,农田上的人伺候的却是稼穑、天气、霜露、太阳。

他带着他那架机器,从这一郡走到那一郡,因为那时候,在维塞司郡这一块地方上,蒸汽打麦机还只是个云游四方的东西。他说起话来是一种古怪的北方口音,他心里想的只是他自己的心事,他眼里瞧的只是他所管理的那个铁机器,他简直就不大看得见周围的一切景物,也满不在乎周围的一切景物。他不到必要的时候,跟当地的人就不多说一句话。机器轮子上有根长带子,连着麦垛底下那件红色的打麦机,把他和农业界联系起来的,只有这一件东西。

他们在那儿揭麦垛顶儿的时候,他只毫无表情地站在他那个可以移动的力量储蓄器旁边。打麦子以前的预备工作,于他毫无关系。他只把煤烧红了,把蒸汽憋足了,在几秒钟以内,他就能让机器上那根长带子以目不及见的速度转动。要是当地人问他管自己叫什么,他就回答说:"司机。"

天色大亮的时候,麦垛顶就完全揭去了。于是男工们各就其位,女工们上了麦垛,大家一齐动起手来。农夫葛露卑早就来了,他吩咐苔丝到机器板儿上去,紧挨着往机器里填麦子的男工,叫伊茨站在麦垛上,挨着苔丝。伊茨把麦捆一个一个地递给苔丝,苔丝再把麦捆一个一个地解开,填麦子的工人再把它抓起来,铺在旋转的圆筒上面,片刻的工夫,圆筒就把每一颗麦粒都喷出来了。

刚一动作的时候,机器停顿了一两下,于是那些仇恨机器的人,心里就都痛快起来。但是经过那一两下的停顿以后,机器就旋转无阻,一直到吃早饭的时候,大家才停了半个钟头。饭后又工作起来的时候,所有农田上其余的人手,都用在堆积麦秸上面,因此在麦垛旁边慢慢地堆起了一个麦秸垛。到了吃点心的时候,大家都各人站在原处,匆忙地吃完了点心,又工作了两个钟头,就快到吃正餐的时候了。强暴猛烈的轮子旋转不停,打麦机嗡嗡的声音一直震到靠近机器那些人的骨髓里。

在越来越高的麦秸垛上面的那些老年人,都谈起从前在橡木仓房地板上，用梿枷打粮食的情况。站在麦垛上的那些工人也都多少能谈几句话，但是管机器那些人，连苔丝在内，却不能利用谈话的消遣，减轻他们的劳力。麦垛上那些女工能够停顿一刻，从瓶子里喝点麦酒、或者凉茶，还能一面擦一擦脸或者身上的麦芒麦秸，一面说几句闲话。但是苔丝却一刻都不能休歇。因为圆筒既是永不停止，填麦秆的工人当然不能停止，她是把麦捆解开、供给麦秆的，也不能停止。

机器上打麦子的那一部分，本来就嗡嗡直响，让人不能谈话，要是碰到供给的麦秆不足，它就像疯了一般地大声呼号。苔丝和填麦秆那个男工，连回头转转身都不能，因此虽然在吃正餐以前，悄悄地从栅栏门外走进一个人来，站在地里第二垛麦垛旁面，一直看着苔丝，而她却不知道。那个人穿着一身时髦的呢衣服，手里还拿着一根漂亮的手杖。

"那是谁呀？"伊茨·秀特先问苔丝，苔丝没听见，又转问玛琳。

"不知道是哪一位的男朋友吧。"玛琳简洁地回答。

"他要不是追苔丝的，我就给你一个几尼。"

"哦，不是。新近跟在苔丝屁股后的是一个美以美会的牧师，不是这样的花花公子。"

"那是同一个人。"

"是一个人吗？怎么一点儿也不一样啊！"

"他把他的黑衣服和白领巾都换下去啦,把他的连鬓胡子也剃啦,可是虽说他的打扮穿戴换了样儿,人可还是他自己呀!"

"你敢保是他吗?那么我告诉苔丝啦。"玛琳说。

"算了,待会儿她自己会看见的。"

"苔丝的丈夫固然在外国,可是她终究是有主儿的人了,这个牧师一面讲道,一面追人家,我想不应该吧。"

"哦,我看碍不了她什么事。"伊茨冷静地说,"苔丝是百折不回的,想要打动她的心,比拉动在泥坑里的大车还难呐,就是七雷都轰不动她。"

到了吃正餐的时候,机器的旋转停止了。苔丝从机器上下来了,她那个膝盖,让机器震得直打哆嗦,连路都走不了了。

"你该跟我学,喝一夸特酒才对。"玛琳说,"哎呀,你看你的脸,就是你让压虎子魔住了,也不能那么样白法呀。"

善良的玛琳忽然想到,苔丝累得这样,要再看见那位情人,她一定吃不下东西,因此正想让苔丝从远一点儿的那个梯子下麦垛去。不想这时,那个有身份的男子已经走过来了。

苔丝只喊出半个"哦"字,就把话顿住了。过了片刻的工夫,她又急忙说,"我就在麦垛上吃吧。"

那天的风吹得尖利,玛琳和别的工人们都没有留在麦垛上，他们都坐在麦秸垛下面。

那位新来的人，正是亚雷·德伯。他虽然衣服更换，面貌改变，却正是那个福音教徒。他又恢复了三四年前那种放荡不羁的神气了。苔丝既是决定不下麦垛，所以就在看不见他的麦捆中间，坐了下去，吃起饭来，吃着吃着，听见梯子上有脚步声，抬头一看，只见亚雷已经站在麦垛上面了。他一言没发，在她对面坐下。

苔丝把她带来的一块厚煎饼，继续吃完，算是正餐。那时别的工人们，都聚在麦秸垛下面，松软散乱的麦秸成了舒服的安身之处。

"你瞧，我又来啦。"德伯说。

"你为什么老这么来烦我呀！"苔丝气得好像头发梢儿上都冒出火来了。

"我烦你？我倒应该问你为什么来烦我吧！"

"我什么时候烦你了？"

"你说你没烦我吗？你就没有一时一刻不来烦我的！你那双眼睛白日黑夜老在我眼面前。苔丝，我从前一心修道，自从听到你对我提起咱们的那个小娃娃，我的感情就好像忽然开了闸一般，往你那面儿一直冲过去了。"

苔丝只一言不发，瞅着面前。

"怎么，你现在把讲道的事儿完全丢开了吗？"过了一会儿，她问。

德伯装作正颜厉色的样子，说："完全丢开了。那天下午，我本来该上卡斯特桥去对那些醉鬼们讲道，可没去成，从那次以后，对所有讲道的约会，我一概都失约了。哈哈！那些道友！他们当然要为我祷告——为我流泪，不过我可不在乎了。我现在已经不相信那种事儿了，再让我照以往那样干，那不成了卑鄙的假善人了吗？四年前我把你骗了。四年后，你看见我变成了一个热诚的基督徒了，你就来诱惑我，让我再反教，让我也许万劫不复！不过，苔丝妹妹，这不过是我随便瞎说，你不必往心里去，吓得那样！你不过只是还保留了你从前美丽的容颜和苗条的身材罢了，你并没犯别的罪过。你还没看见我的时候，我早就已经在麦垛上看见你那苗条的身子和美丽的面貌了。"

苔丝想要反驳他，但是在这个紧要关节的时候，她却一句流利话也说不出来了。他不理她，只接着说："不过，苔丝，话要说得郑重一点。我上回见了你，听你说了他说的那些话以后，我就一直在琢磨那些话。我觉得，从前一些陈腐的议论是有些缺乏常识，我怎么就会让克莱牧师的热心鼓动起来，那么疯狂地从事讲道，比他自己还热诚哪？连我自己都不明白。至于你跟你那位了不起的丈夫学来的那些话，——他的姓名你还没告诉过我哪——说要有不含武断的道德系统，我可觉得我绝对办不到。"

"如果你做不到那种武断的教条，你至少能做到纯洁爱

人的宗教啊。"

"哦，不成，我不是那样的人！我这个人，总得有人对我说，'你做这个，你死后就有好处，你做那个，死后就有坏处'，我的热心才能激动起来。哼，既是没有我对之负责的人，我自然觉得我对于我的情感行为无责可负。我要是你，亲爱的，我也会觉得无责可负！"

她很想驳他的话，很想指点他，说神学和道德。但是一来因为安吉尔·克莱当日不好多言，二来因为苔丝自己全没训练，三来因为她这个人本是富于情感，不是富于理智的，所以她终究没能说出什么。

"好吧，爱人儿，这没有关系。"他又说，"我还是跟从前一样，又跟你在一起了！"

"跟那时不一样——完全不一样！"她恳求说，"再说，我从来就没对你有过热情！哦，要是你为了失去信仰，就对我说出这种话来，那么，你为什么不牢牢地把住了你的信仰哪？"

"因为你把我的信仰都给赶走了哇！所以，你这个漂亮人儿，你等着遭报应吧！你的丈夫一点儿也想不到，他会这样作法自毙吧！哈，哈——你虽然让我离经叛道，我还是一样地乐不可支！苔丝，我现在叫你迷得比从前还厉害，我还是真可怜你。虽然你保守秘密，不肯把你的情况都对我说出来，我可看得出来，你的境遇很坏——本来应该珍重爱惜你的那个人，可反倒一点儿也不理你了。"

她嘴里的饭难以下咽了，她的两唇发干，马上就要噎住了。

"你这种话让我听着太难受了！"她说，"你如果心里真有我一点儿，怎么能拿这种话来说给我听哪？"

"实话，"他脸上微微露出心内痛苦而一惊的样子来说，"我到这儿来，并不是因为自己把事做错了来埋怨你。我到这儿来只是要对你说，我不愿意你这样干活儿。你说你丈夫并不是我，你另有一个丈夫。呃，也许你有，不过我却从来没见过他，你也从来没告诉过我他的姓名，所以他自始至终，只像是一个神话里的人物罢了。我一心设法想要帮你脱离困难，但是你那位爱而不见的妙人儿，他可并没这样做。苔丝，我的车就在山下等着哪！"

他说这些话的时候，她的脸慢慢变成了一片紫红，不过她却始终没开口。

"我这回堕落都是你害的，"他朝着她的腰伸手去说，"你应该跟我一同承担这番后果，你把你叫做丈夫的那头驴永远撂开好啦。"

原先她把皮手套脱下来搁在大腿上，她当时一点儿也没给他防备，就揪着手套的后部，朝着他的脸气忿忿地抡去。手套又沉又厚，跟战士们的手套一样，很着实地一直打到他的嘴上。当时亚雷很凶猛地把斜着的身子一下跳了起来。手套打着了的地方，露出一道见了血的红印子，一会儿血就流下来了。不过他却很快就把怒气压下去了，安安静静地从口袋里掏出手绢儿来，擦他嘴唇上的血。

她也跳了起来，不过跟着又坐下去了。

"你来吧，惩治我吧！"她说，同时看着他，她眼里的神气，好像一个让人捉住了的麻雀，知道自己就要被人弄死，却又无可奈何，只能瞪目而视。"你抽死我吧，你打死我吧！我决不出声叫喊。一次被害，永远被害——这是一定的道理！"

"哦，没有的话，苔丝。"他温和地说，"这种情况，我很能体谅。不过，我没直截了当地求你做我的太太吗？"

"不错，有过。"

"都是你没法儿答应我呀。"他想起原先他求她的时候那种诚心诚意，再一看她现在的无义无情，就禁不住怒气冲冲地走上前去，抓住了她的肩膀，把她抓得直哆嗦。"你记住了，你从前没逃出我的手心儿去！你这回还是逃不出我的手心儿去。我要你做我的太太，你就得做我的太太！"

麦垛下面打麦子的工人都活动起来。

"咱们不必再拌嘴啦。"他撒开手说，"现在我先走啦，下午我再来听你的答复。你还不了解我哪！我可了解你。"

苔丝一直没再开口，只像傻了一样愣在那儿。德伯迈过麦捆，下了梯子。于是打麦子的机器又活动起来，苔丝在麦子再次沙沙响起的声音里，又站到原先的位置上，像在梦中一般，把麦捆一个一个不断地解开。

48

下午的时候，农夫告诉大家：明天机器的主人把机器赁给别人了，今天晚上大家就要把这垛麦子打完。所以机器的铮铮声，比先前更连续不断了。

苔丝低着头不停地工作，一直到靠近三点钟快吃点心的时候，她才抬起头来，往四周看了一眼。只见亚雷·德伯又回到地边上，老远看见她抬头看，就一面朝着她飞了一个吻，一面望着她殷勤地直摆手。苔丝重新把头低下去，再也不往他那方面看。

于是下午的时光慢慢地过去。麦垛越来越低，麦秸垛越来越高，一袋一袋的麦子也都装车运走了。到了六点钟的时候，麦垛差不多只剩下和肩膀一样的高了。那些打过的麦秸，全是由一个男工和苔丝填到机器里去的，并且大部分都是从苔丝的手里经过的。早晨的时候，麦秸垛还没有踪影，现在居然就变成一大堆，好像那架红色嗡嗡的大肚子怪物，一面吞食麦子，一面排泄麦秸。

所有的工人，没有一个不腰酸背痛、汗流气喘的。往机器里填麦秆的工人累得身疲手懒，苔丝只看见他那块红色的后脖子上满粘着尘土和麦芒。苔丝自己仍旧站在她那岗位

上，她那发红出汗的脸上满是麦子的碎屑，她那白色的布帽子上也让碎屑弄得变成了棕色。女工里面，在机器上面占据这样一个位置的，只有她一个人。从前玛琳和伊茨，有时还和她替换，现在麦垛低了下去，她和玛琳、伊茨就隔开了，不能再替换了。

原先脸色顶鲜明的人，现在也都渐渐变得面无人色，两只眼睛也都显得眍䁖了。无论什么时候，苔丝只要抬起头来，就老看见那个越堆越高的麦秸垛，顶上站着只穿衬衫的工人，衬着那北方灰色的天空高高耸起。麦秸垛前面就是很长的红色举重机，仿佛雅各看见的梯子一样。举重机上，打过的麦秸好像一条滚滚上涌的黄色河流，都喷散在麦秸垛顶儿上。

苔丝知道亚雷·德伯一定还在那儿老远看着她，不过究竟在哪个地点，她说不出来罢了。他在这儿，很有借口，因为等到回头麦垛快拆完了的时候，麦垛底下剩有许多耗子，要把它们都打死，所以那时就有以打猎为戏的各色人等——不是雇来打麦子的，有些是文明人，带着小猎狗和奇怪好玩儿的烟袋，有些是粗鲁人，拿着棍棒和石头——都来帮忙。

但是还得再工作一个钟头，才能拆到藏有耗子的麦垛底儿那一层。别的女工有时喝一点酒，助助力气，惟有苔丝，因为让小时家里的光景吓怕了，滴酒不敢沾唇，因此工作到最后一两个钟头，她仍旧挣扎着工作下去。因为要是她应不起这份差事，就保不住饭碗了。这种失业的可能性，要是在一两个月以前发生，她一定能够处之坦然，但是自从德伯又在她身边追随以后，这种情况却成了她唯一的恐惧。

这时，东家葛露卑忽然上了机器对她说，要是她想去会她的朋友，她就去吧，他可以打发别人来替她。但是她却摇了摇头，仍旧继续工作。

后来到了逮耗子的时候了，大家都动起手来。原来麦垛渐渐往下低矮，耗子们也都跟着渐渐往下逃避，等到后来，它们全都挤在麦垛儿底下了。在它们最后的逃难所叫人发现了的时候，它们就都在平地上四面逃散。只听得玛琳忽然大声喊叫起来，一定是有耗子跑到她身上去了，别的女工为防止这种可怕的情况，都用种种方法防护自己，有的把裙子折起来，有的把身子站高了，那只耗子总算弄出来了，那时狗也叫，男人也喊，女人也嚷，就在这种扰乱之中，苔丝把最后的一捆麦子解开了，机器的声音慢慢停住了，苔丝也从机器上下到地上了。

她的情人立刻就走到她身旁。

"你到底要想怎么着——连打耳光羞辱你都打不走你吗！"她只能声微气弱地说。

"要是我会因为你做的事，生起气来，那我就真太傻了，你瞧你的小胳膊小腿儿，抖得多么厉害！本来自从我来到这儿以后，你可以什么都不必干的，你怎么偏要干哪！不过我

已经质问过那个农夫了，说他不应该让女工上蒸汽打麦机。好一点儿的农田，都没有让女工上蒸汽打麦机的了，他也不是不知道。现在我送你回家去吧。"

"好吧，"她疲乏无力地回答，"你要送我你就送吧！我本来老认为你是个坏人，其实你也许比我认识的那个你好点儿。凡是你好心好意对我做的事，我都领情，不是好心好意做的，我一概都生气。"

"即便我不能把咱们两个从前的关系变成合法的关系，至少我也可以帮助你。我这回帮你，一定要顾到你的心情，决不能像从前那样。我还有点儿人性，至少我希望还有点儿人性。现在，我拿男女之间一切强烈温柔的感情起誓，你信我好啦。我这点儿家当，准够让你跟你父母弟妹吃穿日用的，只吃穿日用还用不了哪！"

"你最近见他们了吗？"苔丝急忙问。

"见了。他们并不知道你在什么地方。我这是碰巧儿才在这儿找到你的。"

苔丝在她寄寓的那所小房儿外面站住了，德伯也在她身旁停了下来，斜眼瞅着苔丝疲劳的面孔。

"别提我弟弟妹妹啦！"她说，"你要帮助他们，你就帮助他们好啦，不必告诉我。不过我还是不要你帮助！"她喊着说。

走到门前，他并没陪她进去，因为她跟那一家人住在一

块儿。她到了屋里,跟那一家子一块儿吃了晚饭,然后就马上走到靠墙的桌子旁,在自己独用的一盏小灯的灯光下,热烈地写道:

我自己的丈夫,——你一定得让我这么称呼你——即便这样称呼你,会让你想起我这样一个毫无价值的女人来而惹你生气,我也非这样称呼你不可。我现在一定得哀求你来救救我的苦难,安吉尔呀,我现在受的诱惑太大了。

我不敢说这个人是谁,我也实在不愿意写信告诉你这种事。你能不能趁着现在还没发生什么可怕的事以前,立刻到我这儿来呢?要是你不能到我这来,也不让我到你那儿去,那我就非死不可了。你给我的这种惩罚,本是我应当受的。不过,安吉尔呀,请你多少慈悲一点儿,快回来吧!要是你回来了,我情愿死在你怀里!

安吉尔呀,我完全是为你活着的。我太爱你了,因此虽然你离开了我,我也不怨你。你不要以为我会对你说刻薄话或者牢骚话。我只要你回来。我没有你,简直就没有生趣!我工作也不要紧,只要你肯写几个字给我,告诉我说"我就来啦",那我就等你!

咱们两个结婚以后,我的宗教就是:在思想上和外貌上都忠心对你,因此就是有人冷不防对我说句奉承话,我都觉得对不起你。难道你现在就半点儿也没有从前在奶牛场里那种心情了吗?如果有的话,你怎么能老不理我呢?安吉尔,我现在还是使你发生恋爱的那个女人。不错,还是,一模一样!自从我遇见你以后,我的过去已经完全消灭了。我又变成另一个女人了,又从你那里得到一个新生命了。你怎么会看不出这一点来呢?亲爱的呀,只要你能够自信你有一种力量,能让我前后变成两个人,那你也许就肯回来找我了,找你这可怜的妻子了。

在我正浸在爱潮里的时候,我曾相信你能永远爱我,那时我有多么傻呀!我早就应该明白,那种情况不会落到我这种可怜的人身上。唉,我心里成天成夜,就没有一时一刻不难过的。如果我能让你的心,一天之内,像我这样疼上一分一秒,那也许可以让你对我这样一个孤单无依的人,生出怜悯的心来了。

安吉尔呀,别人还都说我怪好看的哪。也许我真好看,不过我对于我的容貌却不珍惜。我愿意有这种容貌,只是因为这种容貌是属于你的,只是因为我也许至少还有一样东西，值得为你所有。所以碰到有人因为我好看，跟我起腻，我就用布把我的脸裹起来。哎，安吉尔呀，我对你说这些话，并不是对你夸张，我只是想要让你到我这儿来!

要是你真不能到我这儿来，你能不能让我到你那儿去呢？我先已经说过，现在正有人逼迫我，要让我做我不肯做的事。当然我是丝毫不肯屈服的。但是我却老担心，害怕会有什么意想不到的事故，引起严重的后果。而且我又因为有了头一次的错误，所以现在一点儿也没有保障。如果我这一番再掉到了可怕的陷阱里而堕落了，那我这一次的情况，比我头一次的，可就要更坏了。哦，天哪，这种情况我简直不敢想!

因为你不在这儿，所以我觉得，阳光之下，没有一样值得看的东西。地里的白嘴鸦和椋鸟，我现在不喜欢看了，因为我想起那个跟我一同看它们的你，我怎么能不难过呢？我不论在天上，不论在地上，也不论在地下，都不想别的，只想你，只想跟你见面。我最亲爱的！你来吧！快来吧！快来把我从威胁我的大难里救出来吧！

你的心都碎了而仍旧至死不渝的苔丝。

49

苔丝这封情辞恳切的信,不久就寄到牧师公馆了。原来安吉尔·克莱,满怀忧思,时刻把他迁徙往来的行踪向他父亲报告,所以他嘱咐苔丝,叫她把所有的信,都从他父亲手里转寄。

老克莱先生看完了信封上写的字,对他太太说:"我看这封信,一定是安吉尔的媳妇写给他的。安吉尔不是来信,说下月底要回家一趟吗?要是他真打算那样办,那么,这封信一转给他,我想就能催促他更早动身了。"于是他在那封信上另标上地址,把它立刻转寄给安吉尔。

"亲爱的人,我只盼望他能平平安安地回来。"克莱太太嘟哝着说。"我会一辈子都觉得你待儿子偏心,你原先应该不管他信不信教,把他也送到剑桥,让他跟他那两个哥哥一样地去念书才对。你要是把他送到剑桥,他在那儿也许会慢慢变了思想,到后来说不定也能当个牧师了。反正不管他能不能进教会,你要是那么办了,总公平一点。"

克莱太太为了儿子埋怨丈夫的伤心话,老不过是这几句。就是这几句,她也不常发泄。因为她知道老头儿的心事,明白他也正因为没把三个儿子一体对待,觉得难过。到了晚上,老头儿往往睡不着觉,她常听见他一面为安吉尔叹息,一面又向上帝祷告。但他虽然心疼小儿子,即便到了现在，也并不认为自己的办法不对。因为他想，要是他把不信教的小儿子也送到大学里去，那么他也许会利用大学里的知识来批评自己一生宣传的教义。想到这儿，他就觉得没把小儿子送到大学是对的。

虽然如此，他却很爱他这个小儿子，因为自己没把他送进大学，心中暗暗难过。

关于克莱和苔丝这件不幸的婚事，他们老两口子，也觉得是他们自己的过错。因为他们要是不让安吉尔去学庄稼，他怎么会跟庄稼地里的女孩子们碰到一块儿呢？安吉尔和他媳妇分离的原因，他们并不清楚，一开始，他们还以为必定有什么很厉害的厌恶，才闹到这一步。但是安吉尔后来信上有时还偶然提到要回来领他媳妇的话，从这种话里看来，他们希望，这番分离也许还不像他们想的那样不能复合。

安吉尔曾对他们提过，说苔丝住在她娘家。不过他们因为不知道有什么改善这件事的办法，所以他们就决定不过问这件事。

在这个时候，苔丝的丈夫，正骑着一匹骡子从南美洲大陆的腹地，往有海岸的地方走去。他到那儿不久，就得了一场重病，重病之后，身体就一直没完全复原。等到后来，他把在那儿经营农田的希望，差不多完全放弃了，不过当时他还没有十二分的决心要离开那儿，所以就没把他放弃南美的计划告诉他父母。

在克莱以后来的农田工人，也都因为信了在这儿能够逍遥安逸地独立谋生的话，上了大当，来到这儿受苦遭难，有的得病，有的死去。安吉尔本来没打算到巴西来，那原是他当时一阵绝望灰心，铤而走险，所以才远涉异国。

他在外国待了这些时候，在心境上就像老了十二年似的。他现在觉得，人生里有价值的事，并不是人生的美丽，却是人生的辛酸。他对于前人评定的道德，也不信服起来。他觉得那种道德的评定，应该重新改正。谁能算是真有道德的男人呢？或者问得更切题一点，谁能算是真有道德的女人呢？批评一个人人格的好坏，不但得看这个人已经做过的事，还得看他的目的和冲动。好坏的真正依据，不是已成事实的行为，却是未成事实的意向。这样说来，苔丝算是好的还是坏的呢？

他一旦用这种眼光观察苔丝，他就后悔从前对苔丝不该那么卤莽，心里就难过起来。克莱对苔丝旧情渐渐复萌的时候，正是苔丝在棱窟槐寄居的日子，不过那时，苔丝还不敢写信把她的情况和感情告诉克莱。克莱那时心里迷惑得不知所措，所以就没顾得去考查她不通信的原因了。因此她那种驯服听话的静默，可就叫他误解了。因为克莱不了解，她所以那样缄默，只是因为，她要严格遵守他的命令；只是因为，她低心俯首，甘愿认错，如果他当时了解了，那她的缄默，就可以抵得过千言万语了。

克莱骑马从内地往海口去时，与他做伴的也是一个英国人。他们两个都心意沮丧，所以就谈起故国旧情来了。男人有一种怪脾气，不肯对亲近的朋友吐露自己的心事，却爱对陌生的人说，尤其是远在他乡的时候。所以当时克莱就把他的烦心事都对那人说了。

他那位同伴见多识广，所以这种越乎社会常轨的事情，据他看来，却只像高山和低谷的起伏不平之于地球整个的浑圆形体那样。和安吉尔的看法完全不同，他以为，苔丝既然将来能做一个好太太，那她从前怎么样都不重要，并且说他不应该跟苔丝分离。

他们说完了这番话以后，第二天就遇上了一场雷雨，让雷雨一淋，克莱的同伴就发烧病倒，到了那个礼拜末，就一命呜呼了。克莱等了几个钟头，把他的伴侣掩埋好了，才又上了路。

克莱对于这位心胸宽豁的伴侣，除了他姓名之外，别的一概不知。但是他随便说的那几句话，却因为他这一死，而变成至理名言了。他把自己的褊狭见解跟这位的一比，就不由觉得羞愧。于是他那些自相矛盾之处，就如同潮水一般，涌上了他的心头。他固然觉得，童贞丧失是可恨的，但如果童贞的丧失，是由于受人欺骗，那他就应该承认，这种心理至少有修改的必要。

他想到这里，就悔恨交集。伊茨·秀特对他说的那些话

现在又涌上了他的心头。他又想起结婚那天苔丝的神情，想起苔丝那天，老把眼睛盯着他的一举一动，老用耳朵听着他说的话，仿佛他就是上帝一般；想起苔丝，在那个可怕的晚上，坐在炉前坦白身世，那时候，她那简单的心灵，想不到他那样爱她，却会那样翻脸无情，那时候，她那让炉火照着的脸庞，多么可怜！

因此，克莱本来是苔丝的批评者，现在却一变而成了她的辩护人了。克莱对待苔丝有些心狠，这是毫无疑问的。男子对于他们心爱的女人，原本就常常心狠；女人对于她们心爱的男子，也是一样。天地之间，有普遍的大狠心，从普遍的大狠心里，又生出种种的小狠心。所谓大狠心，就像地位对于性格，办法对于目的，今天对于昨天，将来对于现在，都是极不通融的情况。克莱对苔丝的狠心，要是跟这些情况比起来，还算是温柔的。

苔丝的家世从前只让克莱觉得讨厌，现在她的家世却让他觉得古趣盎然了。说到让人生思古之幽情，她这种年代久远的家世，意义非常重大。这在经济方面，虽然没有什么价值，但是对于感叹盛衰兴亡的人，却是最宝贵的东西。这一事实不久就要没人记得了。她就是王陴那儿铅棺材里那些尸骨的后裔这种情况，不久就永远让人忘记了。

苔丝的清白，虽然在过去受了玷污，但像她这样的人，凭她现在有的这点东西，也能胜过别的处女。

这就是旧情复萌的表示，这种情况刚好是苔丝写那封倾吐情愫的信以前发生的，老克莱先生就在这时候，把那封信转寄给克莱，不过因为克莱远居内地，一时还没能收到。

　　同时，克莱会不会因为看了那封信受了感动而回来呢？写信的人对于这种情况，所抱的希望，时大时小。她想，当初他们分离，既是由于她那生命里的某种事实，而这种事实现在并没改变，并且也永远不能改变，那他会回来的希望就小了。因为既是原先耳鬓厮磨，都不能使他回心转意，那么现在就更不能使他回心转意了。话虽如此，她仍旧一心一意温柔地琢磨着，如果他回来了，她应该做什么，才能得到他的欢心。她后悔当初没留神，没注意他弹竖琴时所弹的调子，没更仔细问一问，在那些乡下女孩子唱的民歌里，他喜欢哪个。碰巧那时阿米·西丁已经从塔布篱跟伊茨跟到这儿来了，她就拐着弯儿向他探问，碰巧他还记得，克莱好像顶喜欢《爱神的花园》、《我有猎苑我有猎犬》和《天色刚破晓》；好像不喜欢《裁缝的裤子》和《我越长越好看》，虽然这两个歌儿本来也很好。

　　苔丝现在一心想的就是要把这几个歌儿唱熟。她没事的时候就独自练习，特别是《天色刚破晓》这一首：

起来哟起来，起来哟起来；
起来园中去，园中百花开；

采得作花球,持以赠所爱。
五月时光好,天色刚破晓,
小鸟和斑鸠,枝头筑新巢。

在这种干冷的天气里,每当她自己单独干活时,她就老唱这些歌,听见她唱歌的人都被她感动了。她一面唱,一面还忧心忡忡,恐怕她的爱人终究不会回来。因此她就不胜悲伤,泪流满面。

苔丝当时一心只顾做这种痴心梦,好像忘记了岁月的流转,不知道不久就是旧历圣母节,而她在这儿的合同就满期了。

但是还没等那个日子来到,就发生了一件重要的事。有一天晚上,她正像平常那样和那一家人闲坐,忽然听见外面有人敲门,说是找苔丝的。苔丝往门口看去,只见一个女孩子模样的人,又高又细,看她那身材的高矮像个妇人,看她那身材的肥瘦,却是一个小孩子。灯光昏暗,起先苔丝没认出来,后来听她叫了声"姐姐",才听出她是谁。

"怎么——丽莎·露吗?"苔丝吃惊地问。因为一年前,苔丝离家的时候,她这位妹妹还只是一个小孩子,现在却已经长大了。她穿的那件连衣裙已经显得短了,连衣裙底下露着两条细腿,她那两只胳膊和两只手也不知道往哪儿放才好。

"是我,姐姐,我走了一整天,"她用严重的口气说,"特为来找你,现在累极了。"

"家里出了什么事儿了?"

"妈病得很厉害,大夫说恐怕要不中用啦,爹也不大好,所以我们都不知道怎么办好。"

苔丝一听这话,出了半天神儿,才想起来让丽莎·露进屋里坐。丽莎·露进屋坐下以后,喝了一点茶,这时候苔丝就打好主意了。这回,她是非回去不可了。她的合同,虽然还没满期,但是从现在到那时,只剩下几天了,所以她就不计利害,决定立刻回家。

当天晚上就动身,可以早十二个钟头到家。不过她妹妹太累了,没有力气再走那么远的路。苔丝到玛琳和伊茨的寓所,告诉她们一切的情况,托付她们,好好地替她对东家说。托付完了,就回来给露弄了一顿晚饭,让她吃完了,在自己的床上睡下,她收拾了一下随身物品就上了路,同时告诉丽莎·露,叫她第二天早晨走。

50

晚上十点,苔丝就投到春寒料峭的夜色里,要在清冷闪烁的星光下走完她那十五英里路。苔丝一直顺着小径,抄着近道,那年头,路上是没有抢劫犯的,她又一心惦记着母亲,也就不害怕妖魔鬼怪了。所以她就这样上山下坡,快到半夜，就走到野牛冢了。她已经走了五英里的高地，现在再走上约莫十英里或者十一英里的低地，就到了她那旅程的终点了。

到了纳特堡，苔丝从村中旅店的外面走过。村店的招牌吱吱地响，跟她的脚步声相应，除了她，没有任何人听见。

到了三点钟时，她走完了那些蜿蜒曲折的篱路，进了马勒村了。进村的时候，走到那片她第一次跟克莱见面、却没在一块儿跳舞的草场，她想到这件事，心头还有余恨。在她母亲住的那所房子那面，她看见有一线灯光，她能清楚地看到这所房子的轮廓——草房顶，现在已经用她的钱，修葺得焕然一新了。这所房子仿佛是她那生命和身体的一部分，天窗上的斜坡、山墙上的灰石、烟囱顶上的破裂砖层，都跟她息息相关。在她看来，这些东西现在都带着一种昏迷痴呆的样子，表示她母亲得了病。

她轻轻地推开门，楼下那个屋子里没有人，但是夜间看守她母亲的那位邻居，却走到楼梯口对她说，她母亲还是不见好，不过那时却正睡着了。于是苔丝先吃了早饭，然后代替那个邻居执行起护士的职务来。

早晨她看见了弟妹们，只见他们的身量都抻长了好多。她离家虽然才一年多，而他们的发育却真惊人。如今她必须把精神都用在他们上面，所以就顾不得自己的忧怀愁绪了。

她父亲害的还是那种叫不上名儿来的病，正跟平常一样，坐在椅子上。但是她回来的第二天，他却异乎寻常地精神焕发。原来他想出了一种合理的生活计划。

"我想给英国这一带的老博古家都寄一份通告，叫他们捐一笔钱来养活我，我敢保他们一定会觉得，这是一件该办的事，是一件很有艺术趣味的事。他们花了大量的钱，去保存古迹，去搜集这个那个的骨头，他们对于死东西都那样重视，那么他们要是知道有我这么一个活古董，他们就更应该觉得有意思了。顶好能有一个人去告诉他们，说现在就有一个活古董！要是崇干牧师还活着，我敢保他一定能办这件事。"

她家里虽然得过她补助的钱，但情况却并没有什么改善，所以当时她顾不得跟她父亲辩论这个计划，就急着先处理眼前紧急的家务去了。那时正是栽种和播种的时候，村人的园子和分派地，有许多都已经春耕过了，但是她家的园子和分派地却还荒着，原来他们家把当育秧用的番薯也都吃了。她先赶紧弄了些别的东西来。过了几天，她父亲经过苔丝的努力劝诱，能出来照管那园子了，她自己也担当起他们那块分派地里的活儿，这是他们在离村子二百码的一大片地里，分租来的。

她母亲已经见好，不用她时刻在病床前伺候了。那块分派地，在一个宽敞的篱围里，人们通常完成了白天雇工的活才去那里干活。刨地平常是六点钟开始，无定时地继续到黄昏，或者月亮升起来以后。现在许多分派地里，都正燃烧着一堆堆的野草和废物，因为那时天气干燥，正适于烧荒。

有一天天气很好，苔丝和丽莎·露同着别的街坊们，在那儿一直干到很晚。太阳刚一落下，长命草和卷心菜菜梗儿那倏忽不定的火光就把那些分派地照得忽明忽暗，因此大地的轮廓都随着浓烟让风吹得忽隐忽现。火光亮起来的时候，就把一片片贴地横飞的烟也映成半透明的发光体，把干活儿的人互相隔绝。有些人已经回去了，但苔丝想把工作做完，因此还在继续干活，不过她却把她妹妹先打发回去了。她正在一块烧着长命草的分派地里，手里拿着叉子工作，有时候，烟气把她完全笼罩；有时候，烟气散开，她的身影就露出来。她今天晚上的穿戴很奇怪，看起来未免有些扎眼：在一件褪了色的长袍上罩着一件黑色的甲克，整个看来，仿佛是贺喜的客人和送殡的客人合而为一。她身后那些女人都带着白围裙，在那一片昏暗的暮色里，只能看见她们灰白的面目和白色的围裙，只有火光发亮，射到她们身上的时候，才能看见她们全部的形体。

天色既然还不很晚，所以工人的叉子仍旧一息不停地响着。那时虽然春寒料峭，却已经有点春意了，鼓舞着工人的工作兴致。那个地方、那种时光、那种闪烁明暗的奇幻神秘，都含着一种意味，使大家和苔丝喜欢在那儿待着。

没有一个人看自己的伙伴。所有人都盯着土壤，看着它那翻过来而被火光照亮了的表面。因为这样，所以苔丝唱着歌儿翻弄土块时，虽然有一个穿粗布衣衫的人，在离她顶近的地方干活，但过了很长时间，她才感觉到他在那儿。不过她只当他是她父亲打发来帮她干活的。后来他刨地的方向把他带到离她更近的地方了，她对他的感觉才比先前多了一些。那时烟气有些把他们两个隔断，跟着烟气转到旁边，他们就又可以彼此看见，不过跟所有其他的人还是隔开了的。

她没跟那个同伴说话，他也没跟她说话，苔丝只觉得他不像马勒村的工人。不过这几年，她既然时常不在家里，那么她不认识这个工人也毫不足怪。后来他刨的那块地离她更近了，她用叉子挑着枯草走到火旁把它往火里扔的时候，看见他也在火的对面做同样的动作。火光一亮，于是她看出来，那个人正是德伯。

万没想到德伯会在这儿，同时他又穿着只有农人才穿的那种粗布长衫，样子非常古怪。这种情况使她觉得又骇然又可笑。德伯发出了一声低低的长笑。

"要是我爱说笑话，我就该说，咱们两个真跟在乐园里一样了！"他歪着头，看着苔丝说。

"你说什么？"她有气无力地问。

"一个好说笑话的人，一定会说，咱们两个这种情况，正跟在乐园里一样。你就是夏娃，我就是那个变作下等动物的坏东西，跑到园里来诱惑你。我从前从事神学的时候，我对密尔顿描写的那个场面非常熟悉,那里头有几句说——

'皇后,路早已停当而且不长,
就紧傍一行桃金娘的近旁。
如果您让我给您指引方向,
我一晌就能把您领往那厢。'
夏娃说,'这样,快带路,莫延宕。'

亲爱的苔丝呀,因为你老把我看得很可恶,所以我才把你想要说我的话,替你说出来,其实我并不是那样。"

"我从来也没说你是撒旦,也没想你是撒旦呀!除了你惹我生气的时候,我就想不起你来。怎么,你到这儿来刨地,完全是为的我么?"

"完全为你。我只是来看看你,没有别的。这件粗布衫儿,是我在路上看见挂着出卖的,我才想起来买来穿上的,免得让别人认出来,我到这儿特为来阻止你不让你这样干活。"

"不过我愿意这样干——而且是替我父亲干活。"
"你干活的合同已经满期了吗?"
"满期了。"
"你以后打算去什么地方?去找你那亲爱的丈夫吗?"
她听了这种令人难堪的话,简直受不了。

"我哪儿知道！"她激愤地说，"我还有丈夫吗？"

"不错，没有丈夫。不过你虽然没有丈夫，可有个朋友。我已经想好了，非让你过舒服日子不可，不管你怎么想。你待会儿回到家里，就能看见我给你送去的那些东西了。"

"哎哟，亚雷，我不愿你送我东西。我不能要你的东西！那是不应该的！"

"很应该！"他对她的话有些不以为然地喊着说，"我这么爱你，能眼看着你受罪，一点儿也不帮忙吗？"

"可是我的境遇很好！我的困难，只是因为——不是因为生活问题！"

她转过脸去，拼命地刨起土来，眼泪一滴滴地洒在叉子把儿和土块上。

"因为你的弟弟妹妹，是不是？我已经替他们打算好了。"

苔丝一听这话，心里扑通扑通地跳起来，因为德伯这句话正说到她的痛处。这次苔丝回到家里后，她的心思就完全贯注在她的弟弟妹妹身上。

"你母亲要是真有个好歹，你父亲是不中用的，当然得另外有人照料他们了，不是吗？"

"我帮着我父亲，我父亲就可以做点儿事。我要逼着他做！"

"再有我帮点儿忙，不更好吗？"

"不要你帮忙,先生!"

"你这不是太糊涂了吗?你父亲本来就把我当作他的亲戚,我帮他的忙,他当然认为很应该。"

"他不那么想了,我已经把真相都告诉他了。"

"这你更糊涂了!"

德伯一怒之下,从她身旁退到树篱旁边,把粗布衫儿扯下来,卷成了一团,扔到火里,走开了。

经过这番情节,苔丝只觉得心神不定,不知道德伯是不是又到她家里去了。于是她就拿着叉子,往家里走去。

走到离家二十码左右的地方,苔丝看见她一个妹妹从对面走来。

"哎哟,姐姐,你快回去看看吧!丽莎·露正哭哪,家里挤了一大堆人,妈的病见好了,可他们说爹已经死了!"

这孩子还不知道这件消息里的悲惨情景,她只站在一旁,两只眼睛圆睁着直看苔丝,看见了苔丝听见这个消息后的神情,才说:"怎么啦,姐姐,咱们不能再跟爹说话了吗?"

"可爹本来只有一点小病啊!"苔丝语无伦次地喊着。

正在那时,丽莎·露走过来了,嘴里说:"爹刚才去世啦,大夫说,他的心都箍满啦,没法救啦。"

不错,德北夫妻换了位置了,病得要死的那一位脱离了危险,微微生病的那位却一命呜呼了。这个消息听起来已经够重大的了，但是仔细想起来，它的意义却还不止于此，虽然她们的父亲活着的时候，无所事事，但是他的用处却在他所能做的事情以外。因为他们住的那所房子，典约只限三辈，轮到德北身上，恰好满期。一来那时房子正缺，本村的佃户早就想把这所房子腾给长工们住；二来一个终身典房人，一切都不合群，惹得村里的人都不喜欢，所以一到房子满期，租约就绝不继续。

当初德北家是郡中望族的时候，一定有过许多次，曾把无地可耕的人，毫不客气地驱逐。不想这种情况，现在轮到他们自家的后人身上了。

51

旧历圣母节前夕终于来到了，农业界的人，都像疯了一样，迁移挪动，那种忙碌情况，一年之中，只有在这个特别的日子里才能看到。因为那一天是履行契约的日期，农田上的工人，在蜡节那天订下了一年在地里干活的合同，现在要付之实行。凡是不愿意再留在老地方上的劳工——都正往新农田上搬家。

农田工人们这种年年迁移的情况，在这块地方上正继续增长。苔丝母亲小时候，马勒村这一带的农田工人，大多数都是在他们的爷爷和爸爸工作的那家农田上工作一辈子，但是近年以来，年年迁移地方的愿望，却达到了高潮。青年人都觉得一年一换地方，不但新鲜别致，并且也许还会得到好处。

从前在乡村里，还有另一班人，像木匠、铁匠、鞋匠、小贩和一些其他不属农田、难以分类的工人之类，他们见闻广，比起农田工人来，显然高出一级。他们这一般人，有的像苔丝的父亲似的，是终身保产人，有的是邸册保产人，有时还有小自由保产人，所以他们的目的和职业，都比较稳定。但是他们久住的房子，一经到期，就很少再租给他们。要是地主把这些房子给他的工人住，那当然不成问题，要是不把这些房子给工人住，他们就收回去拆了。因为住在农村里却不事农业的人，别人都不喜欢，并且如果他们之中有的人搬走了，别人的生意就受了影响，也只得跟着搬走。这种人家，本来是旧日乡村生活的骨干，现在却只得迁移到人烟稠密的大地方。

马勒村里的房子，经过拆毁，已经很少了，所以只要有没拆的房子，全都让地主们收了回去，给他们的工人住，因此房子大有供不应求的趋势。马勒村的人，本来就不信德北家的门楣，并且自从苔丝的事发生了以后，大家更暗中计算，只要德北一死，典约一满，他家的人就都得滚蛋。不错，德北这一家人，无论在贞操方面，还是在节制和嗜好方面，都不能算是好榜样。德北自己，还有他太太，时常喝醉了，他们家那几个孩子，很少上教堂去做礼拜，他们的大女儿,还有过离奇的结合。村中的风化总得想法子维持。因此,刚一到了可以驱逐德北家的圣母节那天,德北家就得把那所宽敞的房子让给一家人口众多的赶大车的了。寡妇琼同她女儿苔丝、丽莎·露、她儿子亚伯拉罕,还有那几个小的,都只得上别处去了。

他们搬家头天傍晚的时候,下着濛濛细雨,天很早就黑了。那天夜里,是德北一家在这个他们出生长大的地方的最后一夜,因此德北太太自己、丽莎·露和她大儿子亚伯拉罕,都出门到几个朋友那儿告别去了,只把苔丝留在家里,等他们回来。

那时苔丝正跪在窗前一条凳子上,把脸挨着窗户,在心里琢磨着家里的情况,觉得自己对于家庭真是祸水。要是她这次不回来,人家也许会让她母亲和她弟妹作星期租户也说不定。但是她刚一回来,就让村里几个讲体面的人看见了:因为有一次她曾到教堂坟地,用一个小铲子,把她那小婴孩的坟墓重整了一番,那时,她就让他们看见了。这么一来,他们就知道她又在村里居住了,于是他们就责问她母亲,说她不应该"窝藏"她女儿,琼很生气,口出不逊,就说出不屑住在这儿、立刻搬往别处的话来,所以现在才闹到这种结果。

"我永远不回来才好哪。"苔丝自责地说。

苔丝当时只顾想心思,所以她虽然看见一个穿白雨衣的人,骑着马从街上走来,她却没顾得理会。但是也许是因为苔丝的脸离窗户的玻璃很近,所以马上的人却一下就看见了她,并且打着马走到草房的前面,一直走到房檐底下。但是苔丝还是没看见他,等到他用长杆马鞭在窗户上敲了一下,才把苔丝惊醒了。那时细雨差不多已经停了,她一看他的手势,就把窗户打开了。

"你没看见我吗?"德伯问。

"我没留神。"她说,"我觉得仿佛我听见你走来,不过我只觉得好像是几匹马拉着一辆马车似的。"

"哦!你大概是听见了德伯家的马车声了吧!你或许听说过那个故事了吧?"

"没听说过。我的——有一个人有一次正要对我讲,可没讲出来。"

"你要真是德伯家的后人,我想我也不应该对你讲,我自己没有关系,因为我本来就是冒牌儿的。那个故事听起来未免阴森森的。他们都说,这种闻声不见物的马车只有真正德伯家的后人才能听得见,并且听见这种声音的人,会遇见不祥的事情。本是一件杀人的案子,凶手是一个姓德伯的,那是好几百年以前的事了。"

"你既然说出故事的开始了,就说完好啦。"

"好吧。德伯家从前有一个人,抢了一个美貌的女人,装在马车里,那个女人想要逃跑,他们两个在马车里就打起来了,后来也不知道是那个女人把德伯杀了,还是德伯把那女人杀了,我记不清楚啦。这是这个故事的一种说法……我瞧你们的洗衣盆和水桶都收拾起来啦。你们要搬家了吗?"

"不错,明天是旧历圣母节。"

"我倒听说过你们要搬,不过我不太相信,太突兀了。怎么回事哪?"

"我父亲本是这所房子最后的典户,他一死,我们就没有权利再在这儿住下去了。不过,要不是为了我,我们家里的人也许还可以算作星期租户住下去。"

"于你又有什么关系呢?"

"因为我不是个正经女人。"

德伯脸上红起来。

"这些势利小人!他们死后,他们那肮脏的魂儿都烧成灰才好!"德伯用厌恶的腔调喊着说,"那么你们算是让人撵出去了?"

"这也不完全算是让人撵出去了,不过人家既然已经说出口来了,那我们顶好趁着现在大家都搬家的时候,也跟着一起搬家比较好。"

"你们要到哪儿去?"

"到王陴去。我们已经在那儿定下房子了。我母亲一心只想回到我父亲的老祖宗那儿去。"

"不过你们一大家人,在王陴那么个窟窿眼儿一般的小

地方租房住，多不合适。你们上纯瑞脊，到我家的园子里去住，好不好？我母亲去世后，鸡鹅是没多少了，但是园里的房子还是那样，园子也没改变。只用一天的工夫就可以整理好，你母亲去住着，再舒服没有了。你们要是去的话，我还要把你弟弟妹妹们送进一个好学校哪。我本来就应该帮你点儿忙！"

"不过我们已经在王陴找好房子了！"苔丝说，"我们在王陴先住着，等——"

"等什么，哦，自然是等你那位好丈夫喽。不过，苔丝，我是知道男人的脾气的，我敢说，他决不会再跟你和好的。我从前虽然是你的冤家，现在可是你的朋友了，你上我那所小房儿里去住好啦。咱们再办置一些鸡鹅，叫你母亲好好地看着，你弟弟妹妹们，也可以有念书的地方。"

苔丝的呼吸越来越急促，说："我不敢保证你能完全这么办。你也许中途变了卦——我们就该又无家可归了。"

"哦，不会。要是你信不过我，我写个字据给你。你想一想好啦。"

苔丝摇了摇头，但是德伯却一意怂恿，她从前很少见过他这样坚决。

"请你对你母亲说好啦，"他用加重的口气说，"这件事本来该由她决定。我明天一早儿就吩咐人把屋子打扫干净了，把墙刷一刷，再生上火，到晚上屋子就干了，你们可以马上就搬进去。我等着你们。"

苔丝又摇了摇头。她只觉得,一阵苦辣酸甜,一齐都来了,要冲喉而出。

"你知道,我欠你一笔情,"他又接着说,"并且你把我那一阵宗教迷给我治过来了,所以我很高兴——"

"我倒愿意你还是个宗教迷,老办宗教的正事才好!"

"我现在能有机会稍微补偿你一下,我很高兴。我明天一定等着你……咱们两个击掌吧——亲爱的苔丝!"

他说到最后一句话的时候,就把手伸到半开着的玻璃窗里。苔丝眼里带着好像狂风暴雨的神气,急忙把窗上的闩儿一拉,因此把德伯的胳膊挤在窗门和窗棂之间。

"你怎么这样狠!"他急忙把胳膊抽出来,嘴里说,"不是,我知道你不是成心的。好吧,我等着你啦,就是你自己不来,至少你母亲跟你弟弟妹妹们能来。"

"我不去——我有的是钱!"她喊着说。

"你的钱在哪儿?"

"在我公公手里,只要我跟他要,他就可以给我。"

"不过我是知道你的脾气的,苔丝。你宁肯饿死,也不肯伸手向人!"

他说完了这些话,就骑着马走了。刚走到街上拐弯的地方,他就遇见了从前提涂料罐儿的那个人,那个人就问,他是不是背叛了他的同志们了。

"滚开！"德伯说。

德伯走后，苔丝出了半天神儿，后来心里忽然一阵悲愤，觉得自己所受的待遇太残酷了，就不由得热泪盈眶。

她丈夫安吉尔·克莱也同别人一样，待她太严厉了！她活了这么大，从来就不曾有意去犯罪，然而残忍的惩罚却落到了她身上。无论她的罪恶有多大，反正她决不能算是有心为恶，只能算是无心为恶罢了，既是无心，那为什么她就该这么无尽无休地受惩罚呢？

她一阵愤激之下，就抓过一张纸来，潦草地写道——

　　唉，安吉尔呀，你待我怎么这么狠心呢！我不应该受这样的待遇，我已经把这件事仔细琢磨了一番了，我永远也不能饶恕你！你分明知道我无心害你，但是你为什么这样害我呢？你太狠心了！我只有慢慢把你忘了好啦。我在你手里，一丁点儿公道也没得到！

　　　　　　　　　　　　　　　　　　苔丝

她等到邮差走来的时候，跑出去把信交给了他，交完了又回到屋里，漠然地坐在窗前。

天色越来越暗了，炉火的光映照室内，那两个年岁较大的孩子和他们的母亲一同出去了，家里还有四个小的，年龄从三岁半到十一岁，都穿着黑色的连衣裙，正围在炉旁，喋喋不休地讲他们的孩子话。后来苔丝也凑到他们一起，那时她并没点蜡。

"宝贝儿们，咱们只能在咱们出生的屋子里再睡一晚上了。"她说，"咱们应该好好想一想，是不是？"

大家一时都默然无语。他们本是小孩子，很容易激动，一听苔丝说这种永别故土的伤心话，差不多都要咧嘴哭出来，但白天他们还都老琢磨搬到新地方去的快乐哪。苔丝于是换了话题——

"宝贝儿们，你们唱个歌儿给我听吧。"

"唱什么？"

"你们会什么就唱什么好了。"大家停了一会儿工夫，于是一个细小的嗓音，试着唱起来；第二个声音一帮腔，接着第三个、第四个声音，就一齐随着唱起来。歌词是他们在主日学校里学的，里面说的是——

在世上，我们净受苦受难，
在世上，我们有离合悲欢；
在天堂，我们永远不离散。

他们一直唱下去，他们唱的时候，神气非常沉着，他们的面目紧紧地绷着，尽力把字眼儿一个一个咬出来，一面眼睛还盯着闪烁的炉火，顶小的那一个还把歌声拖延到别人唱完了以后。

苔丝离开他们，又到窗前去了，外面已经是一片夜色了，但是她却把脸贴在窗玻璃上，仿佛要仔细窥探昏暗的夜色似的，实际上她是要掩饰自己的眼泪。只要她能相信歌里那些话，只要她确信真是那样，那么，一切岂不是和现在完全不同！她岂不是可以放心地把他们交给他们信赖的天公！但是，她既然不能信那些话是真的，那她当然就得做他们的天公了。

过了不久，苔丝就看见她母亲、丽莎·露和亚伯拉罕，在雨水淋漓的路上，一同走来。德北太太穿着木鞋的脚步，咯吱咯吱地响到门前，苔丝把门打开。

"窗外怎么有马蹄印？有人到咱们家来过吗？"琼问。

"没有。"苔丝说。

炉旁那几个孩子都带着严肃的神气直看苔丝，有一个还嘟哝着说："姐姐，你忘了吗，不是来过一个骑马的人吗？"

"他并不是特为上咱们这儿来的，他只是路过这儿，顺便跟我说几句话。"苔丝说。

"谁呀，"她母亲问，"是你丈夫吗？"

"不是。他永远也不会来的。"苔丝带着绝望的神气说。

"那是谁？"

"你不要追问啦。反正你从前见过这个人，我从前也见过。"

"啊！他都对你说什么了？"琼带着好奇的神气问。

"等明天咱们在王陴的新房子里都安置好了，我再把他说过的话都告诉你。"

苔丝刚才说，那个人并不是她丈夫。然而她心里却越来越沉重地感觉到，从肉体的意义上讲，只有那个人才真正能算她的丈夫。

52

第二天，三更以后一两点钟，天仍旧还黑的时候，住在大道旁边的人，睡梦之中，总觉得有一种隆隆的声音，时断时续，一直把他们搅到天亮。原来本地的风俗，都是雇工人的农夫，打发车马去接他们雇的工人，现在这种声音，就是农夫打发去搬运工人的行李的空车在路上发出的响声，为的是要一天之内就把家搬完，所以半夜三更就车声隆隆。要在六点钟就赶到迁居的人家门前，跟着就把行李家具，动手往车上装。

但是苔丝自己和她母亲那一家大小，却没有人盼望，也没有车马来接。她们并不是正式的工人，无论哪个地方，都没有急于雇用她们的。因此，她们只得自己花钱雇车。

那天早晨天色阴沉，风声呼呼，但是苔丝往窗外一看，见并没下雨，并且大敞车已经来了，她才把一颗心放下。搬家的人，怕圣母节下雨，像怕鬼一般。因为一下雨，家具也湿了，被褥也湿了，衣服也湿了，就非接二连三地闹灾生病不可。

那时，德北太太、丽莎·露和亚伯拉罕也都醒了，不过那几个小孩子还在睡。他们母女四个吃完早饭后，就动手往车上装行李了。

装车的时候，都还高高兴兴的，还有一两位街坊来帮忙。东西装完了以后，等了许久，才把马鞴好了拉过来，因为装东西的时候，马具全部都卸下去了。靠近两点钟的时候，人马全部动身了，只见饭锅挂在车轴上来回摇摆，德北太太和孩子们高踞在车上，苔丝和她大妹妹，先在车旁步行，走出村子外再上车。

昨天晚上和今天早上，她们曾到过几家邻居那儿去告辞，那几个邻居今天还有来送他们的，嘴里虽然都祝他们前途顺利，但是他们心里，却总觉得，像德北这家人，不会有什么好前途。

因为那天正是四月六号，所以德北的大敞车在路上遇见了许多别的大敞车，都是车上装着家具，家具上坐着一家大小。这些搬家的人家，有的轻松活泼，有的垂头丧气，还有些人家，都正停在路旁客店的门前。德北一家老小，到了一定的时候，也在旅店门前停车，或喂马或休息。

大敞车停在店前的时候，苔丝眼睛的余光忽然看见一个蓝色大酒盂子，正在被车上的女人和车下的人互相传递着。那辆车和苔丝的车停在同一客店的门前，不过稍稍远一点儿。

有一次酒盂子往上传递的时候，她顺着酒盂子往上看去，只见伸手去接酒盂子的人原来是她的老朋友。于是苔丝就朝那辆车走去。

"玛琳！伊茨！"她对车上的女孩子喊，因为车上正是她们两个，跟着她们寄寓的那家工人，一同迁移。"你们今天也跟大家一块儿搬家吗？"

她们回答说是。棱窟槐那地方的生活太苦了，所以她们几乎没通知葛露卑，就离开了。她们把她们的目的地告诉了苔丝，苔丝也把她的目的地告诉了她们。

玛琳靠着家具俯下身子，低声对苔丝说，"老跟着你的那位先生，在你走了以后，上棱窟槐去打听你来着，我们知道你不愿意见他，所以没告诉他你在哪儿。"

"啊——不过，"苔丝嘟哝着说，"他找着我了。"

"他知道你要搬到哪儿去吗？"

"我想知道吧。"

"你丈夫回来了吗？"

"没有。"

说到这儿，那辆车的车夫从店里出来了，因此苔丝就跟她的朋友告了别，回到自己的车上，那两辆车也各自上路

了。

路很远,一天走完真够受的,把两匹马累得筋疲力尽。他们早晨虽然起身很早,但是等到他们转过一个丘阜的侧面,却已经是下午很晚的时候了。苔丝趁着马站住撒尿喘气的工夫,往四外看去。只见她们的目的地王陴,就在她们面前山下。老远看去,有一个人,正从镇外朝着他们走来,那个人看出来他们是一簇车辆人马,就加快脚步,走近前来。

"我猜,你就是德北太太吧?"他对苔丝的母亲说。

她点了点头说:"不过我要是没有放弃我的权利,我应该是新故去的那位没落贵族约翰·德伯爵士的夫人,我们这阵儿正要回我们祖宗的老家去。"

"哦?这我可一点儿也不知道。不过你要是就是德北太太的话,我可以对你说,他们打发我来,叫我告诉你,说你要的屋子已经租出去啦,我们不知道你要来,今儿早起接到你的信才知道的——等我们知道了的时候,已经晚了。不过你当然能在别的地方租到房子。"

苔丝脸上白得死灰一般。

她母亲也露出毫无办法的神气来。"苔丝,这可怎么办哪?"她凄楚地说,"这就是重新回到你们家老祖宗的故土受到的欢迎了。咱们再另找找房子吧。"

她们到了镇上,德北太太跟她二女儿丽莎·露一块儿去打听有没有房子,苔丝就留在车旁边,照管那些小孩子。一个钟头以后，琼回到车旁，房子还是毫无结果。那时车夫说，东西不能再占着车了，因为那两匹马已经累得半死了，他当天晚上至少要走完回去的路。

"好吧，就把它们卸在这儿吧，"琼豁出去的样子说，"反正我总能找到遮风避雨的地方。"

那辆大敞车，本是赶到教堂坟地的墙下，停在一个非常僻静的地方。那个车夫听说叫他把东西卸在那儿，就动手把那一堆破烂家具往下卸，一会儿的工夫就全都卸完了。卸完了东西，苔丝母亲给了人家车钱，这时，她身上几乎只剩下最后一个先令了。那个车夫赶着车，离开了他们，只觉得用不着再跟这样一家人打交道了，心里很高兴。

苔丝束手无策，无奈地看着那一大堆家具。所有这些家具，仿佛都露出不悦的颜色，好像责问她们，本来应该只摆在屋里的东西，现在却摆在露天之下，受风吹日晒的苦楚。四周看来，只见从前用作园囿的冈峦坡地，现在都成了一块块的小牧场，从前德伯家的府第现在只剩下绿色的地基，从前爱敦荒原边界上的一部分，现在却只是苍茫的爱敦荒原罢了。紧靠跟前有一条教堂走廊，叫作德伯氏走廊，只在那儿冷漠地旁观。

"自己家的坟地能不能算是咱们家的产业哪？"苔丝的母亲把教堂跟坟地四周都看了一回，回来说，"当然能，孩子们，咱们就住在这儿啦，等咱们找到房子为止！现在，苔

丝、丽莎·露和亚伯拉罕，你们帮帮忙。咱们先给这些孩子们铺好了窝，再出去看一看。"

苔丝忙了一刻钟的工夫，才从那一大堆家具里，把那张四柱床搬了出来，支在教堂的南墙下面，就是叫作德伯氏走廊的那块地方。床帐上面是一个有美丽花纹窗顶的玻璃窗，是十五世纪的东西，叫作德伯氏窗。窗户上层能看出家徽的花样来，跟德北藏的那个古印和古匙上的家徽一样。

琼把帐子围在床铺四周，做成一个帐篷的样子，把那几个小孩子都放在帐子里。"要是真没有办法，咱们就在这儿睡啦，至少今天晚上不成问题，"她说，"不过咱们再去打听一下，顺便买点儿东西，给孩子们吃！唉，苔丝啊，咱们落到这步田地，你那套嫁体面人的把戏，有什么用啊！"

于是她又同丽莎·露跟亚伯拉罕，一块儿上了那条把村镇和教堂隔断了的小篱路。她们刚走到街上，就看见一个人骑在马上，四处张望。

"啊——我正找你们哪！"他骑着马过来对她们说，"这真是一家人在故土上团圆了！"

那个人正是亚雷·德伯。

"苔丝在哪儿？"他问。

琼本来不喜欢德伯，她只随便地往教堂那面一指，就又照旧往前走去。德伯却赶上前去，对琼说，他刚才已经听说，他们没找着房子，要是待一会儿还找不着的话，他再来看他们。他们母子三个走了以后，德伯骑着马回了客店，待了不久，又步行出了客店。

这时候，只剩下苔丝自己陪着那几个在床上的孩子。她跟他们说了一会话，就起身往教堂坟地走去。她一看教堂的门开着，就进了教堂里面。这是她有生以来第一次进这个教堂。

他们放床铺的那个窗户里面就是德伯家几百年间墓穴所在的地方。坟上都有华盖，是祭坛式的，样子很朴素；坟上的雕刻都已经残缺不全，铜纪念牌也掉了，只剩了一些钉眼在上面露着。

苔丝往前走到一块黑黝黝的石头跟前，只见上面刻着拉丁文——苔丝当然不像一个红衣主教那样精通教会拉丁文，但是她却知道，这一个门是她那些祖坟的墓门，墓门里面埋的，就是她父亲歌咏的那些高贵武士。

她转身退出去的时候，从一个祭坛式墓穴旁边经过，只见一个墓上面躺着一个人形。苔丝刚一走到那个人形跟前，她立刻就看出来，原来那是一个活人。她原先并没想到，除了她以外，会有别人在这儿，所以当时就受了惊吓，差点晕倒在地上，不过在她还没倒在地上前，就认出那个人是德伯了。

德伯急忙从坟上跳下来去扶她。

"我看见你进来啦，"德伯微笑着说，"我看你在这儿琢

磨,怕搅你,所以才跑到坟上面,我们这是跟地下那些老祖宗团圆了,是不?你听!"

他把脚往地上使劲踹去,只听得从地底下起了一阵咚咚的回声。

他接着说:"原先你以为我只是他们里面的一个石像,是不是?不过,一朝天子一朝臣。现在我这个冒牌的德伯伸出一个小拇指来,比地下所有的那些正牌大武士们都更有力量。……你只管吩咐我好啦。"

"我吩咐你叫你走开!"她嘟哝着说。

"好吧,我走开——我找你母亲去好啦,"他温文尔雅地说。但是他离开时,却低声对她说:"总有一天,你要对我客气一点的!"

德伯走后,苔丝就伏在墓门门口说:"我怎么偏在墓门外面,不也躺在墓门里面哪!"

同时,玛琳和伊茨,正跟那家农田工人,带着他们的动产,往他们的福地进发。不过她们两个,并没有把她们所要去的地方永远放在心上。她们所谈的,却是安吉尔和苔丝的情况。她们根据传闻和揣测,已经知道苔丝和德伯以前的关系了。

"现在的情况和苔丝认识那个人以前的情况不一样了,"玛琳说,"苔丝从前既然上过他一次当,那么,现在这件事就更严重了。要是这回苔丝再上一次当,那就万分可怜了。

伊茨呀，咱们这一辈子，对于克莱先生是永远也没有什么奢望的了，那么，咱们何必不把他让给苔丝，帮他们撮合撮合哪？我想，只要她丈夫知道她受的这种罪和这种诱惑，那他也许就会回来保护她了。"

"咱们该不该把这种情况告诉他哪？"

她们一路上老琢磨这件事，但是到了目的地以后，她们只顾忙碌地安置新家，没有工夫再想这件事了，一个月后，她们都安置好了的时候，虽然她们并没听到苔丝的下文，却听说克莱快要回来了。这个消息，一方面勾起了她们对克莱的旧情，另一方面使她们用光明磊落的态度对待苔丝，所以玛琳就把她们共用的墨水瓶揭开，两个人写了一封短信——

我们所敬爱的先生啊——如果你爱你的太太像她爱你那样，那就快来保护她吧，因为正有一个恶人，在诱惑她、逼迫她。先生啊，那个恶人本来应该离她远远的，现在却老在她身边。一个女人能有多大的劲儿？她受不了过分的压力。雨点不断地滴，连石头都能打坏了，不但石头，连钻石都保不住呀。

两个好心人

她们在信封上写了寄往爱姆寺牧师公馆的字样，因为和

克莱有关联的地方,她们只知道这一个。她们把信寄走了以后,觉得自己这种行动侠义勇敢,所以就在心中一面得意地歌唱,一面哭泣。

第七章
结　果

53

爱姆寺牧师公馆里，已经是傍晚了。牧师的书房里，那两支蜡烛正在绿色的蜡烛罩下面点着，但是牧师本人，却始终没在书房里落坐。他仅仅有时进来，把壁炉里的火拨弄一下，拨弄完了，就又出去了。他有时在前门那儿站一会儿，再往客厅里走一趟，然后又回到前门那儿。

前门是朝西开着的，那时候虽然屋子里面已经暗了，但是外面却还亮，可以清楚地看得见东西。克莱太太本来是在客厅里坐着的，现在也跟她丈夫来到前门了。

"还得很长时间哪，"牧师说，"就是火车不误点，他也得六点钟才到得了粉新屯,到了粉新屯,还有十英里的乡下道儿,其中有五英里是克利末克路。咱们那匹老马走那样的路,你想快得了吗?"

"但是,亲爱的,那匹马拉咱们的时候,可一个钟头就走过那么些路来着呀。"

"那是多年以前了。"

等到后来,篱路上到底微微听得见声音了,栅栏外面,停下了那辆老旧的矮马马车。他们只看见,从车上下来一个人,他们就以为他们跟他认识,其实这种认识,只是因为,这时他们正等一个人,而那个人又是从他们的马车上下来的,所以他们才认识他罢了,要是他们在路上遇见他,他们一定会和他交臂错过。

克莱太太从黑暗的过道里,一直冲到门口,她丈夫却稍慢一些,跟在后面。

"哦,我的孩子,你终于回来了!"克莱太太喊着说,那时候,她对于她这个儿子离经叛教的污点,也跟对于他身上的尘土一样,一点儿也顾不得了。当时三个人刚一进点着蜡的屋子,克莱太太就往她儿子的脸上看去。

"哦,这哪儿是我儿子!"她心里一阵难过。

他父亲见了他,也吃了一惊,因为当日克莱受了家庭事变的嘲弄之后,在一阵厌恶之下,贸然去到外国,在那儿经了恶劣的气候,瘦得跟从前一比,完全是两个人了。我们这时候看见的他，与其说是整个的人，还不如说是一副骨头架子，与其说是一副骨头架子，还不如说是一个鬼魂。他那深深下陷的眼眶，都带着有病的气色，他的眼睛也没有神气，他那些祖先们瘦削的面貌，提前了二十年，就在他脸上出现了。

"我在巴西病了一场，"他说，"现在完全好了。"

他说这句话的时候，他那两条腿就有些站不稳，好像要证明他撒谎似的，他急忙坐下，才没跌倒。其实他只是由于那天路上很劳顿，又刚到家，有些兴奋，所以头有点晕就是了。

"最近有我的信吗？"他问，"您最后转给我的那封，我差一点儿没接到，又因为我在内地，耽搁了许久才转到我手里，不然的话，我也许还能早回来几天。"

"那是你媳妇给你的吧？"

"是。"

最近寄来的信，只有一封。不过因为他们知道他不久就要起身回来，他们并没转给他。

那封信拿出来以后，他急忙把它拆开了看，看到信里苔丝用潦草的字迹表示的那番心情，心里非常激动而骚乱。

唉，安吉尔呀，你待我怎么这么狠心呢！我不应该受这样的待遇，我已经把这件事仔细琢磨了一

番了，我永远也不能饶恕你！你分明知道我无心害你，但是你为什么这样害我呢？你太狠心了！我只有慢慢把你忘了好啦。我在你手里，一丁点儿公道也没得到！

苔丝

"信上写的一点儿也不错，"他把信放下说，"也许她再也不会跟我和好了！"

"你不必为一个乡下土孩子难过啦，安吉尔！"他母亲说。

"乡下土孩子！呃，咱们都是乡下土孩子呀。我倒愿意她真是您说的那种乡下土孩子才好！不过，现在我把从前向来没对您露过的话说一说吧，她父亲本是一个最古的诺曼世家一脉相传的后人，像他这样的名门之后，如今在咱们这一带的村庄里，当默默无闻的农人，让人叫作是'乡下土孩子'的，可就多了。"

待了一会儿，克莱就上床安歇去了。第二天早晨起来的时候，他觉得非常的不舒服，就没出门儿，只待在屋里，琢磨心事。在巴西时，他觉得，他什么时候想要饶恕她，什么时候就可以跑回来与她和好就可以了，但现在他回来了，事情却并不像他想的那么容易。苔丝本来感情热烈，现在她这封信表明了，她因为他迟迟不来，对他的看法已经改变了

——他承认，这种改变本是应该的——那么，不先给她个信儿，就冒昧地在她父母面前去跟她见面，是不是不好呢？如果她从前对他的爱，真变成了憎恨，那么，忽然相见，她也许会说出难堪的话来吧。

因此克莱觉得，顶好先写一封信到马勒村，说他已经回来了，并且说他希望苔丝现在还是按照以前的安排，在她娘家住着。有了这封信以后，他再去见她，那她跟她娘家的人，就都不至于觉得毫无准备了。这样打算好了，当天就把信寄走了。一个礼拜快过去了，他接到德北太太一封短短的回信，他看完了那封信以后，仍旧跟从前一样，还是不知道该怎么办，因为信上并没标明地址。同时还有使他觉得惊异的情况，原来那封信并不是从马勒村寄来的。信上只写道——

先生，我写这几行字来告诉你，我女儿现在并没在我家里，她什么时候回来我也不知道。不过，只要她回来，我马上就通知你。至于她现在在什么地方暂住，我觉得不能随便对你说。我只能说，我和我的孩子们早已不在马勒村住了。

琼·德北

从这封信上看来，苔丝至少是平安无恙的了，这也足以使克莱放心了。所以德北太太虽然没把她的住址告诉他,他也并没长久难过。他们一家人,毫无疑问,都在那儿生他的气。他只等候德北太太把女儿回来的消息告诉他好啦,因为从那封信上看来,好像她女儿回来的日期不会很远。

又过了一两天,他只在他父亲家里待着,一心专等德北太太的第二封信,同时恢复了一点儿体力。他的体力倒是有些恢复了,德北太太的回信,却没有踪影。于是他把从前他在巴西的时候,他家里转给他的那封苔丝在棱窟槐写的信,又找了出来,重新看了一遍。他现在看到信上的字句,还跟以前一样感动。

克莱看了这封信,就决定立刻去找她。他问他父亲,他本人不在家的时候,他媳妇是否跟他老人家要过钱。他父亲说没有。安吉尔听了这个后,才猛然想起来,像苔丝那样爱面子的人,决不肯觍颜向人,她一定因为没有钱用而受了罪。他们老两口子现在听了他们的儿子说的话,才明白了他们小两口儿所以分离的真正原因。他们的基督教,既是专以拯救人所共弃的罪人为目的的,因此先前他们儿媳妇的门第、单纯、甚至于贫穷,都没能把他们的慈心激动,现在她的罪恶却立刻把他们激动了。

安吉尔匆忙地拾掇他那几件旅行用具的时候,他看到一封简单的信,那就是玛琳和伊茨写的那封,信上开头说——"我们敬爱的先生啊——如果你爱你太太,像她爱你那样,那你就快来保护她好啦。"信尾签的名是——"两个好心人"。

54

不到一刻钟,克莱就出了公馆的门。他知道,他家里离不开那匹老骒马,所以他不肯用它。他在一家客店里雇了一辆小马车,不到几分钟,他就坐着车,走上镇外那条山道了。

不到一个半钟头的工夫,他就经过王室欣陶庄田的南端,往上走到荒凉的十字手了。就在这个凶神恶煞一般的孤石旁边,亚雷·德伯曾逼着苔丝起誓永远不再诱惑他。

他从十字手,顺着俯视其它欣陶庄田那片高原的边崖,往前走了一会,再往右一拐,就到了棱窟槐了,苔丝给他的那些信里面,有一封就是从这个地方发的,克莱以为那就是苔丝的母亲所说苔丝暂住的地方呢。但是他在那儿,当然见不着苔丝,并且他一打听,还有一样事,使他更沮丧。原来在这块地方上,虽然有很多的人,都知道苔丝这个名字,但是那些乡下人和那个农夫本人,却都不知道有个克莱太太。那么,他们两个分手以后,显而易见,她永远也没用过他的姓。苔丝觉得,他们那一次的分离,就等于完全脱离了关系,所以她的自尊心,使她一方面不再姓克莱的姓,一方面宁可自己备尝艰苦,而不去找他父亲。

当地人告诉他，说苔丝·德北并没正式辞工，就回到布蕾谷她父母的家里去了。既是这样，当然得去找德北太太一趟了。德北太太信上曾说过，她已经不在马勒村住了，但是却又奇怪，她不肯说出她的真实住址来。现在唯一的办法，只有先上马勒村去打听一下。棱窟槐那个农夫，虽然原先对苔丝很凶恶，现在对克莱却很客气，并且还借给了克莱车马和车夫，送他到马勒村去，因为克莱雇的那辆车，已经走够一天的路程，转回爱姆寺去了。

克莱让那辆车把他送到布蕾谷外面，就把车马、车夫打发回去了，他自己找了个客店住了一夜。第二天起来，他步行走上了苔丝的那块故土。

苔丝幼年居住的房子，现在是另外一个从来没见过她的人家住着了，那家新住户，正在园子里，专心地做自己的活儿，仿佛这所房子，从前并没住过别的人家，从前并没跟别人的历史发生过关系。

这些无识无知的人，连他们以前的住户姓甚名谁都记不清楚，克莱跟他们一打听，才知道约翰·德北已经死去，他的遗孀和遗孤，都搬出马勒村了，先说要到王陴去住，后来却又没到王陴，到另一个地方去了。这个地方的名字，他们也告诉了克莱。既然那所房子里面没有苔丝了，克莱就憎恨起那个地方来，于是他连头都没回，就急忙走开了。他所取的路，正是他头一次看见苔丝跳舞的那一块青草地。现在那块地，也和那所房子一样地令人憎恨了。他一直穿过教堂坟地，只见许多新立的碑碣中间，有一个花样比较精细，上面刻着——

纪念约翰·德北，其家实即显赫一时之德伯，由征服者王武士之一裴根·德伯爵士起，历数显世而直传至约翰。卒于一八——年三月十日。一世之雄，而今安在。

有一个人，大概是教堂管事，瞧见克莱站在那儿，就走近前来和他说："啊，先生，这个人本想埋在王陴，因为他的祖坟在王陴。"

"为什么他家里的人不照着他的意思办哪？"

"呃——因为没有钱哪！唉，先生，您不知道，先生，就是这刻得这么精致的碑，还都没给钱哪。"

"啊！这个碑是谁刻的？"

那个人就把村里一个石匠的姓名告诉了克莱，克莱离了教堂坟地，就到那个石匠家里去了。一打听，那个人的话果然不错，他就把碑钱给了那个石匠，接着就转身朝苔丝母女新搬的地方走去。

想从这个地方步行去到那儿，本来不成，但是当时克莱心里不愿意和别人在一块儿，所以起初也不雇车，也不到火车站，只自己一个人走。走到沙氏屯，他觉得走不动了，就雇了一辆马车。一直快到晚上七点钟的时候，他才走到琼住的地方。

那个村庄本来不大，克莱没费什么事就找到了德北太太的住处。只见一所房子，坐落在一个围着垣墙的园子里，离大道很远，德北太太那些笨重的家具，刚刚勉强能在里面摆下。克莱知道德北太太因为某种原因，不愿意他来拜访，因此他觉得自己来这一趟，未免有点儿卤莽。德北太太亲自到门前见他，夕阳的余晖，正射到她脸上。

这是克莱头一次见她。不过当时克莱正满腹心事，除了看见她是一个相貌齐整的女人，穿着体面的孀妇服装而外，顾不得留神别的。他只得自己介绍，说他是苔丝的丈夫，并且说明他到这儿来的目的，不过说得很笨拙。"我想要立刻就见见她，"他又说，"您信上本来说要再写信给我，可是您压根儿就没再写。"

"因为她压根儿就没回来呀。"琼说。

"您知道她现在怎么样吗？"

"我不知道。可是，先生，你应该知道哇。"她说。

"这个我承认。她现在在什么地方？"

刚一出来见面的时候，琼就露出为难的神气来，老把手捂着脸腮。

"她在什么地方，我说不上来。"她回答说，"她从前

——不过——"

"她从前在哪儿哪？"

"呃，她不在她从前待的那个地方了。"

她欲言又止。那些小孩子们都跑到门口，顶小的那一个把他母亲的衣襟一扯，低声问：

"这就是要和大姐结婚的那个人吗？"

"他已经和她结过婚了，"琼低声说，"你们都回去。"

克莱看出她不肯吐露消息，就问："您觉得苔丝愿意我去找她吗？要是她不愿意的话，当然——"

"我想她不愿意吧。"

"您肯定吗？"

"我肯定她不愿意。"

他听了这话，正要转身走去，忽然又想起苔丝那封缠绵婉转的信来。

"我敢肯定她愿意，"他热烈地反答，"我比您更了解她。"

"也许是，先生，因为我从来就没摸得准她的脾气。"

"请您可怜可怜我，把她的地址告诉我吧，德北太太。"

苔丝的母亲又心神不定地用手摸自己的脸。她一看他真正难过的样子，低声说："她在沙埠。"

"啊，在沙埠什么地方？"

"我只知道她在沙埠，具体位置我就不晓得了。我从来没到过那儿。"

看德北太太说话的神气,她大概是真不知道。所以克莱也就没再追问她。

"您要什么东西吗?"他温柔地问。

"不要什么,先生。"她说,"我们一切还算过得去。"

克莱也没进屋里,就转身走了,前面三英里有一个车站,克莱付了马车钱,就步行往那儿走去。那天往沙埠去的末一班车不久就开了,车上的乘客就有克莱在内。

55

那一天,克莱到了沙埠,匆匆地找了一家旅馆,立刻打电报把他的地址告诉了他父亲,已经是夜里十一点钟了,但是他还是往沙埠的街上走去。不过时间已经太晚,拜访打听,都不是时候了,所以他无可奈何,只得等到天亮再说。但是那个时候,他还是毫无心情回屋休息。

这是一个时髦的海滨胜地,它那几个小码头、它那些松树林、它那些散步场和它那些花园,在克莱看来,好像一个神仙世界,在神杖一指之下忽然出现,出现之后稍稍蒙上了一层尘土。那片广大的爱敦荒原东端突出的一部分,就紧在跟前,然而就在那片古老苍茫的荒原边上,这么一个辉煌新异的游乐胜地,却偏偏会发达起来。城市外面,走出去不到一英里,那些凹凸高低的地形,就全是洪荒以来的残迹,那些低沟浅槽,就全是不列颠人留下而没受过干扰的旧路。那块地方,自从凯撒以后,一土一石都没人翻动过。然而外来的风物,却好像预言家的蓖麻一般,在这儿忽然生长起来,并且把苔丝也引到了这儿。克莱在半夜街灯的亮光下,在旧世界里的这个新世界曲里拐弯的道路上来往溜达,看见那些新奇宅第的屋顶、烟囱、望阁、塔楼,掩映在树木中间和星光之下,因为这个地方全是由这种新奇的建筑物组成的。它是一个个各占一方的巨宅所构成的城市,是英伦海峡上一个供人游乐的地中海胜地,并且在夜里看来,显得比它的真相还更巍峨伟大。

大海就近在跟前,海浪滔滔,克莱以为是松涛瑟瑟;松涛瑟瑟,克莱却又以为是海浪滔滔。二者的声音不可分辨。

在这么一个富丽繁华的城市里,哪儿是他那位年轻的太太的安身之地呢?这个地方当然无地可耕,但是不是有奶可挤呢?也许她在一个宅门儿里,给人当佣工吧。他往前走的时候,就朝着那些宅子的窗户看去,只见窗户里的灯光一个一个全都灭了。他心里就纳闷儿,不知道哪一家是苔丝待的地方。

猜想是毫无用处的,因此刚刚打过十二点钟,他就进了旅馆,上床躺下了。他灭灯以前,把苔丝那封情词热烈的信又看了一遍。不过要睡觉却办不到,因为此时他和她那样近,却又那样远。因此他就不断地把百叶窗打开,老把对面那些房子的背后打量，不知道苔丝正在哪一个窗户里面休息。

早晨七点钟他就起来了，待了片刻就出了旅馆，朝着邮政总局走去。走到邮局门口，只见对面一个样子很伶俐的邮差，拿着早班信件，从邮局里出来，要去分送。

"有一位克莱太太，住在什么地方，你知道吗？"安吉尔问。

邮差把头一摇。

克莱忽然急起来，苔丝也许还用她自己的本姓吧，因此就又问："她也叫德北小姐。"

"德北？"

那个邮差还是不知道。

"先生，你知道，"他说，"这地方天天人来人往，要是不知道他们的住址，就没法儿找他们。"

正在这时，又有一个邮差从邮局里往外走，克莱又对他问了一遍。

"我没看见过姓德北的，不过有个姓德伯的，住在群鹤。"第二个邮差说。

克莱一听这个话，还以为苔丝已经采用了她祖上的真姓了，心里一喜，就喊着说，"不错，正是正是！群鹤是个什么地方？"

"是一家时髦的公寓。唉，你不知道，我们这儿，遍地都是公寓。"

于是他们告诉了克莱往那个公寓去的路,克莱跟着就急急忙忙地找去了。他到了那儿的时候,正好送牛奶的也到了那儿。这个群鹤,虽然不过是一个普通的别墅,房子四周却有自己的园子,并且从外面看来,非常像私人住宅,谁也想不到它会是一个公寓。克莱心想,恐怕苔丝是在这儿当女仆吧,要真是那样的话,那她一定会从后门出来接牛奶,他也往后门那儿去好啦,但是他终究不敢确定,所以他还是转到前门,去拉门铃。

那时还太早,所以女老板亲自出来开门。克莱跟她打听,有没有一个叫苔丝·德北的住在这儿。

"你问的是德伯太太吗?"

"是。"

那么苔丝是以结过婚的身份对人了,他心里不由一喜,虽然她并没用他的姓。

"请你告诉她,就说有一个亲戚,很想要见她。"

"这个时候未免早点儿。你贵姓,先生?"

"安吉尔。"

"安吉尔先生吗?"

"不是,就是安吉尔。那是我的名儿。你这样说她就明白了。"

"好吧,我看看她醒了没有。"

克莱被那个女掌柜的请到一个用作饭厅的前屋，里面都挂着带有弹簧的窗帘子。显而易见，苔丝的境况决不像他猜想的那样坏了。他忽然想起来，她一定是不知道用什么法子，把那些珠宝要出来变卖了，才弄到这种地位。他觉得苔丝这么办很对，他连一分钟、一秒钟觉得她不对的时候都没有。待了不久，他那两个时时留神的耳朵，就听见楼梯上有脚步声音，于是他的心就扑通扑通地乱跳起来，使他几乎要跌倒。

"哎呀，我现在变成这种样子，她看着该有什么感想哪！"他正这样自言自语，屋门开了。

苔丝站在门口，她那天生的美丽，让她现在穿的衣服一衬托，即使不能说更增加了美丽，却也得说更显得美丽。她身上轻松地披着一件浅灰色的卡细米羊毛晨间便服，都绣着颜色素净的花样，她脚上的拖鞋也和便衣是一样的花色。她的脖子让一片细绒花边围了个四面不透风，她那条深棕色的粗发辫，一半挽在头后，一半披在肩上——这显然是匆忙的结果了。

克莱刚一见她，本来把两只胳膊伸出，但是以后却又自然垂下，因为苔丝老站在门口，并没走上前来。他现在只是一个黄瘦的骷髅了，他感觉到他们两个形貌的差异，并且觉得，苔丝看到他这种样子，一定恶心得慌。

"苔丝！"他哑着嗓说，"我撇下了你，那是我的错儿，你能饶恕我吗？你还能再跟我和好吗？你怎么弄到现在这样？"

"已经太晚了。"她说。她的声音冷酷坚忍，她眼里射出的眼光也极不自然。

"我从前错怪了你——我从前没按着真正的你来看你！"他申辩说，"亲爱的苔丝，我现在都改了！"

"太晚啦！"她说，一面摇摆着手，她那种难受的样子，像一个身受重刑的人，"你别靠近我，安吉尔！千万别靠近我，离我远点儿。"

"那么，亲爱的太太，你是不是因为我病成这样，不爱我了？我想你决不是那样轻薄的人。我今天是一心一意为你来的，我母亲和我父亲现在都欢迎你了！"

"哦，很好哇！可是我——我说，太晚了。"

苔丝看着，好像跟梦里的逃亡者一样，只想逃开，却又逃不开。"难道你不知道一切的情况吗？要是你不知道，你怎么又找到这儿来了呢？"

"我到处打听，才打听到这儿来的。"

"我等你，等了又等。"她接着说，声音忽然变得凄婉清脆，"可是你老不回来！我写信叫你，你还是不回来！他对我老是说，你永远不会再回来的，老是说，我是一个傻妇人。他待我很好，并且我父亲死后，他待我母亲，待我家里的人都好。他——"

"你在说什么呀？"

"他又把我弄回去了。"

克莱先使劲地看苔丝，跟着明白过来她的意思，就像中了瘟气一般，立刻四体发软，眼光低垂，目光恰巧落到她的手上，只见原来发红的手，现在变白了，也比先前更娇嫩了。

她接着说："他在楼上。我现在恨死他啦，因为他对我撒谎——说你不会再回来，可是你回来了！你瞧这身衣服，都是他给我弄的，我简直什么都由着他摆布！不过——安吉尔，你走吧，永远不要再来啦，可以吗？"

他们两个都直挺挺地站在那儿，都把心里的挫折委屈，在眼神里表示出来，眼神里则凄怆悲伤，让人看着都可怜。

"唉，这都怨我！"克莱说。

但是他却不能接着说下去。在那个时候，说与不说，一样的无用。不过他恍惚地却觉出一样情况来，他觉得苔丝好像把她的肉体看作是水上的浮尸一般，让它任意漂荡，和她那有生命的意志各走东西。

过了一会儿，克莱一看，苔丝已经走了。他站在那儿，让那一瞬的情景把精神完全吸住了，他脸上变得更冷漠，更瘦削。又过了一两分钟，他已经到了街上，悠悠忽忽地信步走去。

56

群鹤公寓的女老板和公寓里那些华美家具的女主人卜露太太,不能算是一个特别好管闲事的女人。因为她这个人,说起来也可怜,成天琢磨怎么能够得到寓客们口袋儿里的钱,就没有闲心去理会别的事。但是现在,安吉尔·克莱对于她那两位阔绰客人——她以为的德伯先生和太太——的拜访,在时间上和情况上,都有些出乎寻常,所以她那种妇女本来有的好奇心,虽然一向抑制下去了,但是却又叫这番拜访重新激发起来。

苔丝和她丈夫说话的时候,并没进饭厅,只站在门口。卜露太太那时站在过道后面自己的起坐间里,门儿一半开着,对于他们一对伤心人的谈话能听见一句半句。以后她听见苔丝又回到楼上,听见克莱起身离去,听见他随手把前门带上。于是她又听见楼上关门,她就知道,那是苔丝已经又进了她自己的房间了。卜露太太琢磨着,既是那位年轻的太太并没穿戴整齐,那么她再出来,总得待一会的。

于是卜露太太轻轻悄悄地上了楼,站在前部房间的门外。原来头层楼上是群鹤公寓里顶好的房间,现在归德伯按礼拜租住。一共两个房间,中间有两扇折门通着,前面是客厅,后面是卧室。那时后屋静悄悄的,前屋却有声音。

她刚一听的时候,只能辨出一个字音来,连续不断地低声呻吟,跟一个绑在伊赛昂轮上的鬼魂喊的一样,只听得"哦——哦——哦!"

于是沉默了一下,跟着长叹了一声,跟着又是——"哦——哦——哦!"

那位女老板扒着门上的钥匙孔儿,往屋里看去。屋里能够看得见的地方,只有很小的一部分。但是早餐桌子的一个角儿,还有桌子旁边一把椅子,却正伸到那一小部分上。那时候,桌子上已经把饭都开好了。苔丝跪在椅子前面,把脸埋在椅子座儿上,两只手紧紧握在头上,她那晨间便服的长下摆,和她那睡衣的绣花边,全拖在她身后的地上,她那两只脚伸在地毯上,脚上没穿袜子,便鞋也掉下来了。那种没法形容、表示绝望的呻吟,就是从她嘴里嘟哝着发出来的。

于是隔壁卧室里一个男子的声音问:"你怎么啦?"

苔丝并没回答,只自己继续念叨,这种念叨的腔调,说是呼痛,还不如说是自语,说是自语,还不如说是哀鸣。

卜露太太只能听见一部分:"我那亲爱的丈夫又回来找我来啦……我还一点儿都不知道!……都是你毫无心肝、花言巧语,把我愚弄的……你老不肯罢休,老来愚弄我!老来愚弄我!你老口口声声,说我妈要什么,我妹妹要什么,我弟弟要什么,老用这些话来打动我的心!……你又说,我丈夫不会回来了,一辈子也不会回来了。你又嘲笑我,说我不该那么傻,不该还盼望他来!……后来你到底把我弄得没主意啦，信了你的话啦，由着你的意啦！……但是他可又回来啦！回来又走啦。第二次又走啦，这回真是一去不回啦！……他永远也不会再爱我啦，连一丁点儿，一丁点儿都不会再爱我啦，他只有恨我啦……哎，是啊，这一次他又把我撇下啦，又为的是——你！"她的头本来伏在椅子上，在她辗转痛诉的时候，她的脸就转到房门那面，就让卜露太太看见了，只见她脸上痛苦万分，嘴唇都让牙咬得流血，她闭着眼睛，细长的眼毛都湿成一绺一绺，贴在脸上。只听见她继续说，"他又病得那个样子，看样子恐怕他活不长了！……我这番罪孽非要了他的命不可，我自己又死不了！……哦，我这一辈子算是让你毁了……我本来哀求过你，求你千万别再毁我，可是你到底还是又把我毁啦！……我自己的亲丈夫永远也不能——哎哟，老天哪——我受不了啦！我受不了啦！"

卧室里那个男人又说了几句更难听的话，于是忽然一阵衣裳窸窣的声音，原来苔丝已经一跳而起了。卜露太太以为她就要开门冲出来，就急忙退到楼下去了。

不过她这一举动却是多余的，因为客厅的门并没开，不过卜露太太觉得再上楼去偷看，终究不大妥当，所以就到楼下她自己的起坐间里去了。

她在楼下虽然侧耳细听，但是却始终听不见楼上有什么动静，于是她就去厨房，把没吃完的早饭赶快吃完，又立刻回到楼下的前屋，手里拿起活计来，等候她的房客拉铃呼唤,她好亲自去收拾桌子,借着探一探究竟是怎么一回事。她坐在那儿的时候,能听见上面的楼板现在微微地吱吱作响,好像有人走动似的。过了一会儿,楼梯栏杆上一阵衣裳窸窣之后,就听见前门有开关的声音,跟着看见苔丝往栅栏院门走去,要上大街。她现在的穿戴,跟她刚来的时候一样,是整整齐齐的富家少妇旅行的服装,不过有一样比来的时候不同,她的帽子和黑羽上,多了一个面纱。

卜露太太并没听见那两位房客在楼上门口说过什么暂别或者久别的分手话。这也许是因为他们两个刚才拌过嘴,所以谁也不理谁,也许是因为德伯先生还在睡乡,因为德伯先生向来没早起过。

于是卜露又回到楼下那个后屋,在那儿继续作活儿,因为她总是在后屋待的时候多。那位女房客总也没回来,那位男房客总也没拉铃叫人。卜露太太觉得有点蹊跷,就琢磨这种情况的原故,同时不知道今天那么早来拜访的那个人,对于楼上这一男一女,会有什么关系,她正琢磨的时候,不知不觉地把身子往椅子后面靠去。

这样一来,她的眼光就无意中落到天花板上。只见一个小点儿,从前没有看见过的,在白色的天花板中间出现。她刚一看见那个小点儿的时候,它的大小跟一个小蜂窝饼干差不多。但是过了一会儿,它就变成手掌那么大,同时还可以看出来,它的颜色是红的。这个长方形的白色天花板,中间添上了这样一个红点儿，看来好像一张硕大无朋的幺点红桃牌。

卜露太太当时不知怎么，往坏里疑虑起来。她上了桌子，用手去摸那块地方，一摸是湿的，还好像是血迹。

她从桌子上下来，出了起坐间，上了楼，本想一直走进用作寝室的后屋。但是卜露太太虽说现在已经成了一个神经麻木的人了，当时她却怎么也不敢去动那个门把手。她只站在外面留神细听。屋里非常地静，什么动静也没有，只有一种滴答声，快慢一样，送到她的耳朵里。

滴答，滴答，滴答。

卜露太太急忙下了楼，打开前门，跑到街上。她刚好遇着邻近别墅里她认识的一个工人打街上过，她就求他进去，跟她一块儿上楼，因为她对他说，恐怕她的房客有一位遭到了不幸。那个工人答应了她，跟着她上了楼梯口。

卜露太太把客厅的门开开，往后一退，让那个工人先进去了，她自己才跟着进去。只见屋里并没有人，桌子上的早餐——很丰富的早餐，有咖啡、鸡蛋、冷火腿——也跟她先前把它摆在那儿的时候一样，一动没动，只是有一件，切肉的刀子不见了。于是她叫那个工人，穿过折门，到隔壁屋里去看一看。

那个工人把门开开，往里刚走了一两步，就立即拔步缩回，嘴里说："哎哟，了不得，床上那位先生死啦！大概是叫刀子扎死的——满地都是血!"

当时一喧嚷起来,于是原先那所极安静的房子里,就响起了杂沓的脚步声,其中之一是一个外科医生的。伤口虽然很小,可是刀尖已经扎到死人的心房了,只见死人仰卧床上,颜面灰白。过了一刻钟之后,旅客在床上被杀的新闻,就传遍了所有的街道和别墅了。

57

那时候,安吉尔·克莱已经失魂落魄地顺着原先的来路回去了。他进了旅馆,在摆着早餐的桌子旁坐下,两眼发直,只往面前傻看,先还毫无知觉地又吃又喝,后来忽然之间,又马上就要账单。付了钱,他就提起行囊走出了旅馆。

当他正要离开的时候,一封电报送到他面前,原来是他母亲打来的,一面说他们知道了他的行踪,很觉欣慰,一面告诉他,说他哥哥克伯,已经跟梅绥·翔特求婚成功了。

克莱把电报搓成一团,一直朝车站走去。到了车站一问,才知道得待上一个多钟头,才能有车。他在车站坐下,等了有一刻钟,觉得不能在这个地方再等了。他那时已经麻木,不过这样一个地方,让他受过这样一番经历,他总想快快躲开才好。因此他就起身朝着前面一个车站走去,想要在那儿坐火车。

他所走的那条大道,空旷显敞,往前不远,就通到一个山谷里。他走了一会儿,在这段谷道上走了有一大半,就在山谷西边弯着腰上了山坡,正在那时,他站住了脚喘气,不觉地回头看去,只见有一个小斑点,闯上了空旷灰白的大路,往前移动。

那个小点,原是一个正跑来的人。克莱觉得,这个人仿佛追他似的,就站住等候。

那个人现在跑下山谷的斜坡了,是一个女人的模样,但是克莱既是一点儿也没想到,他自己的太太会追来,因此虽然苔丝走得更近,克莱还是没认出来是她,等到她离他十分相近,他才敢信那是苔丝。

"我刚到车站——你就走啦——我看见你走啦——我跟着就一直追你追到这儿!"

他见她脸上惨白,呼吸非常急促,全身的筋肉都在颤抖,因此他就一句话都没问她,只把她的手握住了,掖到自己的胳膊底下,领着她往前走去,他想躲开任何可能遇到的旅人,就离开了大路,取道几株杉树下面的一条僻静的小路。他们深入了杉树林子以后,他才站住了脚,带着探问的神气,往苔丝脸上看去。

"安吉尔,"苔丝开口说,"你知道我一路这样追你,为的什么?为的是来告诉你,我已经把他杀了!"她脸上浮起一种令人痛怜的惨笑。

"什么?"安吉尔看她那种怪样子,以为她有些精神错

乱。

"真的，我也不知道我怎么了。"她接着说，"不过，安吉尔，对你，对我，都该这么办。我从前有一次，曾拿皮手套打过他的嘴，那时候，我就恐怕，以后总有一天，我非把他在我年少无知时用奸计坑害我的仇，把他由于我也间接地把你害了的仇，一起都报了。安吉尔，我从来就没像爱你那样爱过他，你知道吗？我跟着他去，都是因为你老不回来，我没有法子才去的。我当日那样爱你，你为什么把我抛弃了？不过我一点儿也不怪你，我只求你，看着我现在已经把他杀了的情分上，原谅我。你能不能原谅我哪？我跑来追你的时候，我一心相信，你一定会因为我已经把他杀了而原谅我的。我原先想，我要你再回心转意，就非采取那种办法不可，我想到那种办法的时候，我心里就豁亮起来。你不知道我得不到你的爱时的那种痛苦吧？现在你知道了吧！"

"苔丝，我爱你——一点儿不错，从前的爱全部回来了！"他说，一面用胳膊紧紧搂着她，"不过你说你把他杀了那句话——究竟怎么讲？"

"我是说我真把他杀啦。"她像在梦中一般说。

"怎么，真杀啦？那么他已经死了吗？"

"不错，死啦。他听见我因为你哭，就拿话来挖苦我，并且还用脏话骂你。我受不了啦，就把他杀啦。我把他杀了，就穿戴好了，跑出来找你。"

克莱慢慢地相信，即便苔丝没真办这件事，她至少曾动过杀机。他想到这里，不觉一面对于她的冲动大大地害怕，一面对于她对他这样浓烈的爱情，大大地惊异。但是苔丝自己，因为没能看出这件事的严重性，却好像觉得到底趁了心愿似的。因此她伏在他的肩头上，乐得哭起来的时候，他就打量她，同时心里纳闷儿，不知道德伯氏的血统里，究竟有什么令人不懂的特性，才会让苔丝做出这种离经叛道的事来。在他当时心思混乱的情况下，他便假定，一定是苔丝在她刚才所说的那一阵悲伤如狂的时间里，她的思想错乱失常，才使她陷入了这样的深渊。

如果这件事情是真的，那太可怕了；如果只是暂时的幻觉，那太凄惨了。不过无论如何，他从前遗弃了的那位太太，那个感情热烈的女人，现在却在他面前，紧紧靠着他，认为他是她的保护者。于是克莱终究让柔情克服了。他用他那惨白的嘴唇去吻她，同时握着她的手说："我永远也不会把你抛弃了！不论你做了什么，我都要用我的全力来保护你！最亲爱的爱人！"

于是他们又在树下往前走去，苔丝往前走一段，就转过脸来把克莱看一看。他现在虽然憔悴难看，但是苔丝却一点儿也看不出他形貌上的毛病来。在她看来，他仍旧和往日一样，不论形体方面还是心灵方面，全都完美无瑕。

他不知不觉地要躲避什么不幸，于是就改变了原先往镇

外头一个车站上去的打算，一直更深地钻到杉树林子里，因为这儿好些英里以内，全是杉树。两个人互相搂着腰，在干爽的杉树针叶上走去，如痴如醉一般，只觉两个人到底又在一块儿了，没有任何人来离间他们了，同时把那个死尸置之脑后。他们这样走了好几英里，后来苔丝忽然醒来，往四周一看，怯生生地说："咱们这是不是要上哪一个地方去哪？"

"我也不知道，亲爱的，怎么啦？"

"我也不知道。"

"呃——咱们再往前走上几英里，等到晚上，不论在哪儿找一个地方待一宿——也许能在一个偏僻的小房儿里找一个地方。你还能走吗，苔丝？"

"能！只要你的胳膊搂着我，我就能一直走！"

于是他们就加快脚步，躲开大路，拣着大致向北的偏僻小路走去。但是那一整天里，他们的行动，都是不切实际的，乔装改扮、长久隐藏，这种种问题，他们两个好像都没打算过。

正午的时候，他们看见前面不远的路旁，有一个客店，苔丝本想和克莱一同进去，弄点东西吃，但是克莱却不让她去，只让她在这块半林半秃的地方上那些大树和丛灌之间待着，等他回来。苔丝穿的衣服都是顶时新的样式；即使她那把像牙把儿的阳伞，在他们现在信步所到的这块偏僻的地方上，都是从来没人见过的东西。这种时兴的衣物，不免要惹起店里长椅子上那些人的注意。克莱去了不久,就拿着一些食物和两瓶葡萄酒回来了,那些食物足够五六个人吃的,那两瓶酒,如果有什么意外之变,可以够他们支持一天或者一天以上。

他们坐在几个枯树枝上,一同吃起饭来。在一点钟和两点钟之间,他们把剩下的东西包好,又往前走去。

"我觉得,无论多远,我都走得动。"苔丝说。

"我想咱们还是朝着内地走去,在内地,咱们能躲些日子。他们大概到内地去缉捕咱们的时候少,到沿海一带去的时候多。"克莱说,"咱们在内地躲些日子,等到事情搁下去了,再上海口去往外走。"

她对于这个话,除了把他搂得更紧以外,没有别的回答,于是他们一直朝着内地走去。那时候虽然是英国的五月,天气却清朗恬静,下午的时候更十分暖和。走到后来,他们走的那条小径一直把他们引到新苑的深处。靠近黄昏的时候,他们拐过一条篱路,看见一条小溪,溪桥后面,有一个大牌子,上面写着几个大字:"华美豪宅,带家具,出租",底下写着详细的情况,以及到伦敦代理人那里去接洽的办法。他们进了大栅栏门,就看见那所房子。那是一所旧砖房,式样整齐,屋舍广阔。

"我知道这所房子,"克莱说,"这就是布兰和宫。你可以看出来,里面没人住,车道上都长着草哪。"

"有几个窗户还开着,"苔丝说。

"我想那只是通通空气罢了。"

"你瞧,这儿有这些空房子,咱们两个却没有栖身的地方!"

"苔丝,你大概是累了吧!"他说。"咱们再走一会儿就歇啦。"

他在她那凄楚的嘴上吻了一下,又领着她往前走去。

克莱自己也一样地渐渐累了,因为他们已经走了十四五英里的路了。现在他们一定得想一个休息的办法了。他们老远看着那些孤零的小房儿和僻静的小客店,很想往一个客店里去,但是他们心里发怯,就不由自主又躲开了。走到后来,脚底下越走越沉,于是他们两个就站住了。

"咱们在树底下睡觉行吗?"苔丝问。

"我正在这儿琢磨刚才咱们路过的那所空宅子,"他说,"咱们再回到那儿去吧。"

于是他们原路走回,但是走了半个钟头,才回到他们原先到过的大栅栏门外。克莱让苔丝先在门外等候,他自己进去看一看有什么人在里面。

苔丝在栅栏门外的丛灌中间坐下,克莱就蹑手蹑脚地朝着房子走去。他去的时间很久,等到他回来的时候,已经把苔丝急坏了,不是为她自己,只是恐怕他有什么闪失。原来克莱碰到一个小孩儿,打听出来,只有一个老太太,住在附近的小村子里，照料这所房子，她平常不来，只有天气好的时候，才来开关窗户。她总是在日落时前来关窗。"现在，咱们可以从楼下的一个窗户进去，到里面休息休息。"他说。

苔丝在克莱的护送之下，走到房子的正面，只见那儿的窗户，仿佛失明的眼珠，全叫窗板挡住，里面决不会有人往外面瞧。再往前走几步，就走到正门前面，门旁有一个窗户正开着。克莱先爬到里面，然后把苔丝也拽了进去。

除了门厅而外，所有的屋子全都黑洞洞的。他们上了楼以后，只见楼上的窗板也都紧紧地关着，大概流通空气的工作，至少那一天，算是敷衍了事的，只有前面门厅的窗户开了一个，后面楼上的窗户开了一个就完了。克莱把一个大寝室的门闩拉开，摸索着走进去，把窗板开了两三英寸。于是一道耀眼的阳光，就射进屋里，照出屋里笨重的老式家具、深红色的花缎帷幔，还有一张宽大的四柱床，床头上刻着奔驰的人物，显然是爱兰特赛跑的故事。

"到底能歇一歇了！"克莱把提包和食物放下说。

他们非常安静地待在屋里，等着照管房子的来关窗户。同时为预防起见，把窗板像先前一样全都关上，把自己完全藏在暗中，为的是恐怕那个女人也许会因为什么偶然的原故，去开他们待的那个屋子的门。在六七点钟之间，那个女人来了，不过没到他们待的那一边。他们听见她把窗户关上闩好，听见她把门锁上，听见她走去。于是克莱又把窗板微

微开开,透进一线之光,两个一同又吃了一顿饭,就渐渐叫苍茫的夜色笼罩起来了,因为他们没有蜡烛把昏暗驱散。

58

那天的夜,奇异地庄严,奇异地安静。半夜以后,苔丝把克莱梦游的故事,全部告诉了他,说他怎样不顾他们两个的性命,抱着她走过了芙仑河的危桥,把她放到残寺里面的石头棺材里。克莱以前一点儿也不知道这件事,那天夜里才头一次听说。

"你怎么第二天不告诉我哪?"他说,"要是你告诉了我,也许多少误会,多少苦恼,都可以避免了。"

"已经过去的事,不必琢磨啦!"苔丝说,"我现在就只顾眼前,这种有今儿没明儿的日子,前前后后地顾虑有什么用哪?谁知道明天怎么样?"

明天别的情况,虽然不能预知,但是痛苦烦恼,却显然没有。那天早晨,潮湿、有雾。克莱昨天已经听人说过,那个照管房子的,只有晴天,才来开窗户,所以他就让苔丝睡在屋里,自己冒险出去,把整个的宅子都搜探了一番。这所宅子里面,虽然没有食物,却并不缺水。于是克莱就趁着雾气四塞的机会,离了那所宅子,去到二英里以外一个小地方,在铺子里买了一些茶叶、面包和黄油,还买了一把小锡壶和一个酒精灯,这样他们就可以有火而不冒烟了。他进屋子的时候，把苔丝惊醒了，于是他们两个便把他刚才买来的东西，一同吃起来。

他们一点儿也不想到外面去，只在屋里待着。待过白天，又待过晚上，待过一天又待过一天。后来忽忽悠悠，差不多不知不觉，就在这深藏静处的日子里过了五天。没有一个人影、一个人声，来搅扰他们的安静。天气的变化，就是他们唯一的大事，新苑里的鸟儿就是他们唯一的伴侣，他们两个，好像都互相心照，对于他们婚后的事，差不多连一次都没提起。那一段分居悲伤的时光，好像沉入了天地开辟以前的混沌之中，现时的恩爱和婚前的甜蜜，好像原是一气，中间并没间断。只要他提起，说他们应该离开这所宅子，到扫色屯去，或者到伦敦去，她就很奇怪地老不愿意动。

"咱们为什么要把现在这种甜美恩爱打断、消灭了呢？"她表示反对，说，"应该遇上的事情，没有法子避免。"于是一面从窗板缝儿往外看，一面接着说，"你瞧，外面满是荆棘，屋里却是美满。"

克莱也往外看去。这话一点儿不错。屋里是恩爱缠绵，是鱼水融洽，是前嫌冰释；屋外却满是丝毫不通融的严酷、苛刻。

"再说——再说，"她把自己的脸紧贴在克莱脸上，嘴里说，"我只怕你现在对我这份情意不能长久。我不愿意活着眼睁睁地看到你又变了心。我不愿意那样。到了你要看不起我的时候,我情愿先死了,躺在土里,这样我就永远也不会知道你曾看不起我了。"

"我永远也不会看不起你呀。"

"我也那么希望。不过,我自己觉得,我这一辈子的所作所为,早晚都得让人看不起……我想起来,我真是一个万恶的疯子。可是我从来连一个苍蝇,一个小虫儿,都不忍心伤害,连一个小鸟儿关在笼子里,都时常让我落泪!"

他们又在那儿待了一天。多日阴沉的天气,那天晚上,忽然放晴,因此照看房子的老妇人,在她那小房儿里,很早很早就醒来了。光亮辉煌的朝阳,使她觉得异常的轻松,她决定趁着这样的好天气,立刻把附近那所大宅子的窗户全开开,让屋子彻底通通空气。因此她六点以前就往那所宅子来了。她把楼下那些屋子的门窗都开开了以后,又上了楼,去到那些寝室,想要开他们两个占据的那一个屋子的门。正在那个时候,她忽然觉得,屋里仿佛有喘气的声音。一来是她的年纪大了,二来是她穿的是便鞋,所以她走起路来,一点儿声音都没有。她当时一听这种情况,就立刻要抽身退回,但是又一想,恐怕是自己的耳朵听错了,所以又回到门外,轻轻去试那个门把手。

门上的锁已经坏了,但是门里面却有一件家具,把门顶住了,所以她只把门开了一两英寸的缝儿,就再开不动了。只见晨光一道,从窗板缝儿一直射到沉沉酣睡的那一对人的脸上，苔丝的嘴张着，紧靠着克莱的脸，看来好像一朵半开的鲜花。那个照管房子的老太婆刚一看见他们两个的时候，还认为他们是无业的游民，心里不觉生出一阵忿怒之气。但是再一看，他们的样子那样天真，苔丝挂在椅子上的长袍那样华美，长袍旁面的长统袜子和漂亮的小阳伞那样精致，苔丝穿着来的那几件别的衣服（因为她只有这一套）那样幽雅，于是她又认为，他们好像是一对携手私逃的体面恋人，所以心里就又生出一阵怜爱之情。因此她就把门关上，轻轻悄悄像她来的时候一样跑了回去，把这种稀罕的发现，去跟他的街坊们商量。

她走了不到一分钟，苔丝就醒来了，跟着克莱也醒来。他们两个都觉得仿佛有什么把他们搅扰了似的，至于究竟是什么，却说不清楚。于是他们因此而生的不安情绪，就越来越厉害起来。克莱刚一穿好衣服，就从窗板那两三英寸的小缝里往外面的草地上仔细看去。

"我想咱们立刻就走好啦，"他说，"今天天气很好。我觉得这所宅子好像有人来过。无论如何，那个老太婆今天是非来不可的。"

苔丝听了这话，无言顺从。于是他们两个，把屋子给人家整理了一下，就提起他们那几件小小的行李，不声不响地离开了那所房子。他们走到树林子里面，苔丝回头把那所房子最后看了一看。

"哎,让咱们快活的房子啊——再见吧!"她说,"我顶多还能再活几个礼拜。咱们为什么不在那里待下去哪?"

"苔丝,别说这种话!咱们不久就要完全离开这块地方了,咱们还照着原先的打算,一直往北走。没有人会想起来上那儿去缉捕咱们的。他们要是缉捕咱们,一定是在维塞司有海口的地方。等到咱们到了北边以后,再上一个海口去,就可以逃开了。"

克莱把苔丝这样一劝,他们就照着原定的计划,笔直地往北走去。他们在那所大宅子里,休息了这些日子,很有走路的力量了。走到靠近正午的时候,只见挡住去路的梅勒塞城,高阁参天,快到跟前。克莱决定让苔丝在一丛树里休息一下午,等到晚上,趁着夜色,再往前走。到了黄昏的时候,克莱照旧买了些食物,于是他们就动身开始他们的夜行,走到靠近八点钟的时候,他们穿过了上维塞司和中维塞司的边界。

在村野的地方,走荒凉的小路,本是苔丝的旧技,所以现在走来,苔丝又把往日步履轻捷的情况露出。那个横拦去路的古城梅勒塞,是他们必须穿过的地方,因为前面有一道大河,非从城里的桥上过去不成。到了半夜的时候,他们才走到城里的街市,那时候街上已经没有人了,只有几点灯光,影影绰绰地照着他们。他们一路走来,老是躲着便道,免得脚步出声。一座宏伟富丽的大教堂,黑乌乌地耸在他们左边，但是他们却没心思去看它。出了城以后，他们就顺着有税卡子的大道往前走去，走了几英里，前面就是一片空旷显敞的平野，得一直穿过。

起先，天上虽然阴云密布，却有残缺的月亮，射出散光来，给了他们一些帮助。但是后来月亮落了，云彩仿佛就盖在他们头上，夜色昏沉得像黑洞一般。虽然这样，他们还是勉强前进，走的时候，为避免脚步出声，净拣草地下脚，因为这一带地方，并没有树篱围墙之类，所以这种走法，不费什么周折。周围一切，只是一片空旷的荒寒，一团漆黑的僻静，一股劲风，在上面吹动。

他们这样暗中摸索，又往前走了二三英里，忽然之间，克莱觉得紧靠面前，好像有一个庞然的大建筑，从草地上面，顶着天空耸起，他们两个，差一点儿没碰到那上面。

"这是个什么怪地方？"安吉尔说。

"还响哪，"苔丝说，"你听！"

克莱侧耳听去，只觉在那个庞大的建筑中间，有风吹动，发出一种嗡嗡的音调，好像一个硕大无朋的单弦竖琴。除此以外，听不见别的声音，克莱伸着手往前走了一两步，就摸到了那个建筑竖立的平面。它好像是一块整的石头，没有接榫，也没有边缘。他又往上摸去，才觉出来，原来他所触到的这件东西，是一个硕大无朋的长方石头柱子。他把左手往左伸去，只觉得左边也有一根，跟右边一样，抬头看

去，好像一样东西，非常高远，把本来就黑的天空遮得更一团漆黑，仿佛是一根宽大的石梁，横在空里，把两根柱子连起。他们小心仔细地从那两根柱子中间和那一条横梁底下，进到里面。他们脚步沙沙的声音，都从石头的面儿上，发出回响；但是他们头上，却好像仍旧没有东西遮蔽。原来这个地方并没有房顶。苔丝只吓得喘气都两样起来，克莱也莫名其妙，只嘴里说："这是什么东西？"

他们往旁摸去的时候，又碰到另一个高阁一般的柱子，和头一个一样的又方又硬；再往外摸，又摸着一个，又摸着一个。原来这个地方满是门框，满是柱子，有的柱子上头还架着横梁。

"这真是个风神庙了。"克莱说。

有的柱子，孤零零地竖立；有的两根并列，上头架着横梁；还有几个，躺在地上，石头宽得都能走车马，仿佛低湿地上高起的埂道。待了不久，他们就明白了，原来这是一群林立的石头柱子，竖在浅草平铺的旷野上。他们两个又往前去，一直走到那个暮夜亭台的中间。

"哦，是了，原来是悬石坛。"克莱说。

"你是说，这就是那个异教神坛吗？"

"正是。这才是古物啦，比什么都古，比德伯家都古！呃，爱人儿，咱们怎么办呢？再往前走，咱们就可以找到歇脚的地方了。"

但是那个时候的苔丝，实在疲乏极了，就在眼前一块长方形石板上面躺下，那儿恰好有一根柱子把风遮住。那个石板，因为白天让太阳晒了一天，又干又暖，跟周围那些野草一比，显然舒服，野草是又粗又凉，把苔丝衣服的下摆和脚上的鞋都弄湿了。

"安吉尔，我不想再往前走啦。"她说，一面伸出自己的手来，握着克莱的手。"咱们在这儿待一下成不成哪？"

"恐怕不成。这个地方太敞啦，好些英里以外都看得见，不过现在是夜里，觉不出来就是了。"

"你从前在塔布篱的时候，不是老说我是一个异教徒吗？对啦，我母亲的娘家有一个人，就在这一带放羊。这么一说，我可以算是回了我的老家了。"

克莱跪在苔丝横卧的身旁，把嘴唇放在她的嘴唇上。

"你困了吧，亲爱的？我觉得你正躺在一个祭坛上面。"

"我很愿意在这个地方待着。"她嘟囔着说，"我享过最近这样大的福以后，现在来到这个地方，只有苍天在我头上，真是庄严，真是肃静。我只觉得，世界之上，仿佛只有你我，没有别人。我的心意，除了丽莎·露以外，也不愿意再有别人。"

克莱觉得，苔丝在这儿躺着休息到天色微明的时候，也没有什么不可以的，所以他就把他的外衣给她盖在身上，自己坐在她的身边。

"安吉尔,要是我有什么不测,你愿意不愿意看在我的面上,看顾看顾丽莎·露哪?"他们两个把柱子中间的风声听了半天以后,苔丝开口说。

"愿意。"

"她太好啦,又天真,又纯洁。哎,安吉尔呀,你不久就要看不见我啦,我只盼望,你没有我的那一天,你能娶她。哎,你要是能娶她,可就趁了我的心了。"

"我要是真没有了你,那我就什么都没有了!再说,她又是我的小姨子啊。"

"最亲爱的,那毫无关系。马勒村一带的人,时常有跟他们的小姨子结婚的。再说,丽莎·露又那么温柔,那么甜美,越长越漂亮。哦,我们大家死后,作了鬼魂,我很甘心乐意跟她一块儿陪伴你。你要是能训练她,教导她,把她调理成你自己的人,那是再好也没有的了……凡是我的长处,她一样儿也不少,可是我的坏处,她可一点儿都没有。如果她真能是你的人,那么,就是我死了,也跟我活着一样。……好啦,我已经把话说明白啦,我可不说第二遍啦。"

苔丝说到这儿,就把话打住,克莱听了,止不住低头沉思。那时候,东北远处的天边上,已经有一道白光,在双柱之间可以看见。原来弥漫天空的乌云,正像一个大锅盖,整个地往上揭起,把天边让开,把曙色放进,把独立的石柱和并峙的牌坊,都乌压压地映出轮廓来。

"他们是在这个地方给上帝供牺牲吗?"苔丝问。

"不是给上帝。"克莱回答说。

"那么给谁哪?"

"我想是给太阳吧。你瞧,那边不是有一个孤零零的大石头,正冲着太阳放着吗?不信你看,太阳一会儿就从石头后面出来了。"

"这种情况,亲爱的,让我想起一桩事来。"她说,"咱们两个结婚以前,你不是永远也不肯干涉我的信仰吗?其实你的心思,我满知道,你所想的,也满是我所想的——我对于一件事,自己并没有主意,只是你怎么想,我也怎么想。安吉尔,现在你告诉我,你觉得,咱们死后,还能不能见面?我很想知道。"

他只用嘴去吻她,借此避免在这种时候,答复这样的问题。

"哦,安吉尔呀,我恐怕,你这就是说不能的意思吧!"她说,同时极力忍住哽咽,"我很想再跟你见面——想得厉害——实在想得厉害!怎么,安吉尔,像咱们两个这样的爱情,死后都不能见面吗?"

安吉尔也像一个比他更伟大的人物一样,在紧要的时候,对于紧要的问题,不加回答,因此他们两个又都默默无言起来。待了一两分钟以后,苔丝喘的气渐渐地匀和了,她握着克莱的那只手也软软地松开了,原来她睡着了。那时

候,东方天边上一道银灰的白光,使得大平原离得远的那些部分,都显得昏沉黑暗,好像就在跟前;而广大景物的全体,却露出一种嗫嚅不言、趑趄不前的神情,这是曙光就要来临的光景。东面的竖柱和横梁,它们外面的焰形太阳石和正在中央的牺牲石,全都黑沉沉地背着亮光顶天矗立。夜里刮的风一会儿就住了,石上杯形的石窝里颤抖的小水潭也都静止了。同时,东方斜坡的边儿上,好像有一件东西——一个小点儿,慢慢蠕动起来。原来太阳石外的低地上,有一个人,只露着头,正朝着他们越走越近。克莱见了这样,心里后悔不该停在这儿,但是已经事到跟前,只得硬着头皮静坐不动。那个人朝着他们所待的那一圈石柱,一直走来。

同时,克莱听得自己身后也有沙沙的脚步。他回头一见,只见横卧地上的石头柱子外面,也有一个人走来,转眼之间,还没来得及留神,就又看见右边牌坊底下有一个人,左边也有一个人,都来到跟前。曙光一直射到西边那个人身上,只见他身材高大,步伐整齐。看他们那样子,显然是从四面拢来,向中央包围。那么苔丝说的话,果然应验了。克莱一跳而起,四外看去,想要找到一样武器,找一块石头,看一看逃走的道路,看一看应急的办法。那时候,离他最近的那一个人,已经到了他跟前了。

"先生,你不必动啦,没有用处。"那个人说,"我们在这块平原上,一共有十六个人。并且全国都发动起来啦。"

"你们让她睡完了觉成不成?"他低声对那些四外拢来的人恳求说。

　　直到那个时候,他们都没看见她在什么地方,现在看见了她躺在那儿,就对克莱的请求没表示反对,只站住了守候,一动不动,跟四围那些石头柱子一样。克莱走到石板旁边,把身子在她上面弯着,把手握着她一只可怜的小手。那时她喘的气,短促,微弱,仿佛她只是一个比女人还弱小的动物。所有的人都在越来越亮的曙色里等候,他们的手和脸都好像是涂了一层银色,他们形体上别的部分,却是黑乌乌的。石头柱子闪出绿灰色,大平原却仍旧是一片昏沉。待了不大的一会儿,亮光强烈起来,一道光线射到苔丝没有知觉的身上,透过她的眼皮,使她醒来。

　　"这是怎么回事,安吉尔?"苔丝一下坐起来说,"他们都已经来了吗?"

　　"正是,我最亲爱的,"克莱说,"他们已经来啦。"

　　"这本是必有的事,"她嘟囔着说,"安吉尔,我总算趁心了!咱们这种幸福不会长久。这种幸福太过分了,我已经享够了。现在我不会亲眼看见你看不起我了!"

　　她站起来,把身上抖了一抖,往前走去,那时候其余的人却都还没有动弹。

　　"我准备好啦,走吧!"她安静地说。

59

那个优美的古城温屯寨居于一片凸凹起伏的丘陵地带的正中间,正伸展在七月清晨的温暖和光明中。那些有山墙的砖、瓦和砂石房子,由于季节的关系,差不多把它们那一层藓苔外皮都晒干脱净了,草场里的沟渠,都变得水浅流低。在那条顺坡斜下的大街上,从西门门洞到中古十字架,从中古十字架到大桥,正悠悠闲闲地进行那种通常迎接旧式集日的扫除工作。

从前面说过的那个西门起,大道就爬上了一个长而整齐的斜坡,不多不少恰好一英里,把城里的房舍渐渐地撂在后面,这是温屯寨人都熟悉的。就在这条大道上,有两个由城市外围出来的人,正很快地往上走来,好像不觉得上坡费力似的。他们这种不觉得费力,并不是由于他们步履轻松,却是由于他们心里有事。他们来的地方,是下面不远处一个开在高墙中间、窄而有栅栏的小门,他们从那个小门出来走上了这条路。他们的神气,仿佛要急忙躲开那些房子和他们的同类,而这一条路,又仿佛是躲开那些东西最直接的途径。他们虽然都年轻,但是走起路来,却都把头低着,让太阳的光线毫不怜惜地含着笑容,看着他们那种悲伤的姿态。

这一对人,一个是安吉尔·克莱,另一个是克莱的小姨子丽莎·露。

只见她身材颀长，像正要开放的花蕾——一半少女，一半少妇——活活是苔丝的化身，只比苔丝瘦一些，却有跟苔丝同样美丽的眼睛。他们两个的灰白面孔，仿佛瘦得只剩下原来的一半。他们一言不发，手拉着手往前走，他们那样低头俯首的神气，跟昭托画的《二门徒》一样。

他们快要来到西山顶上的时候，城里的钟正打八下。他们两个听了这种声音，全都一惊。他们往前又走了几步，就走到了头一个里程碑，碑后面就是空旷的丘陵地带，在这块地方上，这片丘陵和大道并没有围篱垣墙阻拦分隔。他们走到青草地上，好像有一种不能制止的力量逼迫他们，使他们忽然止住脚步，转过身来，在里程碑旁面，瘫痪了似的，静静等候。

从这个山顶上看去，四周的景物差不多一望无际。下面的谷地里，就是他们刚才离开的那座城市，城里宏大一些的楼阁，都仿佛一张等比图那样，俨然在望，其中有广阔的大教堂高阁，附带着诺曼式的窗户和极长的廊子；有圣塔姆的尖阁，有学院尖顶的高阁；再往右一点儿，有古老庵堂的高阁和山墙，一直到现在，谒圣的人，还能在那儿得到面包和麦酒的施舍。城市后面，圣卡随山凸起的形体，一直往东奔去。再往远看，一片景物跟着一片景物，层层相连，一直到日光辉煌、不可逼视的天边。

在城里别的楼阁前面，背着这一大片绵延辽远的景物，

立着一所红砖盖的大楼，有灰色的平房顶和一溜一溜带着栅栏的小窗户，表示那是囚禁犯人的地方。它那规矩拘束的样式，跟那些参差、错落的哥特式楼阁，恰恰相反。打路上从它前面经过，水松和长青橡多少把它遮住了一些，但是现在从这个山坡上看，它却够清楚的。刚才那两个人走出来的那个小栅栏门，就开在这所楼的墙里。楼的正中间，有一个丑恶难看的八角高阁，背着东方的天边耸起，从山上看，正背着亮光，只能看到它的阴面，所以它就好像是全城的美景里唯一的污点。然而他们两个所注意的，却正是这个污点，而不是美丽的景物。

高阁的飞檐上，竖着一个高杆。他们的眼睛就盯在那上面。钟声打过之后，又过了几分钟，高杆上慢慢地升起来一样东西，在风里展开。原来是一面黑旗。

"典刑"明正了，埃斯库罗斯所说的那个众神的主宰，对于苔丝的戏弄也完结了。德伯家那些武士和夫人，却长眠地下，一无所知。那两位无言注视的人，好像祈祷似的，把身子低俯到地上，一动不动地停了许久，同时黑旗仍旧默默地招展。他们刚一有了气力，就站了起来，又手拉着手往前走去。

名师导读

一、名著概览

好吃懒做的约翰·德北让自己的女儿苔丝去拜访一个富贵的亲戚,苔丝的母亲希望苔丝能给对方留下一个好印象,以期和这家的儿子结成良缘。

苔丝见到的所谓亲戚是一个瞎眼的老太太和她的衣冠楚楚的儿子亚雷。亚雷哄骗苔丝到他家的饲养场工作,天真的苔丝虽然对亚雷怀有戒心,但还是没有能逃出他的魔掌,亚雷终于把苔丝占有了。

苔丝回家把这一切告诉了母亲,母亲还认为亚雷能娶自己的女儿。苔丝在村人的白眼中生活,亚雷仍然继续纠缠她。苔丝生下了孩子,但孩子很快就夭折了。苔丝只身来到一个远离家乡的奶牛场当了一名挤奶工。

奶牛场有一位牧师的儿子安吉尔,挤奶女工们都爱慕安吉尔,但安吉尔却喜欢上了苔丝。苔丝认为自己不道德,总是躲着安吉尔。安吉尔锲而不舍地追求她,苔丝终于同意了。

新婚之夜,苔丝告诉了安吉尔自己与亚雷的事,安吉尔接受不了这样的事实,就离开她去了巴西。

苔丝陷入了饥饿的威胁中,只好在田里从事艰苦的劳动。这时她又遇到了亚雷,亚雷已经成了一名传道士,他又开始追逐苔丝。

苔丝坚定地拒绝亚雷的殷勤与诱惑,但家中接二连三的灾难使她最终屈服在亚雷的魔爪之下,成为了他的情妇。

没想到此时安吉尔回来了,他请苔丝宽恕他,可是他见到的却是苔丝与亚雷生活在一起,他转身离去,感情又一次受到了深深的伤害。

苔丝更加恨亚雷,她愤怒地杀死了他,然后去找安吉尔。安吉尔原谅了她,他们在一起过了几天快乐的日子。

但最终警官还是来了,苔丝无所畏惧地面对即将到来的绞刑。

托马斯·哈代(1840—1928),英国著名小说家和诗人,《苔丝》是作者最后所写的两部重要长篇小说之一。他是19世纪后期现实主义作家的重要代表,他的作品是英国现实主义小说最好的继承和发展,不仅在本国,而且在世界范围内,久为广大读者所喜爱,为专业人士所瞩目,为电影戏剧界的艺术家所礼遇。

二、知识梳理

1. 托马斯·哈代,英国诗人、小说家。

2. 除了《德伯家的苔丝》,哈代的代表作还有<u>《无名的裘德》</u>、<u>《还乡》</u>和<u>《远离尘嚣》</u>。

3. 哈代被伍尔夫称为"<u>英国小说中最伟大的悲剧大师</u>",韦伯认为他是"<u>英国小说中的莎士比亚</u>"。

4. 《德伯家的苔丝》描写了一位<u>农村姑娘</u>的悲惨命运。

5. 女主人公苔丝生于一个贫苦<u>小贩</u>家庭,父母要她到一个富人家去攀亲戚,结果她被少爷<u>亚雷</u>诱奸。

6. 后来她与牧师的儿子<u>克莱</u>恋爱并订婚,在<u>新婚之夜</u>她把昔日的不幸向丈夫坦白,却没能得到原谅,两人分居,丈夫去了<u>巴西</u>。

7. 几年后,苔丝再次与亚雷相遇,后者纠缠她。这时,她因家境困窘被迫与仇人<u>同居</u>。

8. 不久克莱从国外回来,向妻子表示忏悔,在这种情况下,苔丝认为亚雷·德伯使她第二次失去了安吉尔,便愤怒地将他<u>杀死</u>,最后她被捕并处以<u>绞刑</u>。

三、你问我答

1. 苔丝的父母是什么样的人？他们是否应当为苔丝的不幸负相应的责任？

2. 苔丝既然真心爱着安吉尔·克莱，那为什么迟迟不接受他的求婚呢？

3. 安吉尔·克莱得知苔丝失身的真相后，为什么要离开苔丝，他不是深爱着她吗？

4. 到底是什么造成了苔丝一生的悲剧？